肆意、逃跑
I am on your side
多棲系天才作家
漠星 著
你無處可去，沒關係，也無所謂。我會帶你逃走，就只有我和你。

第一章　無路可逃

「林文羽，妳有聽見我說話嗎？」

林文羽全神貫注望著手機螢幕，行事曆上的代辦事項密密麻麻，打工偏偏又幾乎塞滿所有空檔時間。她苦惱地皺眉，好幾秒後才反應過來有人叫她。

日光從玻璃窗放肆潑灑進階梯教室，身後同系的黃曜初用原子筆輕輕撥了下她馬尾，晃亂上頭陽光的軌跡，「要報告的人還是沒出現，怎麼辦？」

小組報告日負責上臺的人沒有來上課，群組訊息也顯示未讀，林文羽嘆口氣，轉頭問道：「組長，怎麼辦？有誰要上臺報告嗎？」

組長飄開視線，其他同學也紛紛保持沉默，黃曜初正要開口，林文羽腦筋已經轉完各種可能辦法，冷靜地開口：「我剛好負責統整投影片，對內容算熟，沒有其他人自願的話，就我來吧。」

黃曜初用原子筆捲她馬尾，笑道：「謝了，報告完一起吃午餐吧。」

她抗議地推開筆身，「才不要，你愛吃的餐廳都好貴。」

「我請客。」

林文羽笑顏逐開，「謝謝大少爺贊助。」

最後報告很順利，只是燒掉太多腦細胞，她餓得肚子直叫，幸好黃曜初遵守諾言請客。她大快朵頤把整份日式定食掃進口中，不忘時時看向手機螢幕。

黃曜初悠閒地細嚼慢嚥，注意到她的視線，開口問：「要趕去打工？」

「上一個家教結束了，得多接點兼職來補。」

「我這邊有個家教機會，教高三的，要嗎？」

林文羽停下筷子，眼神閃閃發亮望向他，「要。教哪一科？家長有什麼需求嗎？」

黃曜初遲疑一下才回應：「學生是我堂弟，每科程度都很差，所以我嬸嬸要求比較嚴謹一些。但時薪開到一千五，如果妳有興趣，我介紹妳去面試看看。」

「當然好，謝啦。」一聽到超過一般家教行情的數字，林文羽眼睛笑得都彎起來，吃完最後一口飯後，匆匆起身準備趕往兼職地點。

「對了。」

林文羽回過頭。

黃曜初吞下口中的食物，才慢慢說：「有些同學在說妳態度很跩，都不幫忙系上活動，妳知道這件事情嗎？」

她輕輕垂下眼，點點頭。前幾天系上活動的籌辦方因為人手不足來詢問過她，然而她已經接了太多工作和外務，怕答應後卻沒有時間做好，只好選擇婉拒，當下就感受到對方不悅的情緒。

黃曜初看到她的表情，連忙補上一句：「我只是怕妳不知道所以和妳說一聲，不是要妳一定要接喔，我知道妳已經很忙了。」

「沒事，謝謝你跟我說。」沉默半晌，林文羽也只能擠出微笑對他揮揮手，快步離開餐廳。

確認黃曜初看不見自己後，林文羽臉上的笑容迅速滑落。她癟著嘴，躊躇半晌，打開手機，「喂？那個……我排開時間了，活動我也可以支援喔。」

幾天後，黃曜初給了林文羽堂弟家的地址，地點在捷運站附近美輪美奐的大廈。

抵達目的地時，警衛聽到她是來應徵家教時，笑得有些詭異，嘀咕道：「喔，又來一個呀。」

他轉身撥打對講機確認訪客身分後，將感應電梯樓層的磁扣遞給她，「祝妳好運囉，上一個來應徵的沒有撐過一個禮拜。」

林文羽即將踏入梯廳的腳步停滯一瞬，後又想起一千五的誘惑，吞了吞口水，還是走進電梯。

她對著鏡子確認儀容，爲了兼顧打工、學業，還有硬接下來的社團活動工作，她每天只能小睡幾小時，雙眼下都冒出大大的黑眼圈。

電梯門無聲滑開，林文羽用力拍拍臉頰，振作精神踏出去。

管家早已在大門前等候，將她接進客廳後，小聲道：「太太正在訓話，妳可能要等一下喔。」

不用他說，林文羽已經聽到長廊深處越來越激烈的責備聲。

「你這種成績我要怎麼跟你爺爺交代？我花錢幫你請了多少家教來，你連用心學都沒有。你就是要我在他們面前抬不起頭？」

被罵的孩子肯定就是她今天的家教學生。意外地，那人從頭到尾都沒有回嘴，任由婦人的怒吼迴盪在寂靜中。

半晌，林文羽聽見拖鞋踩踏的聲音在安靜無聲的房子裡響起，且朝客廳走來。

挽著高高髮髻的女性繃著臉坐下，臉上還殘存剛剛情緒激動造成的紅暈，聲音卻顯得理性俐落，甚至有些急躁道：「妳就是黃曜初介紹的人？大學跟高中的成績單都有帶來嗎？還有過去家教的履歷表。」

林文羽遞上文件，黃母用挑剔的神情仔細看完，似乎還算滿意地放下資料，雙手抱胸上下打量她。林文羽渾身不自在，接著就聽黃母緩緩開口：「先讓妳試教一個月，每一科都要用最高標準要求我兒子，他的考試成績也會是你試教的成績單。都聽清楚了嗎，林小姐？」

林文羽禮貌地微笑點點頭，忽然完全懂黃曜初那句委婉的「我嬸嬸要求比較嚴謹一些」到底是什麼意思。

黃母猶豫幾秒，補上最後一句：「還有，今後不管是誰問起我兒子真實的課業程度，就算是黃曜初，妳都不准說，知道嗎？如果被我知道妳亂說話，家教會馬上終止。」

林文羽不太懂爲什麼要特別強調這件事，但在對方施壓的眼神下，還是點點頭。

黃母向前傾身，一字一字低聲道：「我的孩子腦袋一定不會輸人，他只是不夠努力。只要學習成績可以提高，妳要怎麼教他罵他，甚至體罰都可以。」

林文羽被最後一句話嚇了一跳。

黃母站起身，示意她跟上，「照我們約好的，今天就開始試教吧。」

來到緊閉的房門前，黃母沒有敲門，直接轉動門把推開門。

「黃曜曦，今天如果老師又跟我說你沒認眞上課，晚餐就不用吃了。」語畢，黃母重重帶上門出去了。

林文羽站在門口，房間深處的少年轉過頭避開她的視線，側顏線條優美秀麗，明明是一張很好看的臉龐，憂鬱卻如烏雲壓在眼角眉梢，陰沉了整張臉。

房間凌亂不堪，四處散落木屑、色筆和被揉成一團的圖紙，靠牆的架子隨意放著不少小擺飾。林文羽小心翼翼跨過雜物想走到黃曜曦身邊，還來不及穿越這片混亂，對方已率先開口：「出去。」

林文羽停在原地，有點懷疑自己的耳朵。

黃曜曦依然沒有看她，手指緊緊攢著桌上的圖畫紙，「我叫妳出去，沒聽到嗎？」

林文羽有些受傷，深吸一口氣，告訴自己不要跟小孩子的無禮計較，「今天我只是來試教，你如果不喜歡我的教法，結束後可以選擇不繼續。」

「不用浪費時間了。」

「我不覺得這是浪費時間啊，」見少年咄咄逼人，林文羽乾脆在髒亂的地上找了個角落坐下，試圖先拉近一點關係，「你堂哥曜初有告訴我你程度比較弱一些，不過我會幫你把進度補起來。」

這句話卻像碰到黃曜曦的逆鱗，他瞬間激動起來，「妳懂什麼？少自以為是了，給我出去！」

林文羽還在驚愕中，黃曜曦已經大步靠近，拽著她站起來走向門口。他的力道太大，導致林文羽失去平衡踩到地上的硬物，頓時痛得表情扭曲。

變故發生太突然，黃曜曦反應很快，立刻半跪下來把她腳下的物品移開，但鮮紅已經從白襪底部無聲染開。

林文羽低頭一看，發現自己踩到一把小小的刀具。

「妳不要動，我去拿醫藥箱。」黃曜曦緊緊咬著唇，快步走出房間。

林文羽聽不到他向黃母說了什麼，不一會就聽到高亢的怒罵刺進耳裡。

「我就說你那些垃圾早該丟掉！」

黃曜曦很快拿著醫藥箱回來，黃母跟在後面，林文羽怕他被罵得更慘，連忙忍痛堆起笑容，「黃媽媽，是我不小心踩到的，不關他的事情。」

黃母哼了一聲，「妳不用幫他說話了，我生的我最了解，他就是愛玩那些沒用的雕刻東西。」

林文羽這才明白架子上的小擺飾其實是黃曜曦的作品，而後小心翼翼看他一眼。即使聽到黃母的批評，黃曜曦仍面無表情低著頭，在黃母的怒視下拿出雙氧水。

林文羽不好意思讓他幫忙，自己脫了襪子處理，幸好傷口看起來不算深，只是長長一條看上去有些怵目驚心。

草草消毒包紮後，林文羽坐著仰頭看他們母子，故作輕鬆道：「沒事，小傷，我們繼續試教吧？」

黃母又念了一頓才離開房間，林文羽則是笨拙地踮著傷腳移動。

黃曜曦見狀繞過她，把書桌周遭的雜物踢開，好讓她可以安穩坐上書桌旁的椅子。

林文羽打開帶來的講義和試卷，黃曜曦無聲在她身邊落坐，手不斷轉著筆，繃緊的臉龐依然神色冷漠。

「我們先來做點簡單的暖身，讓我知道你眞實的程度，我比較好安排進度。我們從數學開始吧？」

黃曜曦望向林文羽推給他的試卷，面色慘白，良久才不情願地開始寫。

林文羽在他寫出歪扭算式試著解題的時候一邊觀察，越看越懷疑自己到底能不能教好。對方似乎根本沒看懂題目，寫出來的公式都不相關，更別說數字幾乎都代錯。

她想過黃曜曦程度很差，卻沒有想到會差到這種地步。

這份試卷非常簡單，甚至只是一些基本觀念的選擇題，但她左等右等，黃曜曦就是寫不完。眼看試教時間快要用盡，她只好主動開口：「寫不完沒關係，我們先從你完成的部分一起看看。」

黃曜曦抿著唇沒回答，捏著筆的指節微微泛白。

林文羽開始核對答案，皺緊眉確認了兩次，才終於接受整份試卷幾乎都是答錯的。

望著黃曜曦低頭不語的側影，她的心一點點轉涼，到高三這個時間點基礎程度還這麼差，補救的可能微乎其微，林文羽幾乎藏不住失望的表情。

黃曜曦瞥她一眼，忽然說：「去跟我媽說妳不能教我吧。」

「爲什麼？」

「因爲沒有用，我學不會。」

林文羽盯著他，暗暗猜想對方究竟失敗過多少次，才能如此平靜地說出口？

「試都沒試過，怎麼可以先放棄？來，我們從第一題一起練習看看吧。」

黃曜曦咬著下唇，像是恨不得落荒而逃。

林文羽裝沒看見，放慢速度開始說：「第一題問你的是這個三次多項式的最高次項係數是什麼，你知道最高次項的意思吧？」

他繃著臉搖頭，咬緊嘴唇時，還殘留著些嬰兒肥的臉頰不自覺鼓起來。

是挺可愛的，可是林文羽完全沒欣賞的心情。她教到一半就發現，黃曜曦連題目的意思都沒看懂，只好從頭把題目中出現的名詞一一講解。

這下沒完沒了了，連考卷都不用檢討，光是講解基礎觀念就花了林文羽大半時間。

夜色悄然爬上窗沿，直到陰影遮住黃曜曦的半邊臉龐，她才驀然發現比約定的試教結束時間晚了快兩小時。

「不好意思沒注意到時間，今天就到這邊吧。」林文羽說了太久的話，聲音有些沙啞。她轉頭開始收拾桌上散落的講義和試卷，沒有詢問他還願不願意讓她教。

畢竟，她到最後一題也沒有教會他，這場試教毫無疑問以慘敗收場。

起身時她忘記腳傷，踩下去才痛得齜牙裂嘴差點跌倒，黃曜曦即時伸手，指尖搭著她的手腕，把她扶穩。

並肩而立時，林文羽才發現少年有多高，她得努力仰高下巴才能看清那雙清秀又圓滾滾的眼睛……有點像倉鼠——只是倉鼠不會有那麼壓抑的神情。

「抱歉。」簡潔的兩個字不知道是針對弄傷她，還是針對剛剛糟糕的表現，林文羽正想說沒關係，少年又接口：「妳……下次不用來了。」

林文羽最後一絲賺到時薪一千五的希望也破滅了。她什麼也沒說，只是點點頭，輕輕抽開手腕，一跛一跛走出房間，很有禮貌地告訴黃母黃曜曦不願意讓她教下去。

黃母著急地連聲追問：「他的程度到底如何？」

林文羽實在想不出婉轉的說詞，如實告知後，黃母像失去所有力氣，癱在沙發上。她有些於心不忍，補了句：「每個孩子擅長的東西不同，或許曜曦就是適合課業以外的領域……」

黃母打斷她：「他堂哥功課那麼好，大家都說他媽媽比較會教，我每次聽到都很生氣。我知道黃曜曦不笨，他只是不夠認眞而已。」

林文羽欲言又止，要接受自己的孩子是平庸的，對父母來說肯定很困難……但這樣的強迫，真的能讓他變得更好嗎？

「妳明天開始只要有空就每天來教他，出錢的是我，由我決定還要不要繼續。」

林文羽嚇了一跳，「可是每天上課對學生的負荷太重了……」

「妳要不要賺這個家教費？要的話就配合我。」

聞言，她默默閉嘴。

黃母沒有再說什麼，神情疲憊地抽出大鈔給她，揮手讓管家把她送出門。關門前，她又聽見黃母高八度的斥責聲。

林文羽腳步沉重地走出大樓，回頭望向背後繁星般的燈火，然而那個少年所在的地方沒有光，黑暗連同黃母的斥罵把他緊緊裹進去，找不到逃脫的出口。

後來的每一天，幾乎都是這場慘烈試教的重複。

林文羽幾乎每天都會到黃曜曦家裡，和他一起關在房間兩小時，和無止盡的學科與知識奮鬥。

考卷、講義堆積如山，黃曜曦悶不吭聲照她的引導學概念、做習題，但無論她如何使出渾身解術，少年的程度都差到像是故意找碴。

這天是期中考前最後的衝刺複習，接下來就會休息到考試結束。林文羽滿心焦急，想把握機會讓對方淒慘的分數往上提高一點，可惜學生完全不配合。

「這題運用的觀念我不是講過了？是哪裡又不懂？」當黃曜曦又一次答不出重複的題型，林文羽不自覺脫口而出，又馬上意識到自己的語氣不好，「……抱歉，我今天太累口氣不好，你哪邊不懂，我們再試一次吧。」

黃曜曦低著頭沒有回答，圓滾滾的眼睛裡沒有一點光采。

林文羽有些於心不忍，「不然我們休息一下吧？」

黃曜曦冷淡道：「不用了，我不想多浪費時間。」

林文羽氣得咬緊牙，第一百次提醒自己，不能跟高中小孩計較。她把椅子拉近一些，努力把黃曜曦渙散的注意力拉回自己身上，「你覺得這題要問什麼觀念？」

黃曜曦不自在地退開一些距離，「不知道，看不懂。」

「要不要回答看看，錯了也沒關係呀。」

「妳不覺得這樣很煩嗎？是我媽要妳來的，我根本不想跟妳學。」

筆芯喀的一聲斷裂……不能，跟高中生，計較！

林文羽果斷起身，嚇了黃曜曦一跳，「妳幹麼？」

「你不用休息，我休息一下可以吧。」不然她會忍不住掐學生的衝動——這人長著一張天使一樣人畜無害的臉，怎麼脾氣這麼惡魔？

她用力伸展一下肩膀，瞥見房裡的架子。她一直沒有仔細看過，現在走近一看才發現上面擺滿栩栩如生的雕刻作品——奔跑的小孩、飛翔的鳥，還有昂首的獨角獸，每一個生物都在最肆意張揚的姿態下被定格，像一個個活生生的靈魂被關進木雕裡。

她驚嘆：「這都是你做的？」

「……小心不要碰到。」黃曜曦顯然很不習慣被誇獎，沉默半晌只擠出這句反應。

「眞的做得很好耶，有想過拿去展覽或拿去賣嗎？」

「考試又不會考，沒有用。」

林文羽回過頭，捕捉到黃曜曦臉上一瞬的失落，「又不是考試會用到的東西才有價值，如果你想念相關科系，這都是很好的作品集呀。」

黃曜曦語氣又生硬起來，「不要管我這麼多，反正妳沒多久就會離開了。」

林文羽不想和他爭論，坐回他身邊，「我們今天都累了，來看一下你上次的作業就可以下課了。」

爲了配合黃曜曦的程度，這次的作業是由她費盡心思熬夜出題。當看到作業本一片空白時，她彷彿像被現實打了一巴掌。

良久，林文羽才緩緩開口：「爲什麼不寫呢？」

爲什麼明明答應她了，卻又食言？

黃曜曦死死捏著一柄小雕刻刀，銳利的邊緣割破皮膚，細小血珠滾落出來。儘管如此，他依然握得死緊，好像那是他唯一可以倚靠的護身符。

林文羽心裡的怒火無聲竄燒，正想張口，又想起黃母責罵時，他死死抿著嘴的神情。最終，她只是平靜道：「黃曜曦，看著我。」

少年轉向她，視線依然低垂。

林文羽很慢地伸手，把他手中的雕刻刀抽走，「你如果什麼也不說，我要怎麼知道我可以怎麼幫你？」

「我不需要妳幫忙，妳也幫不了我。」黃曜曦抬頭望著她，語氣依然拒人於千里之外。他看一眼時鐘，然後走去打開房門，冷冰冰道：「今天上課時間結束了，老師。」

林文羽的耐心消耗殆盡，「作業本我就先不拿回去了，你哪天心情好，再大發慈悲幫我寫幾題。」

黃曜曦被她的話刺得皺眉，「妳……」

不給對方回應的時間，林文羽已經抓著包包揚長而去。

她實在太氣，直到上了公車，才發現自己把雕刻刀也帶走了。她把小刀翻來覆去地審視，木柄處已微微磨損，看得出來黃曜曦反覆使用了很長時間。

手機傳來新訊息的提示音，點開前林文羽已經做好心理準備。她徹底和黃曜曦撕破臉了，即使收到辭退的訊息也不意外。

但不知道是黃曜曦根本沒告訴黃母，還是他母親默認這種教學方式，訊息並不是來自黃母，而是她媽媽。

林文羽戴上耳機點開語音訊息，媽媽蒼老的聲音徐徐響起，「妳幫我看看這些都是什麼信？」

拍來的照片裡都是廣告信信封，林文羽用語音回應道：「沒什麼，都只是廣告信件而已。」

送出後，她繼續聽下一則。

「上次做健康檢查的報告出來了，一堆字密密麻麻的，妳幫我看看寫了什麼。」

林文羽定睛一看，紅字的數值顯示血液裡的膽固醇和三酸甘油酯都過高，報告上洋洋灑灑寫著建議管控飲食。她心頭一沉，再次按下錄音鍵，認眞地說：「妳要注意飲食，不能再吃這麼重鹹了啦，有年紀了，要好好照顧自己才行。」

最後一則語音訊息僅僅是閒話家常，聲音溫柔：「妳最近還好嗎？家教很累吧，要好好照顧自己。」

自從上大學搬來臺北後，林文羽都還沒有回南部老家過。此時驀然聽見媽媽的關心，本來她都不覺得那些疲憊和委屈有什麼，忽然感到鼻頭一酸。

「我覺得我是好糟糕的家教，我的學生討厭我。」最後幾個字被哽咽的語調淹沒，林文羽用力深呼吸，還是把該則語音訊息刪掉，改成歡樂的口吻，「沒問題，媽也要好好保重，我盡量早點忙完回去看妳。」

回覆完母親後，她正要關上手機，訊息介面卻勾起她莫名的思緒。畫面上一則則全部都是語音訊息，因爲她媽媽天生讀不懂字，日常溝通都只能用口語，其他需要閱讀或書寫的時刻，都要她幫忙。

後來她才知道世界上有一種名爲「閱讀障礙」的診斷，患者智力與一般人無異，卻難以閱讀、難以書寫。

因爲這不是外顯在身體上的障礙，很多時候對她媽媽來說最難的不是障礙本身，而是向別人解釋自身的情況。

她想起了黃曜曦……有沒有可能，他不是不願學，而是看不懂，也寫不出字？

若真是那樣，對正值青春期的少年而言，要親口坦承自己的障礙或許比死還痛苦。

林文羽有些猶豫……她要詢問嗎？然而黃母不曾主動提起，對待黃曜曦的態度也不像是知情者。她想，即使黃曜曦真的有，大概也不是公開的祕密。

可是不問，她和黃曜曦就像兩頭無能為力的困獸，遲遲找不到突破口——她不想任由那個少年留在黑夜裡。

幾天後期中考的成績出來，黃曜曦拿了校排倒數第一。

林文羽正在前往黃家的公車上，看著手機裡黃母平鋪直敘說出校排成績的那句訊息，心裡陣陣發冷。如果成績不好，她這個家教等於被叛了死刑。

抵達黃家，林文羽再次感受到第一次來時壓抑沉默的氣氛。

她一進黃曜曦房裡，就馬上發現不對勁——曾擺滿雕刻作品的架子空空如也。她瞪大眼睛，聲音有些發抖，「你的雕刻品……」

黃曜曦低著頭，「別說了，開始吧。」

林文羽遲疑片刻，輕輕遞上攢在手裡的雕刻刀。這幾天她做了個小小的皮質刀袋，

雖然知道黃曜曦肯定有自己收納的方式，她還是想用這個禮物當作拉近關係的契機，

「我不小心帶走了，還你。」

黃曜曦接過去，在指尖摩挲一陣，突然冷笑一聲，直接把包裹在刀袋內的雕刻刀扔進垃圾桶。

林文羽嚇了一跳。

下一秒，他起身站到她面前，「幹麼做這些多餘的事？妳不就是個家教嗎？做好妳的工作，少管閒事。」

少年清麗的臉五官繃緊，陰沉的氣息凝在凌厲眼神裡，像隻年輕氣盛的野豹。

林文羽望著他挑釁的眼神，鼓起勇氣，小心地開口：「黃曜曦，你……是不是不能讀字？」

少年盯著她的瞳孔倏然放大。

林文羽被對方凶蠻的視線震懾住，反射性想後退，黃曜曦卻已經大步迫近，「妳憑什麼這樣問我？妳把我當什麼，研究對象嗎？」

她愣了愣，脫口道：「我沒有惡意，我只是想幫助你而已——」

話剛出口，她就意識到不對。

「沒有惡意就可以刺探我的隱私嗎？」黃曜曦遽然打斷，爆起的青筋如蛇一樣攀在頸上，「我媽爲了我好才把我的雕刻都丟掉，而妳是爲了我好才這樣試探我。看樣子，妳和我媽可以做好朋友吧。」

林文羽直直望著他的雙眼，裡頭鋒利的痛苦幾乎要滿溢而出。

他大口喘氣，忽然回身揮落桌上高高疊起的教科書。

驚天動地的物品撞擊聲嚇得林文羽渾身一震，門外也馬上響起黃母的聲音：「怎麼了？」

她怕黃曜曦又被罵，立刻提高音量說：「我不小心把書弄掉了，沒事。」

黃母沒有輕易放過，還是打開了門查看。

林文羽及時蹲下來，裝作在撿拾的樣子，「抱歉，我馬上就會收拾好。」

黃母狐疑地望向他們，明眼人都能看出黃曜曦此刻正在強忍怒火。她忍不住皺眉追問：「你們剛剛在說什麼？」

林文羽抬頭，恰好黃曜曦垂下視線。短短一秒，兩人眼神在半空交會，她讀懂了少年沒有說出口的懇求——不要告訴他媽媽閱讀障礙的事。

她重整思緒站起身，故作嚴肅地對黃母微笑，「沒事，這次期中成績不好，我念了他一頓。」

黃母馬上被轉移注意力，回頭怒瞪兒子，「你活該，考那什麼成績？你不丟臉我都覺得丟臉！」

林文羽故意接口：「那我們就把握時間開始上課了，還有很多進度需要趕。」

黃母這才甘願關門離開。

她一走，林文羽正要開口說話，黃曜曦卻大步過去，一把摀住了她的嘴。指腹用力按住的觸感滾燙乾燥，她起初不明就裡，幾秒後，才聽見黃母穿著拖鞋的腳步聲音輕輕離開。

黃曜曦放開手，俊秀的臉上怒意猶存，還有冰冷的失落凝結在擰起的眉頭，像是對他自己，還有對眼前的一切失望。

「……對不起。」林文羽低下頭，黃曜曦沒有回應，任憑她繼續說下去，「我只是想，如果你真的有閱讀障礙，可以和你媽媽說。學校現在有很多特殊教育的措施可以申請，如果你是需要更多時間讀字，也能去申請考試時間延長之類的措施，總比你現在這樣硬撐要好。」

「老師，妳到現在都看不出我媽是什麼樣的人嗎？」黃曜曦輕輕扯了下嘴角，「說了她也不會相信……可能也不只她，誰會信呢？」

他走回書桌，把上次林文羽留下的作業本遞給她。

她顫抖地翻開，裡面的字跡歪七扭八，比剛學寫字的小學生還潦草，而且字幾乎不成字，部首亂飛、偏旁飄移，一個字散得七零八落。儘管如此，每一筆卻都寫得極其用力，或是塗改好多次，才勉強寫出正確的字。

接著，他把手伸給林文羽看。

起初林文羽沒懂，幾秒後才辨出手指上密密麻麻泛紅的舊傷痕。

「以前我每寫錯一個字，家教就用衣架打一下，打得外殼的塑膠皮都裂了。他說這是偷懶，打多了就會了，根本沒想聽我說。」

林文羽渾身發抖，因爲黃曜曦此時竟然在笑，笑得古怪肆意。

四周太靜，可以聽見房裡冷氣低沉的轟鳴聲，幾秒後他再次開口，聲音也同樣低沉空洞，「如果是前幾週，我跟妳說我讀不了也寫不了字，妳信嗎？老師，我不需要妳的道歉，妳只要回答我這個問題就好。」

林文羽答不出來。如果不是她媽媽也有同樣的症狀，前幾週她唯一想的都是黃曜曦有多麼不認眞、不受教。她握著黃曜曦不知用了多少時間才寫完的作業本，手足無措站在原地。

少年淺淺笑著，笑裡有滿滿的嘲弄，「妳是第一次教到這麼沒救的學生吧？所以快滾，快去找我媽辭職，不然我會成爲妳家教經驗的汙點，老師。」

黃曜曦推開她，彎腰撿起那堆他可能看不懂多少的教科書，重新疊起分明的壁壘。他的身影被埋在壁壘之後，單薄地映在窗外墨黑天空之前。

一瞬間，這一幕和林文羽年幼時常見的畫面隱隱相疊。

她父親忙於工作不常在家，母親誤讀學校的資料、漏簽回條、漏準備她的學校用品是家常便飯。剛上小學、不太識字的她也幫不上什麼忙，只能在老師質問爲什麼沒準備時，如實回答因爲媽媽看不懂字。

在那個對於閱讀障礙還所知甚少的年代，老師以爲是藉口，狠狠罵了她一頓。她委屈地回家哭訴，母親只好坐在窗前就著昏黃的書桌燈，逐字一遍遍吃力地閱讀辨認，直到她睏極入睡都沒有移動。

當時陪伴母親的背景，一樣是一片孤寂的黑夜。

「我相信你。」愧疚與同情的不忍交織，林文羽衝動地繞過書堆，直視黃曜曦冷峻的側臉，「我相信你，也會聽你說。我會留下來。」

他撐著臉，沉沉嗤笑，「妳以為自己是聖母嗎？我說過，妳幫不了我。」

林文羽像是要證明什麼般，一字一字緩緩道：「這一切可能沒辦法馬上改變，但我會陪你，慢慢變成你喜歡的樣子。」

她從黃曜曦冷笑的神情看得出來對方並不相信，或許從未有人對他說過這種承諾，長久孤身在黑暗裡的人，已經不再願意相信光的存在。

迎著那樣抵觸的視線，她還是義無反顧說出口：「我們約好了，黃曜曦。」

第二章　第一次小逃跑

那天之後，家教的氛圍微妙地改變了。

林文羽回家思考半天，決定放棄傳統的教科書教法。她準備了一大本素描本，每次上課都會拿出來，把複雜的理論畫成圖，好讓黃曜曦理解。

偏偏她不擅長畫畫，圖像充其量就是歪歪扭扭的線條與火柴人，黃曜曦看得直皺眉。她注意到對方古怪的眼神，筆尖停了下來，「哪裡聽不懂嗎？」

「聽得懂，」黃曜曦很輕地勾了下唇角，「只是太醜了。」

林文羽愣了下，拿起橡皮擦，「喔，抱歉，我不太會畫畫。」

黃曜曦攔住她，「不用改了，繼續吧。」

她摸不清這位小少爺到底在想什麼，只得低頭檢查進度，「今天教得差不多了，就先到這裡吧。作業就是完成今天教過的五道練習題。」

她將素描本收進包包，猶豫幾秒，從包裡拿出一個小小的紙袋，「獎勵你上次完成作業，最近也都很認真學習，送你一塊我最愛的布朗尼。」

以前她教過好幾個家教學生，幾乎沒有人能抗拒這種小點心，是拉近關係的妙方。

然而黃曜曦手都沒動一下，「我不喜歡甜食。」

他本以爲林文羽會知難而退，沒想到她卻得意地笑起來，「我就知道你會這樣說，特別挑了無糖布朗尼，保證好吃，不好吃的話下次免寫一次作業。」

黃曜曦看著她彎起的眉眼，掙扎半晌，才含糊地道了謝。

林文羽轉身收好東西正要離開，黃曜曦卻又叫住她，有些彆扭地開口：「隔壁班的同學送我卡片，手機辨識不太出字，妳可以念給我聽嗎？」

「好呀。」黃曜曦難得主動和她說話，雖然只是有求於她，林文羽還是受寵若驚地接過卡片。

翻開粉紅色卡片，看到裡頭夾的玫瑰乾燥花時，她就有預感這不是一張普通的生日賀卡。

給曜曦：

在木雕社和你同桌的時候，你手下的世界永遠那麼生動。

現在沒有社團課了，我好懷念和你一起做雕刻的時間。

多來隔壁班找我玩吧。

生日快樂，下次要幫我刻這朵玫瑰喔。

林文羽念完放下卡片，看著黃曜曦想要裝酷卻隱隱泛紅的臉，「哇，這根本是情書吧。」

「不要亂說。」

難得看到黃曜曦如此害羞的模樣，她忍不住逗他，「怎麼樣，需要不需要我幫你寫回信？」

「不用，我自己會找她。」

林文羽看著他柔和的表情，小聲嘀咕一句：「你對我也能這麼友善就好了。」

他沒聽清，「妳說什麼？」

「沒事，作業記得寫唷，用你自己適合的速度，能寫多少就算多少。」

林文羽語畢揮揮手，上課這麼久以來，黃曜曦第一次抬手揮回去，像野豹偶然懶洋洋搖了下尾巴。她感動地直盯著他，深感自己像位馴獸師，終於被一點點納入野獸的安全距離——這點感動卻只持續一秒。

「怎麼還不走？」

果然還是那個喜怒無常的少年……林文羽打開房門出去，客廳裡的爭吵聲突兀地灌進耳裡。她尷尬停步，要去大門又不能不經過，只得放重腳步，讓客廳裡的人察覺她出來了。

她從來沒見過的黃父將頭髮往後梳，露出俊朗五官，坐在沙發上一派從容，黃母卻直直站著，向來優雅的髮髻鬆脫散落，滿臉漲紅。

黃父正似笑非笑地說：「我回家是爲了休息，不是爲了聽妳跟我吵這些。」

「是我願意跟你吵嗎？你這個禮拜回來幾次，其他時間睡在哪個狐狸精家裡，我清楚得很！」

「好了，有客人呢。」黃父對她的怒氣視若無睹，轉頭對正想悄悄經過的林文羽微笑，「謝謝妳來教我兒子，他是笨了一點，要多麻煩妳了。」

「黃曜曦不笨！」

「黃曜曦不笨。」

林文羽看一眼和她異口同聲的黃母，繼續說：「曜曦只是……」

話斷在半空中，只是什麼？只是有閱讀障礙？她能代替他說出來嗎？

黃父笑出來：「老師，妳也不用爲他找藉口了，他從小到大幾乎每次成績都是倒數第一。」

「下次段考他會進步！」黃母激動地說：「林文羽，無論用什麼方法妳都要讓他下次進步，知道嗎？沒進步妳也不用再來了。」

林文羽只能點點頭，在兩人再度吵起來的聲音裡繼續朝門口移動……忽然感應到好像有人在看她，下意識回過頭。

黃曜曦的房門微微開了一條縫，他從裡面望出來，顯然聽進了他們所有的對話。兩人視線相交一秒，接著他轉過頭，關上門——那一秒他的眼神像擱淺的鯨魚在哭，無聲卻刺耳。

窗簾拉起、關上電燈的房間宛如沉入深海，黃曜曦知道外頭的人還在繼續吵，也知道最後父親會生氣地摔門而去，母親則會更著魔地來要求他功課，好像那是她唯一一根救命稻草。

黃曜曦拿出布朗尼，挑剔地看了好幾眼才小口咬下，濃郁微苦的巧克力散入唇齒間。他邊吃邊想著實在太苦了，下次要向林文羽說一聲，他想要加點糖。

隔天早上林文羽結束系上活動的籌備會議後，同為工作人員的黃曜初叫住她，「你還在教我堂弟嗎？」

「對啊，怎麼了？」

黃曜初搭上她的肩膀，被她無奈地撥開，「一起吃午飯吧，我請。」

「請我幹麼？」

「謝謝妳願意繼續教我堂弟啊。」黃曜初戲謔眨眼，「沒想到妳居然可以撐那麼久。怎麼樣，我弟狀況還好吧？」

林文羽想起初次見面時黃母的警告，含糊回應：「有在慢慢進步了。」

他們邊聊邊走出校園，最終黃曜初停在一間新開的日式料理店前。林文羽瞥一眼菜單的價格，默默想往回走，被黃曜初一把拉住，「怕什麼，我剛說了我請客，當作慰勞妳教我弟。」

林文羽被半強迫拉進餐廳，最終點了一個最便宜的丼飯。黃曜初見狀擅自幫她升級成套餐，才又繼續道：「我本來想自己關心他，但家裡的大人每次都拿他來和我比較，害我們感情不太好。」

「比成績嗎？」

黃曜初露出燦爛的笑容，像隻討喜的黃金獵犬，「比誰適合繼承家裡的公司。目前爲止，我還是我爺爺最愛的孫子。但黃曜曦就倒霉一點，爺爺一點都不喜歡他爸跟他媽，自然也不會太喜歡他。」

林文羽瞠目結舌，有錢人家的煩惱眞的跟一般人不太一樣，她無法感同身受，不過這或許可以解釋，爲什麼黃母總是看上去壓力這麼大。

服務生送上餐點，黃曜初馬上偷夾了一塊她盤裡的炸雞，「所以你也不要太認眞教他，要是贏過我就不妙了。」

聞言，林文羽失笑。

接著黃曜初把碗裡的烤魚挑了一塊放到她盤裡，「我是說眞的，你忍心看我失寵嗎？在我們家，沒有用的小孩會被看不起。」

黃曜初趴在桌上由下往上看她，視線楚楚可憐。他帥氣的面容如陽光般燦爛，黃曜曦好看的臉龐則是如月光般神祕，但即使氣質截然不同，從五官仍可以看出兩人三分相似的影子。

林文羽反覆想著那句「沒有用的小孩會被看不起」，黃曜曦沉默隱忍的臉同時在眼前閃過，那樣驕傲的少年，這些年都是過著什麼樣的日子呢？

當天晚上林文羽去黃家時，一看到黃曜曦就滿腦子都是八點檔爭奪繼承者位子的劇情。她用力甩甩頭想把雜念清除，一定睛，又看到黃曜曦一臉看笨蛋的表情盯著她。

「昨天的布朗尼好吃嗎？」林文羽一邊拿出本子，一邊尷尬地找話題。

他沉默了幾秒，「不好吃，下次別買了。」

「好吧，下次買別的甜點給你。」林文羽失望道。黃曜曦沒有回答，她悄悄覷一眼他的神色，發現對方分明是情緒低落的樣子，猶豫半晌，還是問出口：「你想跟我聊一聊嗎？」

黃曜曦下巴的線條繃緊起來，搖搖頭。

她深吸口氣，「那我們就開始吧。」

黃母的最後通牒言猶在耳，這份工作占了她打工的大部分收入，所以她無論如何都得讓黃曜曦成績進步才行。

黃曜曦今天上課難得沒有不耐煩。順利完成今天的進度後，他忽然張口：「妳這週末有空嗎？」

林文羽心跳漏跳了一拍……他是在約她出去嗎？怎麼可能？她盯著少年的雙眼試著理解自己有沒有誤會，然而如果真的是約會，她也絕不能答應，現在她可是家教，再怎樣都不該跨越師生這條線。

腦中的胡思亂想還沒轉完，黃曜曦已經繼續說下去，「雪岑約我一起念書，我媽要妳在場，才准我們出去。」

原來是要拿她當擋箭牌……林文羽心裡莫名有些五味雜陳，悶悶地應了聲，準備離開房間。

她一走到客廳，黃母就招手呼喚她，冷聲道：「我兒子這個時候絕對不能談戀愛耽誤學業，所以妳要盯緊他。週末的約如果眞的只是和同學一起念書就算了，有其他任何蛛絲馬跡，妳都要讓我知道。」

她禮貌微笑，「當然沒問題。」

關上門前，林文羽從縫隙看見黃母將臉埋進掌心，縱使疲憊，她的背脊依然端正地挺直。

到了週末，林文羽來到約好的咖啡廳外，遠遠看見黃曜曦和一名陌生女孩並肩而立，臉上是她不曾見過的柔和放鬆。

她走上前，女孩便轉過身，清秀的臉上滿是活潑笑意，「妳好，我是何雪岑，妳就是曜曦的家教老師對吧？」

林文羽微笑，「妳好，叫我文羽就好，今天有什麼不懂的也可以問我。」

儘管話說得落落大方，接下來的時間她卻如坐針氈，感覺自己就是顆大電燈泡，在少男少女間閃閃發亮。

何雪岑明顯對黃曜曦熱情洋溢，黃曜曦卻很木頭，只顧認認眞眞讀書，對何雪岑的問題有一搭沒一搭地回應。

何雪岑也不氣餒，大眼睛一轉，望向林文羽，「老師有男朋友了嗎？」

林文羽正在神遊天際，猛然被拉回心神，「什麼……喔，沒有。」

「爲什麼不交一個呢？上大學後就會有很多可以談戀愛的機會吧？」

面對何雪岑閃閃發亮的眼睛，林文羽有些尷尬地想趕快帶過話題，「沒有遇到夠喜歡的人。」

「怎樣才算是夠喜歡呢？看得順眼就可以先交往看看，感情可以慢慢培養啊。」

林文羽最後藉口要去洗手間，才逃離何雪岑的連番提問。片刻後，在走回座位的路上，她偶然聽見何雪岑甜甜的聲音正在說：「你的家教老師感覺人很好耶，而且超有耐心。」

黃曜曦輕輕笑了一聲：「她只是爲了保住自己的工作。今天跟來，也只是爲了做我媽的眼線監視我而已。」

林文羽回座的步伐停在原地，黃曜曦恰好在此時抬頭，對上她的視線，烏黑的眼睛輕輕瞇起，辨不出情緒。

那天接下來的時間三人都很安靜，直到晚上何雪岑被家人接走後，黃曜曦才抬手攔下準備離開的她，「都聽到了？」

林文羽沒說話。

「妳該不會在難過吧？我說的是事實。」

路燈柔和的光芒落在黃曜曦雕刻般的側顏上，他分明在微笑，看上去卻那麼冷漠、那麼遙遠。

林文羽深呼吸完才抬頭，「嗯，是事實沒錯，這是我的工作。」她邁步往前走，和他擦身而過，「但不代表你這麼說，我不會難過。」

她悶頭沿著街道往前走，入秋的涼風颳過臉龐，眼前忽然多出一道影子，風停了。

黃曜曦繞到她身前，臉上的表情有些無措。

林文羽耐著性子，「幹麼？」

「妳生氣了？」

她站定在街道上，擰眉瞪著黃曜曦，眼神卻沒什麼殺傷力。

離開書房冰冷的日光燈和永無止盡的試卷，黃曜曦像從紙上活了過來，滾圓秀氣的眼睛低斂著，眼神虛張聲勢卻又微微忐忑，就是青澀可愛大男孩該有的模樣。

故意說話惹她生氣簡直是小學生行爲，然而這種難得的孩子氣，是黃曜曦在壓抑的家裡無法流露的。

「我不對小孩子生氣。」林文羽壓下不自覺揚起的嘴角，繞過他繼續走，耳邊傳來對方跟上的腳步聲，「跟來幹麼？你媽媽不是要來接你？」

「她的按摩師今天遲到，療程還沒結束，叫我自己回家。」

「那你就趕快回家，免得你媽又發飆。」

黃曜曦手插著口袋，加快腳步和她並肩走在一起，「難得的自由時間，我不想這麼快就回去。」

林文羽拿他沒輒，「你想去哪裡？」

黃曜曦聳聳肩，慵懶地瞇起眼，「一起逛逛，隨便去哪裡都可以。」

夜色迷離，穿梭的人影和商店絢爛的燈光互相交映，他們在商店街上漫無目的前行。街上人太多，他們靠得很近，肩膀不時撞在一起，林文羽搜索枯腸想找話題，黃曜曦卻似乎沒想開口，只是默默環視街道，信步走進路邊的夾娃娃機店。

黃曜曦第一次玩，也許是新手運發揮，居然就成功夾到一隻憨態可掬的獵豹娃娃，轉手就遞給她，「要嗎？不要我就丟了。」

手機訊息不斷跳出來，林文羽忍不住分心掃一眼，是隔天要交的報告組員還沒上傳，群組裡兵荒馬亂正在找人。她抿起唇，正想按掉，就有人標註她的名字寫道：「文羽有空的話可不可以幫忙？」

緊接著是系上營隊的訊息，還有她母親需要她幫忙的語音留言，密密麻麻的通知刷滿螢幕，她立刻被這些待辦事項炸得有些頭暈——

下一秒，黃曜曦猛然彎腰歪頭看著她。她嚇得抬頭，俊秀但稚氣未脫的臉在她眼前放大，只見少年指尖勾著娃娃晃來晃去，「要，還是不要？」

林文羽被迫轉回注意力，接過娃娃，尚未道謝，黃曜曦已經拽著她的包包繼續往前，「去買飲料，我請妳。」

片刻後，二人來到飲料店，林文羽點完餐，他打開錢包數了半天，接著指著菜單上最便宜的紅茶，「就這個吧。」

櫃檯裡的店員微微不耐道：「請直接說出來您要點什麼喔，我們這邊看不清楚您指了什麼。」

聞言，黃曜曦抿了抿唇，保持沉默。

林文羽頓時懂了他爲什麼猶豫，傾身向前，對店員念出他方才指的飲品。

店員點點頭，接過黃曜曦遞去的銅板。

她悄悄望一眼黃曜曦沒有表情的側影，正想開口，對方已經又拖著她的包包往旁邊的便利商店走，「我想吃冰。」

即使年紀快要成年，黃曜曦喜歡的東西似乎仍非常接近小孩子的口味。

十分鐘後，林文羽坐在河堤旁的階梯上，接過黃曜曦遞來的冰棒和奶茶，望著眼前河水潺潺流動，把路燈的倒影撥得凌亂。

張口咬下冰棒，百香果的酸甜味裹挾冰凍漫過唇齒，再配上一口溫熱的奶茶，她愉悅地瞇起眼，覺得自己也被這種孩子氣感染了。

「妳要走了嗎？」

「還沒有呀，怎麼了？」林文羽困惑地回頭。

黃曜曦高大的身形縮在小小的階梯上，不知道是不是她的錯覺，聲音隱隱有些哀怨，「妳從剛剛就一直在看手機。」

原來他都看在眼裡……林文羽有些內疚，正想說些什麼，黃曜曦已經轉過頭望向河水，「謝謝。」

「謝什麼？這都是你請的耶。」

黃曜曦沒有回答，剩下的時間裡兩人默默喝飲料、吃冰棒，直到河堤對岸燦爛的燈火漸漸暗下，他才輕輕說：「走吧。」

他拉起兜帽，臉龐再度沉入黑暗裡。

林文羽隨著他的背影往前走，忽然明白這次甚至算不上遊玩的散步，或許就是他長久以來唯一一次，可以從窒息的日常生活裡逃離的機會。

接下來的家教課他們之間終於不再劍拔弩張，黃曜曦也會努力完成林文羽要求的功課進度。

但再下一次的期中考後，林文羽收到黃母的訊息，表示他依然是倒數第一。

那天照例有家教課，林文羽剛走進黃家，就聽見黃母高八度的聲音，「功課既然沒進步，就要再換老師。」

黃曜曦僵硬答道：「老師已經很認眞教我了。」

「老師認眞，所以不認眞的是你嗎？」

幾秒的沉默後，黃曜曦態度挑釁地回答：「對啊，妳不是早就知道了。」

「我怎麼會有你這種兒子！」

黃母胸膛劇烈起伏，驟然高高揚起手。

林文羽想也沒想就撲上去，但比她高的少年快了一步把她往身後推，毫不閃躲抬起臉。怕他眞的被打，她情急之下脫口而出：「他有閱讀障礙，不是不認眞！」

「閱讀……障礙？」黃母的手懸在半空。黃母定睛看向她，喃喃複誦，因激動而紅潤的臉龐慢慢褪去血色，半晌顫抖地問：「妳是說，我唯一的兒子，腦袋有問題？」

黃曜曦聞言渾身一僵，林文羽的手還握在黃曜曦腕上，分不出是她在發抖，還是黃曜曦。

黃母脫力地往後跌坐在沙發上。半晌過去，她低低道：「你爺爺老是嫌棄我學歷低、配不上你們家，還說是因爲我不夠聰明，才會養出你這樣的兒子。」

林文羽悄悄看一眼黃曜曦，他面無表情，仔細看卻可以發現他咬緊後槽牙，拚命壓下情緒。

「我總是覺得不甘心，想證明我能教育好你。你一直都是我……唯一的希望。」

林文羽說不出話，也不知道該做何反應。

良久，黃母深深吸一口氣，銳利的眸光投向她，「這件事，妳應該沒有讓任何人知道吧？」

林文羽搖搖頭。

黃母眼裡閃過狂熱的光，神經質地扭著手，「既然如此，就還有機會不讓他爺爺知道，他就還有機會繼承公司。林小姐，我要妳繼續教我兒子，我不管他是什麼障礙，有問題就是要克服，不會就用功到懂爲止。」

「黃媽媽，曜曦的狀況不是可以光靠用功克服的……」

「夠了！」黃母怒聲打斷，「我不想聽廢話，你們兩個趕快進去讀書吧。」

兩人走進黃曜曦沒有開燈的房間裡，一進門黃曜曦就靠著牆壁滑坐在地。

林文羽目光落在少年高大卻蜷縮的背影，走向他蹲下來，在黑暗裡找到對方的雙眼，笨拙道：「你沒有做錯事，黃曜曦。」

儘管她只是一個隨時可能離開的家庭教師，幫不了他什麼忙，但她無法再眼睜睜看他露出如此荒蕪的眼神。

她的手指試探地落在黃曜曦削瘦而突出的脊骨，感受到少年劇烈顫抖了下，緊繃的肌肉緩緩放鬆，才低聲道：「抱歉，我還是和你媽說了。」

黃曜曦搖搖頭，光線太暗，林文羽看不清他的表情，只聽見他開口問道：「我會好起來嗎？」

林文羽艱難地字斟句酌，輕輕回答：「我媽媽和你有一樣的狀況，雖然不能完全治癒，還是可以慢慢找出方法和它共存。」

黃曜曦像是失去所有力氣，肩膀頹然垂下，雙手自虐般用力扯緊髮絲。

林文羽輕柔地拉開他顫抖的手指，「黃曜曦，我會陪你。你想繼續試試看念書、想繼續和你媽溝通，或者想轉換跑道，我都會陪著你。」

「為什麼？」黃曜曦驟然抬頭，反手抓住她的手，力道大得讓她微微瑟縮，他的指尖滾燙，溫度沿著她的肌膚燒起一陣戰慄。

她不動聲色，心跳卻驟然凌亂。此時她的眼睛漸漸適應黑暗，可以看見黃曜曦雙眼一眨不眨地在黑暗裡對上她的目光，「妳不是說我不會好起來，那妳為什麼還不離開？妳留下來也沒有意義。」

話是這麼說，黃曜曦的手卻沒有鬆開，執拗地抓著她不放。

無數思緒從林文羽腦中淌過，最終她把可能傷害到他的話語一一消化重塑。

最初，她確實是為了豐厚的鐘點費……

黃曜曦個性倔強銳利，一開始不配合的態度令她頭痛，然而當她知道他獨自忍受什麼祕密時，才明白那些對她的排拒從何而來——比起看著家教們滿懷信心而來又失望離去，一開始就把人遠遠推開，對他來說或許更容易。

如果她現在放開他的手，對方是不是就會墜入黑夜裡，永遠忘記向光呢？

「我沒有什麼了不起的理由。」顧不得這樣的舉動有些曖昧，林文羽雙手安撫地把黃曜曦的手攏進掌心，慢慢握緊，「但很多事情本來就沒有什麼意義，意義是我們自己賦予的。」

「隨便亂說的毒雞湯。」黃曜曦哼笑一聲，慢慢恢復原本毒舌的口吻。他放開林文羽的手，深深呼吸後，起身打開燈，「繼續上課吧。」

燈光沖淡方才曖昧的氛圍，林文羽看著他走向書桌的背影，輕撫手上殘留的少年指尖的溫度，意識到自己此刻心跳快得嚇人。

她一面告誡自己不可以隨便亂想，一面熟門熟路在黃曜曦身邊坐下，打開準備好的素描本。

密集的家教和系上活動同時進行，林文羽終於累到病倒，喉嚨痛得宛如刀割，卻還是在上課前的短暫間隙裡忙著查閱資料。

黃曜初在她身邊坐下，探頭看一眼她的電腦螢幕，「妳查高中的升學資訊幹麼？」

「黃曜初，亂看人家螢幕很沒禮貌耶。」

「幫我弟查的？特殊選才？」黃曜初往後靠上椅背，露齒一笑，「別鬧了，先不用說我嬸嬸會不會同意，高三才準備走這條路是行不通的。」

林文羽無法反駁，嘆息著關掉頁面，「黃曜曦不適合考試制度的升學管道，總得找一個出路吧。」

黃曜初仔細觀察她的神情，忽然開口說道：「對他這麼用心……妳該不會喜歡上他了吧？」

林文羽差點打翻放在桌沿的咖啡，「亂說什麼，他是我的學生耶。」

「妳又不是學校老師，明年妳就不需要教他了啊。」黃曜初嘴角微微勾起，「何況他真的長得不錯看，如果不是腦袋不好了點，應該會跟我一樣很受女孩子歡迎。」

林文羽對他翻了個白眼，「不要這樣說他。」

黃曜初指尖戲謔地點了她額頭一下，「妳還說沒喜歡，我只是隨便說一句妳就這麼維護他。」

林文羽把頭搖得像波浪鼓，像是急迫地想壓下紛亂的思緒，「我只是想幫忙他而已。你看過他的雕刻作品嗎？他有這麼好的才華，不繼續發展很可惜。」

「才華能當飯吃嗎？妳鼓勵他去追一個根本不可能完成的夢想，很不負責任。」

林文羽鬱悶地盯著他，雖然知道黃曜初說得沒錯，但腦中又浮出那天兩人交錯的手，黃曜曦握得那麼緊，像在黑暗裡生生抓住最後一束微光。

當晚的家教課林文羽撐著病體上班，說沒兩句話就開始咳嗽。

黃曜曦看她一眼，默默出去倒了杯溫水，塞進她手裡。

林文羽有點受寵若驚，「謝謝。」

臉皮薄的少年馬上別過頭，趁著她休息喝水的間隙，自顧自在本子上塗鴉起來。

感冒病毒讓林文羽整個人頭暈目眩，連帶平常焦慮課程進度的思緒也慢了下來。喝了幾口水後，她轉頭望向黃曜曦的筆記本。

他在本子上惟妙惟肖畫出一隻奔跑的獵豹，豹臉上塗黑的猙獰淚痕幾乎劃穿紙面。注意到她的視線，少年轉過頭打量她一眼，難得放柔聲音，「臉色這麼差，不舒服的話今天就暫停上課吧。」

林文羽盯著他移動的筆尖，「你很喜歡創作這些作品嗎？」

有些意外她會這麼問，黃曜曦放慢作畫的動作，良久才回道：「因爲只有這時候，我才能創造出一個可以讓我隨心所欲感受的世界，而不是一堆看不懂的、無法辨識的、扭來扭去的字。」

林文羽撐著臉仔細觀察他的塗鴉。她沒有太多藝術鑑賞力，然而黃曜曦筆下的線條流暢又充滿活力，讓她想起那些已經被黃母丟掉的雕刻品，每一個都鮮活得彷彿封存著黃曜曦的生命。

感冒的不適一點點削弱理性，林文羽心裡掙扎許久，張口問：「我知道已經快來不及了，但你想不想試試看準備作品集，用特殊選才的管道申請雕塑學系？」

黃曜曦頓了下，狂躁地把畫好的獵豹塗掉，抛開色鉛筆，「不行，我家裡希望我念商學院。我已經不夠聰明，再不聽話就沒有價值了。」

林文羽緊握著杯子，溫度緩緩沁入掌心，連帶給了她衝動的勇氣，「價值不是由別人衡量，是你自己要感受到意義才對。」

「不對，價值得由世界來衡量，即使是我爸愛買的那些藝術品也都是明碼標價。」

黃曜曦望向她，向來鋒利的語氣柔和了些，「老師，妳還是這麼天真。」

「在該天真的年紀好好天真，沒有什麼不好啊。」林文羽垂下眼，想到早上黃曜初看她的眼神，肯定也覺得她很天真吧。

就在她沮喪得想要轉換話題時，黃曜曦忽然繼續說：「何況，我媽把我之前的作品都丟掉了，我沒有時間重做。」

她倏然抬頭，眼睛慢慢亮起來，「如果你想，可以用我的家教時間做作品。我幫你查過，T大的交件時間還有二十天，從今天晚上開始準備，說不定還來得及！」

黃曜曦挑眉，語氣微妙，「妳幫我查了？這麼貼心。」

少年微微戲謔的小表情如羽毛般輕輕掃過心尖，林文羽意識到自己說溜嘴，尷尬地移開視線。

幸好黃曜曦沒再追問，只是輕輕說：「如果我媽發現的話，妳會被開除，這樣也沒關係嗎？」

當然有關係。林文羽吐吐舌，「如果被開除就再找工作吧。」

黃曜曦深深看她一眼，「我來和我媽說吧。」語畢，起身往外走，敲響母親的房門，聽到回應後推門而入。

林文羽見狀連忙跟上。

黃母看到林文羽跟著走進來時微微皺了起眉，聽到黃曜曦張口說想報名特殊選才後，眉頭皺得更緊，冷聲道：「我說過很多次，你得跟你堂哥一樣念商學院，不然怎麼和人家競爭？你已經是家裡功課最差的小孩了。」

黃曜曦的聲音比她更冷，似笑非笑回道：「我不是吧，妳不是連大學都沒有念？」

這句話馬上讓黃母白了臉色，林文羽即時插話進來，臉上堆起誠懇的笑容，「黃媽媽，我們不一定要現在馬上決定啊。我會幫忙他準備申請資料節省時間，二十天後他就回頭好好準備學測。等特殊選才的學校放榜，我們再慢慢討論也不遲，現在只是讓曜曦多個選擇而已。」

最後一句話讓黃母微微動容，良久，她像是下定決心，終於啓唇，「好吧，如果你有本事錄取，我就讓你念。」說完便揮手示意兩人離開房間。

林文羽喜出望外，走到客廳轉頭想恭喜黃曜曦，卻發現他臉上依然是猶疑的神色，像是不懂黃母的態度為何突然轉變這麼大。她拍拍他的肩，開心地笑瞇了眼，「恭喜你，可以開始好好專心準備了！」

黃曜曦收回望著黃母房門的視線，難得露齒笑得燦爛，圓滾滾的眼睛瞇成月牙狀，前所未有地像隻可愛活潑的倉鼠。

光是看到這樣的表情，林文羽就覺得她內心小劇場裡的那些自我掙扎都值得了。

當她收拾東西準備離開黃家時，黃曜曦遞給她一個袋子，裡頭裝滿小包裝的藥物，「速效感冒藥，吃完好好休息。」

她對上黃曜曦仍然盛滿光芒的眼睛，心跳猛然快了一拍，裝著若無其事道謝接過，走出房子後才深深喘了口氣。

黃曜曦有耀眼的才華，也有真心熱愛的事物，她特別喜歡他畫畫時眼裡閃爍的光——和她截然不同。

她的世界比起興趣或熱情，更多時候是由責任組成。她得瞻前顧後，得幫助媽媽順暢生活，得補位忙碌的同學，雖然這一切都是她心甘情願，但偶爾她也會想，如果有什麼她真心喜歡的東西可以占據她的時間，那就太好了。

幫助黃曜曦是她難得的任性，如果能看到黃曜曦閃閃發光，她就心滿意足了。

爲了平復一下混亂的思緒，林文羽在等電梯時低頭打開手機。

上家教時她的手機保持靜音狀態，現在打開才發現螢幕上是一整排來自媽媽的未接來電。她馬上回撥，才剛接通，就聽見低低的啜泣聲連綿不絕。

「媽，妳怎麼了？」電話那頭的聲音夾雜哽咽，她聽不太清楚，只能低聲安撫道：「沒事，媽，我在這邊。」

好幾分鐘後，對方才小聲道：「我的錢被騙走了，怎麼辦啊？」

林文羽腦中一片空白，仍強自冷靜下來，「妳不要急，慢慢說，發生什麼事了？」

她媽媽顛三倒四地說出她誤信朋友，簽了根本看不懂的投資文件，結果僅有的一點積蓄都賠下去，血本無歸。

不知道是病毒效力太強，還是這個消息太令人震驚，林文羽頭暈目眩，差點連站都站不穩。

遲遲沒聽見她回應，電話另一頭的母親又哭起來，「抱歉，我本來想說如果能賺回一點錢，妳就不用這麼辛苦半工半讀了。」

林文羽深深呼吸，把剛剛一瞬間四分五裂的自己拼湊回來，語氣依然溫和平穩，「錢再賺就好，妳人沒事最重要，不要太擔心。」

極力安撫好媽媽的情緒，叮嚀記得報警後她才掛斷電話，有些茫然地重新按下電梯鍵。電梯門無聲滑開，她與鏡子裡臉色慘白的自己互相凝望。

本來家裡偶爾有餘裕時還會匯點錢給她當生活費，如今看來不太可能了。

電梯到達一樓，林文羽邁步踏出。此時是即將入冬的季節，迎面吹來的風頗為冷冽，心情和身體的不適相互疊加，她裹緊單薄的外套，忽然無法承受地原地蹲下，把頭埋進雙膝間。

她已經這麼努力地生活，為什麼還是遇上這樣的壞事情呢？

「林文羽？」

背後傳來熟悉的聲音，林文羽嚇了一跳回過頭，黃曜曦正蹙眉望著她，手裡拿著她忘記帶走的錢包，顯然是刻意追下來找她的。

她撐著雙膝站起，低下頭迴避他的視線，接過錢包，「謝謝，外面這麼冷，你趕快回去吧。」

黃曜曦卻一動不動，低低問道：「妳還好嗎？」

不問則已，一聽到這句關心，本來沒想哭的林文羽心裡猛然一震，飛快眨起眼睛，撐起一抹逞強的笑容，「你擔心我？你該擔心的是自己，趕快回去做作品集吧。」

少年露出欲言又止的表情，林文羽見狀立刻揮揮手，在眼底的淚水即將墜落前，飛快跑離。

接下來每天晚上，林文羽都會和黃曜曦一起關在房裡，桌上不是教科書，而是數不盡的木頭和陶藝材料。

他們很有默契地都對那晚的情況絕口不提，也幸好黃曜曦現在全部的精神都在製作作品，無暇顧及其他。時間異常緊迫，除了他埋首創作，林文羽也捧著筆電坐在他身邊，焦頭爛額地幫他趕自傳和作品介紹。

交件前一晚，所有工作終於即將收尾，林文羽一邊打呵欠一邊問：「這件作品有想到叫什麼名字嗎？」

黃曜曦看一眼林文羽指向的成品，是一朵棲息在玻璃罩子裡的玫瑰花陶作，大片渲染的粉紅攀爬在花朵層層疊疊的花瓣上。他思索片刻才開口：「禁錮。」

「禁錮？」林文羽有些意外，「這麼漂亮的花爲什麼叫這個名字？」

「美女與野獸的故事裡，野獸不是一直小心翼翼守護著一朵玫瑰嗎？這朵玫瑰是希望，也是枷鎖，它讓野獸永遠只能困在城堡裡，等一個不知道會不會降臨的愛人。」

林文羽猛然想起何雪岑的生日賀卡，語氣不自覺帶著試探，「這是要送雪岑的吧？她知道你要報考雕塑學系嗎？」

「我媽不讓我告訴任何人我要考雕塑學系，」黃曜曦吹開手上的木屑，側頭看她，微微彎起眼角，「雪岑喜歡花沒錯，但如果老師要的話，我可以再做一個送給妳。」

林文羽微微舒展眉頭，又覺得自己這麼好哄有失老師的威嚴，連忙擺正臉色，「好，這件作品的創作理念我知道了，再來是最後一個。」

最後的作品還未完成，是一只手掌大的木雕，蹲伏的野豹身上有雙張揚的翅，昂首欲飛。

黃曜曦手指撫過木雕，輕聲說：「叫『肆意逃跑』。豹是陸地上跑最快的生物，但無論牠多努力奔跑，還是不能脫離地心引力的禁錮。」

林文羽手指跟著撫過木頭的肌理，小心得像在碰觸眞正的生命。

黃曜曦望向她，放下慣常的銳利緊繃，徐徐說道：「創作理念是，總有一天我會找到一個深愛的人，她會成爲我的翅膀，帶我逃離悲傷。」

兩人的指尖不自覺在雕塑的翅膀上輕輕相觸，林文羽渾身一震，飛快收回手，掩飾好心裡膨脹的感動，「我知道了，今天會幫你把作品理念寫完。」

那天他們熬到很晚，黃母早早睡下了，兩人的房間還燈火通明。

林文羽感冒遲遲未癒，咬著牙把文件做完八成後，疲倦地打起瞌睡，黃曜曦則是直接闔上她的筆電，「睡一下再起來繼續。」

她無力反駁，趴在黃曜曦巨大書桌的一角，沉沉睡去。

再次甦醒時，她半閉著眼伸出手，摸到柔軟的絨毛觸感，才猛然睜眼，不知道什麼時候她已經躺上角落的長沙發，身上蓋著薄毯。

窗簾縫隙透入淡淡晨曦，黃曜曦依然坐在書桌前，聚精會神地幫雕塑點綴最後的色彩。

陽光像他此刻手上小心描繪的畫筆，一寸寸沿著他輪廓勾勒，生氣蓬勃。像是感應到她的視線，黃曜曦在椅子上回頭，將雕塑高高舉起，「完成了。」

林文羽爬起來拉開窗簾，陽光灑落在同樣金黃燦爛的豹身上，和黃曜曦此時盛滿光芒的雙眼一樣，閃閃發亮。

有那麼幾秒，林文羽一動不動，和光裡的少年四目相對，胸口深處也有隻獵豹昂首奔跑，每一步都落在心上，撼動著心跳，如夢似幻。

她開口，聲音輕得像怕驚動這個夢境，「我眞的、眞的很喜歡你的作品。」

黃曜曦聞言笑得更加開懷。

她好喜歡黃曜曦此刻的笑容，好像全世界都因爲他而發亮。

僅僅過去幾秒，林文羽從幻夢裡乍然醒來，急促道：「我得走了，如果你媽看到我還在會氣瘋的。」

昨天因爲趕交件日，黃母已經破例讓她留到這麼晚，如果知道她居然過夜了，肯定會大發雷霆。

黃曜曦看著她手忙腳亂收拾東西的動作，嘴角抽動了下，「放心，我媽要靠安眠藥才能入睡，現在還不是她起床的時候。」

林文羽卻像是要逃避什麼，動作依然沒有放慢，匆匆收好東西，「我要先回去上課了，上午會抽空收尾相關的文件，你再傳給你媽，記得把作品照片加上再寄出喔。」她沒有黃曜曦的聯絡方式，所有私下接觸或上課時間的安排都是透過黃母。

黃曜曦點點頭，林文羽正要踏出房門，一隻手猛然橫過去擋住房門。她回過頭，發現黃曜曦向來緊繃的表情放鬆了線條，經過這麼多禮拜的拉鋸，他終於在她身邊收起滿身尖刺。

「抱歉，那些書面資料本來是我該自己準備的。」

林文羽愣了下，搖搖頭，「如果可以，你一定寧可自己做。」

即使是特殊選才，需要準備的資料也十分繁瑣，這幾天她眼睜睜看黃曜曦花了許多力氣研讀規定繁瑣的簡章。然而對他來說，要讀懂這麼多文字實在太難了。

他避開她的視線，字斟句酌道：「謝謝，除了妳……不會再有人陪我賭這個夢。」

花這麼大的力氣去追尋一個沒有人看好的夢想，值得嗎？他優秀的堂哥黃曜初不會覺得值得，黃母更不可能支持，唯一能夠陪他莽莽撞撞圓夢的，只有原該與這一切毫無關係的林文羽。

林文羽先是面露驚喜，而後忍不住感慨，「你這麼成熟，我有點不習慣。」

「……再見，記得補眠。」黃曜曦沒好氣地把她推出去，關上門。

一門之隔，林文羽用力眨眨眼，但黃曜曦的身影仍像陽光的殘影般，深深烙印在她的眼裡。

第三章　第二次小逃跑

完成特殊選才的資料送件之後，一如之前和黃母的約定，繁重的家教課又馬上回復常態。

錄取名單公布那天，林文羽白天上課時總心不在焉。好不容易撐到下午一堂輕鬆的通識課，她便專心致志地等候著，三不五時刷新學校頁面。

黃曜初也選了一樣的通識課，坐在她旁邊，看她反覆按下重新整理，勾起微笑，「妳看這個幹麼？該不會眞的幫我弟申請了吧？」

林文羽心不在焉地應了聲，下秒頁面刷新後不再是空白頁，行距狹小的文字並列出所有科系的特殊選才錄取名單。她吞下小小的驚呼，心臟劇烈跳動，滑動頁面找了好一會，還沒做好心理準備，黃曜曦的名字就跳入眼中。

她忍不住大叫出聲。

被驚動的同學紛紛轉頭看她，她連忙向四周道歉，低頭看了一遍又一遍，每看一次，心裡就又快樂幾分。家裡出事後她總是心情煩悶，黃曜曦被錄取，是這陣子最令她開心的事情。

黃曜初低低吹了聲口哨，林文羽無暇理會他，開開心心傳訊息給黃母：「恭喜！」

黃母很快已讀，卻遲遲沒有回訊，不過她不以爲意，反正晚上就有家教課，她可以親口祝賀他們。

重新抬起視線時，卻看見黃曜初一臉似笑非笑，林文羽疑惑道：「怎麼了？」

「妳不懂我嬸嬸，她絕對不會放任她兒子選擇自己的路。」

「你在說什麼呀，黃曜曦都已經被錄取了。」

黃曜初聳聳肩，表情像在看一隻天眞的幼犬無理取鬧，「文羽，妳不懂我們家裡的狀況。每個成員都需要對家族有用，雕塑學系可不在有用的範圍。」

林文羽心裡微微一涼，手指下意識又點一下重整鍵，頁面再次刷新——黃曜曦的名字消失了。

她以爲自己看錯，又匆匆點了一次，依然沒有他的名字……怎麼可能？她剛剛明明一遍遍確認過了。

不顧黃曜初的呼喊，從不蹺課的林文羽抓起包包，奔出教室。

她搭捷運來到黃曜曦家附近才冷靜下來，現在這個時間黃曜曦也還在學校，她跑來能改變什麼呢？或許是學校系統出錯，誤植了錄取名單也說不定，反正還有紙本通知書可以查證。

林文羽呆坐在附近公園的長椅上，麻木地一次次重整頁面，然而黃曜曦的名字再也沒有出現過。她一直等到家教時間，才起身走向大樓。

大門一開，客廳裡的低氣壓撲面而來，黃母和黃曜曦面對面站立，顯然情緒都十分激動，一張揉爛的紙躺在他們之間的長桌。

一見到她回來，黃曜曦拾起紙遞給她，那樣高傲的人，此刻語氣近乎懇求，「妳可不可以幫我看看，我有沒有錄取？」

林文羽接過通知書，紙上文字密密麻麻，寫的是不予錄取沒錯，但學系名稱少打了一個字，其中的敘述文字更是牛頭不對馬嘴，像是匆匆忙忙打出來的文件，並不像一般的錄取通知書那樣完整正式。

林文羽來來回回看了好幾次確定沒誤解，有些困惑地抬頭，忽然對上黃母凝視她的視線。

向來鋒利的女人雖然仍保持冷靜，但背著黃曜曦，她藏不住一臉懇求的神色，無聲的肢體語言無不在大叫著，讓她不要說。

林文羽渾身一震，霎時明白了一切——這是假的錄取結果、是偽造的文件，只是以黃曜曦的閱讀能力，沒能發現其中的關竅。黃母故作開明，實際上根本沒想答應黃曜曦讓他選擇自己的路，她任由他一頭熱地準備，無論最後有沒有被錄取，黃母都已計畫好要在最後一刻摧毀他的夢想。

黃曜曦仍在追問，絕望藏在故作平靜的語氣下，「林文羽，是真的嗎？我真的沒有被錄取？」

林文羽握著紙張的手微微發抖。她不該變成黃母的幫兇，可是她真的有資格以家庭教師的身分，插手黃曜曦的前途嗎？

頂著黃母的視線，林文羽什麼也說不出口，只能回以沉默。

黃曜曦顯然誤解她的表情，咬緊唇轉開臉，臉上的無奈與痛苦慢慢化作自嘲的慘淡笑意，像是笑他做了一個短暫而虛渺的夢。

黃母慢條斯理從林文羽手上抽回通知書，淡淡對黃曜曦說：「就說你沒這個才華還不信，人家根本看不上你。反正我已經幫你安排好升學的門路了，雖然不是頂尖大學，但也不算太難看。」

黃曜曦倏然轉身離去，砰的一聲關上房門。

黃母深深吸氣後，轉向林文羽，壓低聲音問道：「妳看到一開始的錄取名單了？」

林文羽想起下午興高采烈發去的祝賀訊息，藏不住語氣裡的失望，又不敢表露憤怒，只是輕聲回應：「我們……眞的非常努力準備了。」

黃母嗤笑一聲，「我打點學校也不是容易的事情，還要謝謝妳幫他準備自傳，我才可以趁機把他塞進另一間學校的特殊選才錄取名單裡。」

林文羽心裡有個聲音告誡自己不要再多管閒事，卻還是忍不住問出口：「既然反對，爲什麼不一開始就拒絕他？」

黃母眼神悠遠，靜靜道：「要摧毀一個人的夢想，不是禁止他做，而是讓他嘗試後，發現自己根本沒有完成夢想的能力。唯有如此，才能讓黃曜曦徹底死心。」

毛骨悚然的壓迫感像隻巨掌掐緊林文羽喉嚨，她喃喃道：「妳這樣做，曜曦會很難過。」

黃母眉頭緊鎖，一直刻意壓低的聲音也激動起來，「妳以為我喜歡看我兒子難過嗎？一時的難過沒有一輩子的前途重要。我在他身上花了這麼多心血，他可以不管後果，我身為他媽媽、身為黃家的媳婦，不能不管。」

林文羽抿緊嘴，往後退了一步。

黃母馬上抓住她手臂，嘶聲警告：「不准跟曜曦說。事情已經成定局，如果妳告訴他，他曾經錄取了，他只會更傷心。」

黃母說得沒錯，然而林文羽咬緊牙不想承認。如果接受對方的邏輯，那些和黃曜曦一起關在房裡埋頭努力的時間，又算什麼呢？連那天他眼裡閃閃發亮的光芒，都會被抹去意義。

看她依然不回答，黃母收拾好情緒，換了個閒聊的口吻，「我聽曜初說過，妳靠打工賺生活費，過得很辛苦。上大學後曜曦會開始去公司實習，妳有沒有興趣以祕書的身分幫他？我可以開月薪給妳，以學生來說，妳絕對找不到更好的工作。」

林文羽望著黃母妝容精緻的眼睛，心臟像被一隻手揪起緩緩扭緊。她想起自己捉襟見肘的生活費，想起家裡受詐騙後拮据的經濟狀況，想起所有她不能任性的理由。

黃母很清楚，需要錢的她終究會乖乖屈服。

「我也只是個學生，能幫他什麼？」

黃母的視線轉向窗外，高樓外微涼的夜色浸泡著無數燈火，因為樓層太高太遠，連帶燈火也是朦朦朧朧，感受不到一絲溫暖。

「很久以前我剛來到這個家，我就知道，這裡的人只有一條路可以走。我公公不喜歡我和曜曦他爸，我們家唯一可以翻身的機會都在曜曦身上。我要你幫他瞞著公司的人，不要讓他們發現他的閱讀障礙，如果能輔佐他贏過黃曜初，當然更好。」

林文羽看著黃母眼裡執著的狂熱，艱難地搖頭，「我做不到。我沒辦法眼睜睜看他做不喜歡的事情。」

黃母笑得意味深長，「妳這些日子不是一直做得很好嗎？妳幫我逼他念書，也幫我陪他和同學出去。如果妳拒絕，我會立刻找其他人代替妳。妳是聰明的孩子，應該算得出利弊。」

房門打開的聲音打斷兩人對話，黃曜曦隨意套著寬大的連帽外套，低頭拎著一袋東西往外走，黃母馬上揚聲問：「你要去哪裡？」

黃曜曦像沒聽到一般逕自出了門，林文羽心一緊，正想追出去，又停下來回頭覷一眼黃母的臉色。

黃母站在原地，緊繃的神情裡竟依稀含著哀傷，幾秒後才淡淡說：「我怕他出事，妳陪他出去走走吧。」

「妳不擔心我會趁機告訴他？」

黃母淺淺一笑，「我不怕他難過，可是妳怕，所以妳不會說。」

林文羽心口像被猛然一擊。她咬一咬牙，轉身追了出去，一邊跑一邊想著自己才沒有這樣。她並不是善良地不想傷害黃曜曦，只是因爲自私、捨不得工作優渥的報酬，又想在黃曜曦面前當個好人，滿足一點小時候她無力幫助媽媽的愧疚感才會如此。

然而，當她望著站在晨曦裡手拿作品的少年感受到心動時，是因爲嚮往還是憐憫？還是別的？她又是爲了什麼，才會這樣不顧一切奔跑？

黃曜曦比她早搭電梯下樓，林文羽急得直戳按鈕，腦中冒出很多荒謬的戲劇化猜測，擔心深受打擊的黃曜曦一時會想不開，做出什麼不可挽回的事。

電梯好不容易到了一樓，門還沒全開她就急著擠出去，跑向警衛室。

警衛不等她問就伸手指了一個方向，「監視器拍到他往社區子母車走了。」

林文羽喘著氣道謝，馬上衝過去，正好在黃曜曦揚手要把整袋物品拋掉前趕到。

聽見身後的腳步聲，黃曜曦訝然回眸，「妳怎麼來了？」

林文羽按著胸口小跑過去，「你要丟什麼？該不會是你的作品吧？」

黃曜曦撇過臉，語氣生硬，「不夠好的東西，本來就該丟掉。」

林文羽情急之下，一把抓住他手腕，「不如送我，好不好？」

黃曜曦揚起的手停駐半空，林文羽的指尖正好他貼著脈搏，溫度彷彿跟著心跳流入他的體內，熨貼了他乾枯冰涼的血。

「你覺得不好，但是我很喜歡。」林文羽小心翼翼，眼睛一眨不眨仰望著他，「所以送我當禮物，好嗎？」

黃曜曦愣在原地，握著袋子的手指不知何時被林文羽一點點扳開。她力氣不大，他卻不敢太過用力，怕傷到她，只能任由對方把袋子拿走。

兩人站在原地面面相覷，林文羽腦中忽然冒出一個突如其來的念頭，雖然不可理喻，但有何不可？他們這一天過得夠糟了，人人都有從生活裡小小逃離的權利，尤其是滿腔熱血快被現實碾碎之際。

在黃曜曦的凝視下，林文羽突兀地開口：「要不要去兜兜風？」

他難得露出錯愕神情，「現在？已經有點晚了。」

「對，就是現在。」林文羽舒展了眉頭，襯著夜色，臉上的笑容分外燦爛，「我帶你走。」

衝動的四個字從唇中吐出，林文羽自己也嚇了一跳。

話都已經說出口，她才遲鈍地想到自己是不是太過莽撞。她於黃曜曦頂多只是特別熱心的家教，乍然說要帶他出去散心，聽上去或許太過詭異。

黃曜曦黯淡的目光緩緩亮起來，神情卻有些遲疑，睜得滾圓的眼呆呆直視著林文羽，難得看上去像隻手足無措的倉鼠。

林文羽被腎上腺素占據的腦子再次轉動起來，連帶語氣也遲疑了，「我是說，如果你也想出去兜風，我們可以一起——」

黃曜曦突然打斷她，「好。」

這次換林文羽睜大眼睛。

黃曜曦眼裡閃過一抹孤注一擲的倔強，重複了一遍，「不是說要帶我走？走吧。」

林文羽心臟怦怦亂跳，剛剛冷卻的血液再度沸騰，滾過每一寸血管。她下意識興奮地朝黃曜曦伸出手，少年愣住的一瞬，她直接捏著他的袖口往前拉，帶著他跑起來。

其實完全沒有跑的必要，但她就是想藉由跑動甩開心裡深植的煩悶，無論是黃母帶來的，還是她家裡的煩心事。

風吹開她的長髮，她抓著對方袖口的手在顛簸的跑動裡不時滑下，碰到少年同樣滾燙的掌心。

黃曜曦並沒有甩開。

在繁忙的十字路口邊，林文羽才終於放開黃曜曦的手，對他笑了笑，「你在這裡等我一下。」

黃曜曦還來不及喊住林文羽，她已經轉身跑開。

十分鐘後，等在路邊的黃曜曦有些冷地原地踏踏步，下一秒就看見一臺豔紅的車開出車流，緩緩停在他身邊。

車窗下滑，露出林文羽難得笑得孩子氣的臉，「上車吧。」

他依言坐進副駕駛座，仍然覺得這趟說走就走的旅程十分魔幻，「妳會開車？妳有駕照吧？」

林文羽翻了個白眼，再次感到他們雖然只差一歲，有些差距仍是明顯，「當然有，小朋友。」

「妳哪裡弄來的車？」

「租來的。」

她沒說出口的是，租車一天就需要一千五，對荷包扁扁的她有些吃力，但她還是牙一咬付了——能夠用錢就買到的逃跑時間，已是格外珍貴。

車子匯入車流，無數燈光劃過兩側，他們像陷入一條星光織成的大道，徜徉其中，逆流而上，逃離身後那片混雜責任與框架、令人窒息的海。

車裡很安靜，兩人微微急促的呼吸交織在一起，最後放慢成一樣的頻率。

林文羽降下車窗，冷冽卻清新的風割開微微滯悶的車內空氣，「想去哪裡？」

黃曜曦望著窗外流動的風景，靜靜回答：「我媽不太喜歡我出門，我其實……不知道有什麼地方可以去。」

「爲什麼不喜歡你出門？」

「遇見鄰居或親友時總會被問到現在念的高中，我媽覺得丟臉。」

黃曜曦說得雲淡風輕，林文羽卻不自覺握緊方向盤，心疼感把聲音浸得柔軟，「沒什麼好丟臉，你已經盡力了。」

林文羽側頭用餘光看他一眼，沒有預料他也轉了過來，對上她的視線。

她猛然轉回去，裝作忙碌地確認導航，「那我就帶你去我自己想去的地方囉。」

黃曜曦本來還很專心望著窗外，但也許是林文羽車子開得太平穩，也或許是因爲他今天情緒起伏消耗了太多能量，直到林文羽輕柔的呼喚在耳邊響起，他才發現自己不知不覺睡著了。

他先聞到海腥味，才聽見浪濤聲陣陣刷進耳中。

林文羽站在臨海的木棧道上，面向的沙灘方向有帆船形狀的巨大雕刻，纏滿小小燈泡，倒映在波光粼粼的海面上，燦爛奪目。她回頭一笑，「很漂亮吧，這個作品放在這裡很久了，我有時心情不好，就會自己來看看。」

「嗯，確實很美。」吟詠般舒緩的浪潮頻率似乎帶走了一點點沈甸甸的重量，至少，他似乎能夠呼吸了。

黃曜曦閉上眼，在車裡聽了許久的海浪聲，才走出車外。走到林文羽身邊時，才注意到她手裡一直在擺弄著什麼，仔細一看才發現是那個被命名爲「肆意逃跑」的木雕，「這個作品已經被淘汰了，妳還會喜歡嗎？」

不是這樣的，這並不是被淘汰的作品。林文羽側過身，手掌小心翼翼托著豹身，殘酷的眞相含在齒間，遲遲不敢說出口。

黃母說得對，自己遠比她更怕他難過，事已至此，知道是因爲母親的反對才與夢想錯肩而過，是不是比安分接受更痛苦？

她猶豫良久，只能用蒼白的安慰面對他，「特殊選才本來就是艱難的路，那麼多有才華的孩子一起競爭，考量的因素又這麼多，沒錄取不代表你的作品不夠好。」

黃曜曦自嘲般勾起唇角，拿走她手裡的雕刻仔細端詳，忽然用力朝欄杆一砸。

「你幹麼！」林文羽嚇得伸手去攔，卻已經太遲，木雕完全經不住重摔，獵豹背上一側的翅膀尖端斷裂開，落入腳下的漆黑中。

黃曜曦眼神裡閃過克制不住的幾許偏執，靜靜舉起雕刻，「現在這是瑕疵品了，妳還會喜歡嗎？」

林文羽看著斷了一邊翅翼的獵豹，原該斬釘截鐵的「喜歡」二字卡在喉裡。

「我也是天生的瑕疵品。我最痛苦的地方是，我什麼也不會，唯一自以爲擅長的一件事，原來和其他人相比，也做得不夠好。」

深黑海面不見盡頭，淡淡月光蔽於雲後，只有雕像上的小燈泡固執的光芒還在照耀，黃曜曦卻黯淡得像一抹影子，不被注目，也無法向光。

林文羽向他走近一步，墊起腳，有些笨拙地拍拍他肩頭，「你才不是瑕疵品，沒有人是瑕疵品，就像本來就沒有人是完美的。」

明明知道只是安慰他的話，黃曜曦卻還是揚起沉重的嘴角，「妳就愛灌我雞湯。」

「這不是雞湯。」林文羽望向海天融成濃墨一片的交界，「你相信嗎？你是我……看過最熱烈的光。我原本的世界沒什麼亮或暗，有的只有循規蹈矩的中性調。這次幫你申請特殊選才，可能是我做過最叛逆的事情。」

黃曜曦凝望著遠方的海面，聲音融進海浪的韻律裡，「讓妳失望了。這是我最後一次的賭注，我賭過，也失敗了，之後我會走回我媽幫我安排的路，當乖孩子回公司實習。」

林文羽想到黃母的邀請，小聲說：「你媽媽問我，要不要當你工作上的祕書。」

黃曜曦淡淡勾唇，「這樣很好啊，如果我得受制於人，我寧可那個人是妳。」

「如果我成為這樣的角色，未來的某一天，你會不會因為這樣討厭我？」像那時成為家教逼他念書一樣，黃曜曦對她的厭惡昭然若揭，當時她絕對想不到，他們會有在海邊長談的時刻。

「我不討厭妳。」良久，他又補了一句：「即使眞有那一天，也是因為我討厭自己，不是因為妳的關係。」

兩人都不再說話，只是靜靜望著海浪一次次吻上岸邊，把雕刻倒映的水光打得支離破碎。

過了很久很久，直到林文羽有些冷到受不了，雙手開始摩挲雙臂時，黃曜曦終於開口，打破海邊幻境般的時刻，「謝謝妳帶我來，走吧，該回去了。」

灰姑娘的午夜即將落幕，魔法終將消失，自由時間也是，他們得回去面對自己的人生了。

黃曜曦轉身走向汽車的那一瞬，林文羽看見了他的神情，眼神安靜而絕望，像是做好了所有心理準備，從此安葬夢想，學會安分守己。

他們困在同一片海裡，連逃跑也是並肩而行，卻又深刻地知道，最終兩人只能回到同一個歸處。

離開海邊前，林文羽堅持要找回翅膀斷裂的部分，但開著手電筒蹲在地上摸索了半天也沒看見。

海風吹得她直發抖，正想走下去木棧道外尋找時，肩膀猛然一沉，她嚇了一大跳，才發現是黃曜曦脫下自己的連帽外套，披在她肩上。她仰頭看向黃曜曦，正好對上他俯瞰的視線，背景是遼闊的星空，他的眼睛卻比星星還亮。

他直直盯著她，淡淡道：「走吧。」

林文羽不知道自己哪來的脾氣，固執地撇過頭，「我要找到它再走。」說完覺得語氣有點凶，又放緩語氣加上一句：「反正你沒駕照，得等我開車才能走。」

「我都說我不要了。」

「你都說要送我了。」

黃曜曦不再回應，很快便轉開目光，越過她直接走下木棧道，彎腰伸手在草叢裡撥弄，一會後，拾起木雕的殘翅，走回來粗暴塞進她手裡，語氣如夜色冰涼，「這樣滿意了嗎？」

接著他繞過林文羽，逕自上車。

林文羽緩緩站起身，望向海邊，無盡海面和天空似乎融合成同一個無垠宇宙，和黃曜曦外套上殘留的體溫，包裹著她逐漸冷卻的熱情。

幾分鐘後她重整心情，走回車邊，「還你外套。」

黃曜曦一把接過，沒有穿，只是撐著頭往外看。

回程的車上兩人都沉默地各懷心事，林文羽把他送到大廈外。

下車前，黃曜曦看一眼她放在膝上的袋子，低低問道：「真的不丟掉？」

林文羽眼疾手快，一把按住裝滿作品的袋子，「別問，送我就是我的東西了。」

看著她下意識護住袋子的樣子，黃曜曦眉心微動，觸動的神情才剛逃逸而出，又被小心收斂起．自嘲似的開口：「哪天不喜歡了，隨便丟掉也沒關係。」

林文羽皺著眉正想回嘴，黃曜曦已經打開車門，下車前，又回頭道：「謝謝妳今天開車帶我出來。」

她還來不及回應，對方就頭也不回地離開。寂靜的車內，她緩緩打開袋子，花費黃曜曦無數心血的木雕與陶藝作品被隨意堆疊在袋裡，毫無保護。

她一一撿起，指尖彷彿還能感受到雕刻本身蘊含的力量，就好像撿到了黃曜曦丟失的心——可是主人自己已經不要了。

還完車回宿舍後，林文羽把雕刻小心翼翼拿出，排排放在書桌上，又向室友借了白膠。然而，她在斷翅上比劃半天，仍然不敢直接塗上去，怕自己笨手笨腳反而傷到木頭塗層。

林文羽嘆口氣，放下白膠，黃曜曦冰冷的神情彷彿又出現在眼前。她是不是太自作主張了？明明作品主人都說不想要了，她還多管閒事硬要留下它們……她自以爲是的善意，會不會也是傷人傷己的雙刃劍？

想歸想，隔天林文羽還是買了幾個盒子，把雕刻小心翼翼擺進絨毛內襯中，分門別類放好。

昨天她這麼晚送黃曜曦回家，黃母並沒有說什麼。就連她終於傳訊息給黃母表示願意接受這個工作時，黃母也只回了簡單的「謝謝」兩個字。

林文羽看著那則訊息，放棄思索接受這個工作到底對不對，已經決定好的事情，只能一步步好好走下去。

學期再一個月就到尾聲，段考與模擬考的進度還在繼續，但因爲黃曜曦已經藉由特殊選才錄取某私校的商學院，黃母就減少了林文羽的上課量，只要週末來他們家確保黃曜曦常規的作業和考試能完成就好。

就這麼忙碌到寒假開始時，林文羽終於有時間回一趟臺南老家。

一下高鐵，比臺北溫暖的空氣從四面八方湧來，熨貼著肌膚。她越往家的方向前進，越覺得全身的毛孔都懶洋洋地舒展開。

林文羽知道她會這麼放鬆，不僅是因爲溫度的關係，是因爲脫離臺北像戰爭般忙碌的生活，回到家了。

她發了一段臺南街景的限時動態，配上可愛的動圖，寫道：終於回家！

等公車的時間她漫無目的滑著手機，心血來潮點進ＩＧ限動的觀看人數，忽然注意到一個陌生的身影混雜在朋友的頭貼裡。

林文羽好奇地點進去，映入眼簾的照片排版精美，裡面的主角笑容甜美青春。看了好幾秒，林文羽才從腦中挖出她的名字——是曾有一面之緣的何雪岑。

她們沒有私交，社群帳號也沒有重疊的追蹤者，林文羽不知道何雪岑爲什麼要來看她的帳號。

好奇心驅使下，她一張張滑下去，在好幾則貼文裡都看見黃曜曦的身影，文裡還標註了他的帳號，該帳號裡沒有照片，連頭貼都是一片暗色，辨不出是什麼。

林文羽點回何雪岑的帳號，雖然許多張合照都是一大夥人一起，但黃曜曦的出鏡率明顯比其他同學更高，在照片裡的笑容更是林文羽從未看過的放鬆，看得出來兩人的關係十分熟稔——至少比和她還熟。

一絲酸楚像染料滴落到清水裡，無聲在心裡渲染開，林文羽克制不住自己，一張張仔細翻看。有張照片是穿著高中制服的兩人並肩對鏡頭笑，黃曜曦手虛虛搭在她背後，比著勝利手勢。

黃曜曦每一個在她面前不曾出現的神情、每一個她在家教時間不會了解的樣貌，都在告訴她，無論是她對他的了解，還是他們之間的回憶，都貧瘠得可憐。

可是她不該在意，她只是家教，只是他未來的祕書，不是應該計較這些的關係。

林文羽一時看得出神，不小心按到一則已發布一段時間的貼文愛心，愣了一秒才趕緊撤回。

她正懊惱地希望何雪岑不會發現，手機突然跳出另一則訊息，點開一看，是來自黃曜初的限動回覆：「妳回臺南了？我正好跟朋友來臺南玩。」

「對，應該會待個兩三天再走。」

「我朋友只玩到今天，明天妳有空的話我去找妳吃個飯？」

林文羽這幾天沒有特別的行程，順手答應了黃曜初的邀約，關掉手機搭上開進站的公車。

她回到家時已是黃昏時分，背光的客廳有些昏暗，母親卻沒有開燈，獨自坐在窗前，就著小小的音量看電視。

一見林文羽進門，她馬上展露笑靨，「回來啦！餓不餓，媽已經煮好晚餐了。」

「怎麼不開燈？」

「省電費啊，沒關係，還看得到電視就好。」她輕撫林文羽瘦削的肩膀，心疼道：「對不起，媽沒辦法給妳更多生活費，妳在臺北很辛苦吧，又瘦了一些。」

林文羽微笑地打開電燈，推著她坐下，「別擔心，我是大人了，會照顧自己。」

回老家的時間彷彿被加快成倍速，好像前一秒才剛進門，後一秒就已經來到在家的最後一天。林文羽和黃曜初約了這天下午碰面，黃曜初吵著要來她家看看，她本來隨口答應，到了當天就後悔了。

「嗨，林媽媽您好，我是林文羽的同學黃曜初。」黃曜初把自來熟的個性發揮得淋漓盡致，笑瞇瞇和林媽媽打招呼，又雙手遞上一看就不便宜的禮盒，「不好意思來打擾了，這是一點小心意。」

趁著母親侷促地準備茶水時，林文羽用手肘撞他一下，壓低聲音，「幹麼這麼正式？你這樣我媽會很不自在。」

他露齒而笑，「別擔心，我很有長輩緣。」

等她媽媽回來，黃曜初馬上切換成流利臺語，把招待的水果到茶水全部誇了一遍，果然讓她媽媽稍稍放鬆緊繃的肩膀。一來一往間，他們居然聊得挺開心。

林文羽出去吃飯後便會直接上臺北，離開家前，她站在門口和母親告別。

別離在即，母親紅了眼眶，忍了這些天的話終於說出口：「對不起，我被騙走那些錢，讓妳過得很辛苦吧。」

林文羽愣了一秒，這麼近距離看媽媽，發現對方眼角愁苦的細紋綿綿密密，藏的都是對她的關切和心疼。她用力搖搖頭，「沒事的，媽。我會照顧好自己，妳也是喔。」

母親聞言朝她揮揮手。

直到搬著行李下樓，往公寓樓上看時，她仍能看到在陽臺揮手的母親。

黃曜初在一旁默默等候，等林文羽告別完走向他時，用羨慕的口吻說：「妳們母女感情眞好。」

林文羽看他一眼，心裡閃過無數偶像劇裡少爺都得一個人吃飯的情景。

黃曜初像是看透她的想法，笑出聲：「別誤會，我和我媽感情也很好，不用用那種表情看我。只是我媽對我有很多期待，希望我優秀、希望我積極，妳媽卻沒有。」

聽他這麼說，林文羽想到的仍是黃曜曦。他沒有長成黃母期盼的形狀，又被強行塞進一個不屬於他的容器，被迫磨去原生的稜角去適應。

黃曜初轉頭看她，像是隨口一提：「我聽說我弟弟上了商學院？妳怎麼說服他放棄雕塑學系的？」

林文羽猛然一驚，想起黃母並不知道，黃曜初也看見了錄取結果，同時想起黃母總是交代不要說出黃曜曦的情況，於是半眞半假道：「這是他和他媽討論的結果，我沒有干涉。」

「這下子我們兄弟眞的要成爲競爭對手了。林文羽，妳會站在我這邊吧？」黃曜初拉長聲音，而後停下腳步，向路邊攤買了兩支冰棒，舉向林文羽，「選一個，當作我的賄賂。」

林文羽失笑，指尖點向草莓口味，「我站哪邊根本一點也不重要吧？」

黃曜初撕開包裝紙，當林文羽已經伸手接過時，猛然傾身在草莓冰棒上咬了一小口，「妳說得對，所以只有零點九九個賄賂。」

他抬眼對她笑，草莓冰棒粉紅的汁液沾在唇角，被他輕輕舔掉。

林文羽愣愣看著缺角的冰棒，他們總喜歡打打鬧鬧，這種舉動放在平常她不會多想。但此刻只有兩人，黃曜初又站得離她這麼近，在她家鄉溫煦的陽光下，眼神格外柔軟專注。

遲來的意識在她腦中後知後覺地冒出頭，黃曜初對她是不是有同學以外的心思？

黃曜初笑得像隻狡黠的狐狸，伸手輕輕揉亂她頭頂的髮，「怎麼樣，我賄賂成功了嗎？」

林文羽回過神，快步往前走，試圖掩飾臉上不自然的神情，「快走啦，餐廳訂位快遲到了。」

她瞬間的慌亂已經被黃曜初收入眼裡。他淡定地跟上，換了個話題，沒有再提起黃曜曦。

第四章　越線

回家的幾天像蓬鬆甜美的夢，從臺南搭車回到臺北，夢就一點點醒了。一下車看到滿滿人流時，林文羽不自覺嘆了口氣，下意識又繃緊了肩膀。

像要呼應周遭繁忙的氣息，手機恰如其時傳來黃母的訊息，洋洋灑灑交代去公司實習的注意事項，看得林文羽頭皮發麻。

其中第一項就是需要穿套裝上班，她腳跟一轉，回宿舍的路線改成前往服飾店。

在店內挑選襯衫時，身邊有道視線徘徊不去，林文羽回過頭，猛然看見何雪岑對她甜甜笑道：「好久不見，我剛剛逛到一半看見妳背影，還想說怎麼可能這麼巧。」

林文羽看到她就想起誤按的社群貼文，臉上微微發燙，表面上還是笑著回應：「對啊，妳都還好嗎？剛考完試可以好好休息一下。」

「考試就那樣吧，反正我盡力了。」何雪岑聳聳肩，沒有太在意，「難得遇到，我們要不要互相追蹤ＩＧ？我看到姐姐上次按我讚了。」

林文羽無聲倒吸一口氣，一邊遞出手機，一邊瘋狂在腦中找一個合理的藉口。

何雪岑卻搶先開口了：「上次見到妳之後我就很好奇，正好妳的社群帳號是公開的，我就點進去看了一下，妳不介意吧？我只是想多認識黃曜曦交的新朋友，大家混熟更好玩。」

林文羽在心裡默默更正，他們的關係不是朋友，反而因爲她和黃母間無法啓齒的祕密，把他們心裡的距離推得更遠。

彼此按下追蹤時，林文羽忍不住抬頭悄悄打量何雪岑妝容別緻的臉龐。

何雪岑剛剛那句想認識黃曜曦朋友的話說得太坦蕩，反而讓她懷疑到底是自己太神經過敏，還是對方話裡眞的有某種微妙的主場優勢，暗示著她和黃曜曦本來就是同一國的朋友，而其他人，包含林文羽，都是後來新加入的。

何雪岑抬頭對上她視線，眼裡還是眞誠乾淨的笑意，「之後我們再多約出來玩喔，姐姐如果交了男朋友也可以帶來，我們四個一起出去玩。」

林文羽有些愕然，幾秒後勉強笑道：「你們玩就好，我和他也只是工作關係，不太適合一起出去。」

何雪岑笑開來，親暱地捏捏她上臂，「知道啦，我開玩笑的。那我先走了，下次再聊喔。」

她離去的腳步十分輕盈，林文羽目送她消失在轉角，半晌才回過神繼續找襯衫。

週一一早八點半，林文羽抵達黃母給的地址。大樓門廳裡人來人往，她遠遠看見一個身影站在門禁邊，朝她望來。

這些日子因爲見面的頻率下降，黃曜曦身上微小的變化在她眼裡頗爲明顯——原本雙頰的嬰兒肥消退些許，臉部輪廓變得立體，此刻配上筆挺正裝，氣質更是格外迥異，初見時的少年感正漸漸淡去。

黃曜曦上前遞給她門禁卡，兩人並肩走去搭電梯。等待時他隨口問：「休假有好好休息嗎？」

上次去海邊後不歡而散，他們很久沒有課業以外的閒話家常，此時黃曜曦語氣微微生硬，眼睛眨動的速度比平常快了一倍，緊張得很含蓄。

林文羽見狀心情迅速好起來，「有好好療傷。」

黃曜曦皺眉打量她，「妳哪裡受傷了嗎？」

「因爲有人對我凶，傷害了我的心靈。」

黃曜曦過一秒才反應過來她的意有所指，反駁道：「我哪有凶妳！」

「林文羽！」

忽然響起的呼喚聲打斷他們的對話，兩人回過頭，一樣西裝革履的黃曜初小跑步過來，和他們擠上同一班電梯。

「黃曜初？你怎麼在這裡？」話問出口林文羽才發現這是個蠢問題，黃曜曦高中都還沒畢業就開始來實習，黃曜初大他一歲，肯定比他更早開始實習。

「來當廉價勞力呀，我才要問妳怎麼在這裡？」他視線掃到站在一旁的黃曜曦，瞭然一笑，語氣帶上戲謔，「原來是來陪曜曦的啊，太好了，我弟靠妳就不用擔心了。」

此刻電梯擠滿上班人群，所有人都能聽見他們交談，黃曜曦只是禮貌而冷淡地輕輕點頭。片刻後，電梯到了他們的目標樓層，黃曜曦一腳踏出，握著林文羽手腕把她也拉出來。

黃曜初的目的地則是上一層樓的辦公室，便笑著揮揮手，「待會見，中午我找妳一起吃飯。」

林文羽敏銳地捕捉到他說的是「妳」而非「你們」，還來不及反應，黃曜曦已經放開她邁步離開。她趕緊追上，安慰道：「黃曜初就愛說些有的沒的，不用理他。」

黃曜曦頭也不回，沉聲道：「他也沒有說錯，之後我們只會聽到更難聽的，做好心理準備吧。」頓了一秒，他補問一句：「你們很熟嗎？」

「就是同學而已，不算多熟。」

「那就好。」

好什麼？林文羽困惑地悄悄瞥一眼他的臉色。

黃曜曦側過頭，對上她小心翼翼的視線，緊抿的唇線緩緩鬆開。

他們駐足在辦公區的門口，隔著門禁的玻璃門，隱隱可以看見裡面的人影腳步匆匆交錯而過。黃曜曦壓低聲音，「我已經習慣那些話、那些眼神，所以妳不用看我眼色，也不用把我當易碎品，妳只要做妳自己就好。」

林文羽握緊拳頭，「習慣了不代表不會難過啊。黃曜初說得不對，你一路走來都是靠自己的努力，我只是在旁邊和你一起而已。」

黃曜曦眼神閃了閃，眉目裡慣常存在的戾氣消散而去，望向她的眼神，彷彿還殘存著那晚海邊的靜謐。

「那妳，就繼續待在我身邊吧。」語畢，他伸手刷開門禁的感應，率先一步踏進辦公室。

出來迎接他們的人資留著一頭俐落短髮，神情嚴肅，「你們今天有點太晚到了。」林文羽看一眼時間，八點三十七分，離表定上班時間的九點還有一段距離。

她的動作被人資捕捉進眼裡，她冷聲道：「實習生得八點半前到，要準備辦公室的茶水和輿情報導，這是很基礎的事情。明天起，請務必不要遲到。」

說完她就轉身領他們往辦公室裡面走。穿過走道時，一旁同事投來的目光和竊竊私語，莫名讓林文羽覺得不太友善，那些視線像叢林中肉食動物的打量，總帶著準備撕咬的狠意。

黃曜曦微微加快腳步，擋在她身側，遮住多餘的注視，讓林文羽心裡的不安稍稍平歇。進入會議室後，投影的簡報早已開啓，林文羽一看到簡報上密密麻麻的字，心就微微一沉。

在家她可以關起門來慢慢教黃曜曦，但辦公室是截然不同的環境，在周遭這麼多人注目的情況，黃曜曦要怎麼不著痕跡地跟上進度？

簡報內容是集團介紹，人資語速很快，林文羽在筆記上振筆疾書。來之前她就有做過功課，知道黃家經營的帝餚集團是黃曜曦的爺爺創立，以連鎖餐廳爲營收主業，管理權至今還在他爺爺手上。

查閱資料時，她同時看見黃曜曦的父親雖然掛著董事的位置，然而在家族裡並不受重用，也是財經報紙上令人津津樂道的新聞。

「到這邊有沒有問題？」

人資說到一個段落，停下來確認，林文羽迅速收回飄遠的思緒，微笑搖搖頭。

「好，接下來你們兩個會在各部輪調，一開始是在公關行銷部。現在九點半了，十點前完成輿情報告，再開始進行主管交派的任務，明白嗎？」

兩人點點頭，又被馬不停蹄帶到屬於實習生辦公區域的小會議室隔間，裡面已經坐了一男一女兩位大學生，抬起頭和他們打招呼。

林文羽見他們態度還算友善，微微鬆一口氣。女孩主動先過來教他們做輿情報告，需要輸入品牌和競品餐廳的關鍵字，把所有相關的新聞做成表格連結，整理出一整份趨勢分析，通常得在早上九點前傳給主管。

林文羽越聽越焦慮，這是一個非常需要閱讀理解的工作，黃曜曦根本不可能半小時內完成。

礙於兩位實習生都在場，她無法直接詢問，只能邊做邊用眼角餘光關注他的進度。

奇蹟沒有發生，半小時後，人資和一位中年男性行銷主管一起回來。

主管笑得有些古怪，拍一拍黃曜曦肩膀，「不好意思呀少爺，剛剛在開會，應該一開始就要過來歡迎你。」

林文羽聽出他陰陽怪氣的口吻，微微皺眉。

黃曜曦卻意外沉穩，「沒有必要叫我少爺，可以叫我名字就好。」

行銷主管嘴角微抽，點點頭，「好，曜曦，輿論報告做好了嗎？」

林文羽看見黃曜曦在桌下的手握成了拳頭，「抱歉，還沒有。」

主管回頭和人資交換一個意外深長的神色，又轉向他，「好吧，那也不用做了。你爸爸跟我打過招呼，說過你能力不是很優秀，我們就都慢慢來吧。」

黃曜曦臉色更加灰敗，主管看也不看林文羽一眼，更沒過問她的報告，正要往外走時，林文羽喚住了他，「請問接下來我們要做什麼呢？」

主管有些訝異地看她一眼，幾秒後才漫不經心轉向另外兩位實習生，「阿藍和雙雙，你們把臉書權限開給他們，這兩位就負責做做圖、寫寫社群文案吧。」接著像是懶得多說一句話，轉身離開。

好不容易撐到中午時間，林文羽用力拉伸痠痛的肩頸，從沒想過只是上了半天班，她的電量就都要耗盡了。

黃曜初忽然從會議室門口探進頭，依然笑容燦爛，還不忘和阿藍與雙雙點頭打招呼，顯然都是認識的關係。

「林文羽，走吧，想吃什麼？」他繞進座位，像往常打鬧時那樣彎下腰，順手攬住她的肩膀。

黃曜曦默默盯著他的手。

黃曜初像是現在才注意到他，轉過頭：「你要來嗎？但我想跟林文羽聊大學的事情，你可能會覺得無聊。或者，你要跟我分享一下你的高中生活？」

黃曜曦冷冷勾唇，「不用了。」

黃曜初得逞般回道：「喔，那你就自己去吃吧。」

聞言，黃曜曦的眼神瞥過林文羽，她捕捉到少年一瞬的無措和失落，正要叫他，他卻已經頭也不回地離去。林文羽回頭無奈道：「你幼不幼稚？」

黃曜初一臉無辜，「我有問他要不要來，是他自己拒絕的耶。」

「你確定你不是故意的？」

林文羽沒想到黃曜初坦坦蕩蕩，直接回道：「我當然是故意的，跟妳單獨聊天比較好玩啊。妳幹麼那麼注意他的情緒，他又不是小孩。」

林文羽沒好氣，「那是因爲我比較細心。」

黃曜初似笑非笑，「不對，是因爲妳時時刻刻都盯著他，才會連這麼小的事情都要注意。」

林文羽愣了一秒，一時語塞，幾秒後才反擊：「注意他是我的職責。」

「這麼盡責？那我把妳要過來當我的祕書好了，跟著我更有機會升官加薪，多好。」黃曜初無視她的不悅，繼續說道：「讓前輩我也善盡一下職責，帶妳去吃好吃的，我請客。」

林文羽推開他的手，「我要去找黃曜曦。」

不等他反應，她便追出去搭電梯，但如同那天在黃家追出去時一樣，黃曜曦已經先一步下樓了。她無奈地等下一臺電梯，到一樓時，堪堪望見即將步出門廳的黃曜曦。

「黃曜曦！」

她故意放聲大叫，果然臉皮薄的黃曜曦馬上停下腳步，回頭對她比了噤聲的手勢。

林文羽迅速跑過去，「幹麼不等我？」

「妳不是要跟黃曜初去吃飯。」

一直到兩人走出門廳，離開同事隨時可能經過的地方，林文羽才回答道：「不會，我在這間公司的每一刻，除非是工作需要分開，不然都會跟著你。」

黃曜曦停下腳步，定定凝視林文羽，原本有些賭氣般的神情軟化下來。儘管臉頰瘦了些，但大大的眼睛和圓潤的顴骨，配上小巧的嘴唇，依然讓他看上去像隻虛張聲勢的可愛倉鼠。

這一秒，林文羽感受到有什麼小小的爪子從她心口一點點踩過去，像小鼠輕輕的抓撓。她曾在網上看過一句話，當一個女孩子沒來由地覺得一個男生可愛，就代表她開始淪陷了。

她一定是和他相處時間太久產生了錯覺，日久固然可能生情，但黃曜曦對她來說更多是工作、和母親同病相憐產生的同情，哪怕交織這麼多複雜的情感，也不該是喜歡。

「我知道是我媽雇用妳。但妳不需要無時無刻不圍著我轉，這對妳不公平，也太沉重了。」

「我是自願的。」林文羽轉開臉想掩飾自己的臉紅，「你還記得嗎？我說過，我會陪你慢慢變成喜歡的樣子。」

黃曜曦聽了這句話，臉上的神情卻又冷酷起來，「之前妳說這句話時，我知道妳不是認真的，所以也沒有當真，如今妳現在還是這樣想嗎？」

林文羽不明白他語氣裡隱隱壓抑的情緒是什麼。

黃曜曦沒有讓她逃避，啞聲追問：「妳真的知道妳在承諾什麼嗎？」

林文羽咬著唇，看黃曜曦一點點俯身下來，瞇起的眼睛此刻不像倉鼠了，更像隻充滿侵略性的獵豹，焦躁地想確認地盤。

黃曜曦站得很近，將林文羽仰望的視線完全籠罩在陰影下，四面八方全都被他的身影與氣息包圍，淡淡的木質調香氣像慵懶的手指緩緩撫入毛孔，也不知道是他的洗髮精還是衣物香氛造成了這曖昧無比的狀況。

林文羽沉浸在氣息裡，幾乎錯覺自己微微醉了，唯有殘存的理智還在運行。

方才那句直接的問話迴盪在他們之間，把模糊不清的承諾扯開破口。

黃曜曦看得比她更清楚，隨口說出的約定，可以乘載多長時光的重量？她對他的情感建立在合作關係上，而這樣的感情是否珍重到足以對他再次許下承諾呢？

黃曜曦抓住她一瞬的猶豫，眸光晦暗，太多情感封存其中，逐漸釀成濃稠的失落，

「如果做不到……我寧可妳不要再說出口。」

他側過身繼續往前走，走沒幾步，又咬咬牙，放慢了步伐。

林文羽快步追上去，想說些什麼，可是又沒有底氣。

對，她說不出口。儘管工作隨時都可以換，可是一旦她爲了維護承諾，嚴重違背黃母的意思，便會被迫離開這個職務，她和黃曜曦之間連微薄的友情都不存在，關係會馬上歸零。

兩人一言不發並肩而行，走到下個街口時林文羽才提醒往前走的街區餐廳比較少，要不要回頭再逛逛。

黃曜曦沒有回答，卻依言停步，轉頭繞回原本的街道。

二人路過一間販賣商業午餐的餐廳時，林文羽輕輕拉了下黃曜曦的手肘，「要不要吃這個？」

尚在賭氣狀態的少年還是沒有說話，只是率先拉開餐廳的玻璃門讓她進去，盯著對方微微鼓起的臉頰肉和緊抿著的唇，她心底一軟。她越來越能摸清黃曜曦的性格，嘴巴總是很硬，卻又不會眞的生氣到對她置之不理。

他們排在點餐隊伍尾端，林文羽視線越過客人頭頂，落在內用區背對他們的一對人影上，是阿藍和雙雙。她點點黃曜曦的肩膀，然而不等她開口，兩人的聲音已經深深鑽入耳中，刮得他們鮮血淋漓。

「妳幹麼這麼認眞帶他，那種人不都是來玩的嗎？我們忙都忙死了，哪有時間當少爺的保母啊。」

「對啊，他還帶了一個助手在旁邊，笑死人了，哪有新人就帶祕書的？大概也只是擺飾吧。」

「說不定是他女朋友呢，靠這種關係進來。」

眾人一陣哄笑，林文羽臉上騰騰燒起來，黃曜曦前面還維持冷峻的表情，聽到這邊正想上前理論，卻被林文羽死死抓著手。

「話說回來，樓上業務部說黃曜初的能力還可以，少爺也不一定都是擺飾啦。」

「黃曜初是黃曜初，這個二少爺是出名的笨喔。我弟跟他國中同班，說有次他們老師點他起來念文章，他念得含含糊糊就算了，後來還惱羞成怒跟老師吵起來耶。班上的人都覺得他是笨蛋，不想跟他說話。」

「反正少爺再沒用也沒關係，人家起跑點對了，隨便都可以贏過我們的努力。」

隔著衣袖，林文羽輕輕握緊黃曜曦的手腕，同時耳邊傳來沉重的呼吸聲，一下比一下急促。她不願再聽，微微使力拉著他，「我們走吧，換一家店吃。」

黃曜曦沒有動，臉上的表情彷彿一個融化中的雪人，似乎只要輕輕一碰，就會整個人潰不成軍。

一連叫了幾次他都沒有反應，林文羽索性扯著他移動，直到走出店家。

今天正好寒流侵襲，呼吸間有雪白霧氣竄出，淹沒了黃曜曦眼角一閃而過的紅。

林文羽大步走了一段路，最後停在附近的街角，轉身輕輕扶住黃曜曦的頭，「曜曦，看我。」

他眼角仍有一點點紅潤，剛剛的傷心卻已經被倔強地掩去，只剩下用冷漠封存的保護色，維繫搖搖欲墜的自尊。

林文羽眸光堅定，「他們不懂你，但我知道你已經很努力了。」

家教課最密集的時候，他們一週七天都泡在書房裡，黃曜曦寫滿了一本本的練習題。如果算上他比常人慢一倍的閱讀速度，他幾乎是醒著的每一刻都在努力跟上林文羽指定的進度。

她見過他練習本上寫了又擦的鉛筆痕跡，也看過讀題時黃曜曦一字字吃力辨認，甚至需要用手機軟體拍照擷取文字後，再轉成音檔確認意思。

他在無數常人看不見的黑夜裡奔跑了好久，而局外人卻可以輕描淡寫幾句評論就抹煞一切。

黃曜曦目光慢慢凝聚，眼裡還是她不喜歡的自嘲，「他們也沒有說錯，我再沒有用，也還是可以和他們站在同一個地方，做同一份工作。」

林文羽被他的話刺了一下，「不要說你自己沒用，有沒有用為什麼要他們定義？」

「妳只是因爲是我的前家教才這麼說，不是眞心誠意。」

林文羽感受到很久沒有被惹起的怒火再度竄燒，語氣也急促起來，「我是你的前家教，我的安慰就不算數嗎？我的話才更重要，我比他們都要了解你。」

「妳了解我什麼？」黃曜曦反問：「因爲我和妳媽有一樣的狀況，所以把我當同情的對象？還是把我當成需要被拯救的小孩，才會在成爲我的家教沒多久後，大言不慚說妳可以陪我慢慢改變？或是我不要的雕刻，妳爲了安慰我把他們都撿起來，可是我明明已經告訴妳，我覺得這些都沒有價值了，妳還是自作主張。」

林文羽下意識想反駁：「我只是在關心你，我想要幫你變好！」

「我不需要任何人的關心，妳越線了。」冬日的風鋒利地颳過她的長髮，飛揚的髮絲把黃曜曦直視她的目光切得支離破碎，只聽見他再次開口，一字一字說：「記好，妳是我的助手，不是我的朋友。我不想要變好，也不想被安慰，妳要做的就只是幫我獲勝而已。」

不是朋友，所以那些溫情與柔軟都沒有必要，他們只需要以最客套的面貌來面對彼此就好。

林文羽像溫暖的大氅，陪他抵禦陣陣寒流，但如果他終將回歸淒寒裡，他寧可不貪戀這溫度，才能再重歸寒夜時，不要顯得那麼狼狽。

在林文羽失落的眼神裡，黃曜曦轉過了臉，留給她一個冰涼的側顏。

「……我知道了，我不會再多管閒事。」林文羽強忍著情緒，轉過身。

看著林文羽快步沒入人群的背影，黃曜曦重重咬住唇。這一刻，他覺得自己眞是個仗著自尊過剩、濫用林文羽好意的混蛋……

林文羽午餐也沒吃，沮喪地回到辦公室，把頭埋進臂彎裡。多管閒事、自作聰明……這幾個詞在她腦中來回徘徊。

她還記得小時候拿到成績單，老師給她的評語總是熱心助人，友愛同學……她很引以爲傲。她不介意讓自己累得半死，換來被幫助者的一句感謝——哪怕有時這句感謝不一定眞誠。

面對黃曜曦，她也克制不住心裡蠢蠢欲動、想幫忙的欲望。直到她發現原來沒有節制、自以爲是的善意，對黃曜曦來說只是傷害。

她想幫他變好，或許這句話本身就帶著高高在上的意味。

午休結束時，雙雙和阿藍走進來，神態自然，話語間卻隱隱打探地問道：「妳和黃曜初去吃午餐了嗎？」

望著他們毫無破綻的笑臉，她胃裡翻江倒海地作嘔，但想到她此刻在他們眼裡代表著黃曜曦，還是支起沒有破綻的微笑一一回應。

隨後，黃曜曦也走進來。

她低頭避開他的視線，眼角餘光卻看到他輕輕在她手邊放下一杯飲料。

她看了兩眼，忽然屏住呼吸。這是她和黃曜曦第一次一起出去時，她點的奶茶。她不知道在難以識字的情況下，他是怎麼記下這個名稱，買了一模一樣的品項。

接著黃曜曦在她身邊坐下，依然什麼也沒說。

冰涼的指尖貼著杯壁，溫熱逐漸染上她的手，微微的刺麻感一路竄上心口，讓她又暖又疼。

下午的時間依然無人搭理他們，林文羽把握這段時間迅速瀏覽完公司集團各個餐廳的粉絲專頁。在臉書演算法改變下，文章瀏覽量大幅下滑，最新幾則貼文都只有零星的個位讚數。

雙雙滑著辦公椅過來，看一眼她的螢幕，輕快的語氣有些不懷好意，「老江要我轉告你們，社群發文的ＫＰＩ是每篇都要百讚以上喔。」

老江就是剛剛對他們不屑一顧的行銷部主管，林文羽點點頭，平靜地回應：「我知道了。」

雙雙見她沒有特別的反應，自討沒趣地離開。

林文羽研究半天，猶豫了下，還是輕輕碰一碰黃曜曦手肘，用公事公辦的語氣問：「你覺得粉專的內容怎麼樣？」

他們都沒學過什麼行銷知識，主管看上去也不會特別教，他們只能憑藉自己的想法來判斷。

黃曜曦湊過來，兩人幾乎是頭抵著頭，一起看他緩緩滑著手機頁面。

半晌，黃曜曦停留在一則新品宣傳的貼文上，「我剛用朗讀軟體聽了，內文都是空泛的廣告詞，圖塞滿了字也不夠吸引人，除非看的人本來就是我們的鐵粉，不然引不起什麼興趣。」

林文羽點點頭同意，「這家餐廳很多學生會去，如果挑一些有趣的菜式，想一些年輕學生喜歡的諧音梗可以嗎？」

黃曜曦也跟著拋出點子，兩人正全神貫注看著貼文，他的手機頁面冷不防跳出通訊軟體訊息，「今天晚上有空嗎，陪我去燙頭髮。」

她來不及收回視線，已經瞄到了何雪岑的名字，黃曜曦很快移除訊息通知，沒有多說什麼。

林文羽把注意力拉回到粉絲專頁上，乾脆地分配任務，「我來想貼文內容，到時候再麻煩你幫忙做圖。」

畢竟不是熟悉的工作，等她想好三篇貼文內容，已經臨近下班時間。雙雙和阿藍和他們打完招呼就離開了，小小的會議室裡只剩下兩人。

林文羽把奶茶喝完，語氣裡有些不自然的輕快，「這杯飲料多少錢，我還你。」

黃曜曦語氣比她還生硬，「不用，我請妳。」

林文羽垂下眼，「好。貼文檔案我用公司的通訊軟體寄給你了，先下班囉。」

她剛走到梯廳，就看到黃曜初在外面等她。一看見她，對方立刻露出小狗搖尾乞憐般的神情。

她失笑，揮手感應讓自動門打開，走到他身邊，「該不會在等我下班吧。」

「中午黃曜曦沒生氣吧，我玩笑開過頭了，抱歉。」

林文羽不置可否，但黃曜初向來能言善道，見她沒有真的生氣，馬上關心起她今天的工作，又順勢問道：「午餐錯過了，晚餐可以陪我吃吧。」

她猶豫一秒，沒有拒絕，跟著黃曜初走到附近的餐廳。

兩人聊起學校的趣事，林文羽一整天積累的鬱悶終於稍稍拋到腦後，快吃到尾聲時，手機忽然響起來，是黃母的來電。

林文羽馬上放下餐具，一接起來就聽到黃母急促地發問：「我兒子臨時不回家吃飯，妳知道他去哪裡了嗎？」

她把音量鍵按小一些，回道：「他陪同學去髮廊。」

「陪同學？女的男的？」

林文羽猶豫片刻，還是如實回答：「是上次一起念書的女同學。」

這幾個字彷彿火花墜進炸藥，黃母怒氣沖沖，「以後下班妳陪著他回來，不要讓他亂跑，他才高中，談什麼戀愛？」

林文羽沒有拒絕的餘地，等黃母掛斷電話，對面的黃曜初才輕笑出聲，「都高三下了，我嬸嬸還是把他當小孩呢。不過，我以爲妳會幫他說謊。」

她悶悶不樂撥弄盤裡剩下的食物，「幫忙掩護是朋友才會做的，我又不是。」

黃曜初笑出聲，「我是妳朋友，下次換我被查勤的話，記得掩護我。」

林文羽勉強跟著微笑，心裡卻已經有預感，她和黃曜曦搖搖欲墜的關係，只會因此朝惡化邁進。

黃曜初靜靜觀察她的表情，忽然伸手，輕輕拍拍她手背，「這是他們母子間的戰爭，不要把妳的角色看得太重。」

林文羽垂著眼，黃曜初的手並沒有抽離，試探地輕輕包住她的手指。

她猛然一驚，迅速抽走手，之前隱晦的猜測此刻明晃晃攤在眼前。她一時反應不過來，只是愣愣望著黃曜初。

他沒有被拒絕的羞赧，依然直視著她，玩笑似的揚唇，「我還沒正式問出口，所以妳也不要急著拒絕我。」

他伸手拿起帳單，站起身，「今天這頓我請，當作中午的賠罪。」

林文羽望著他走離的背影，慢慢蜷起的手指上，仍然殘留他的餘溫。

隔天一早，黃曜曦一走進會議室，確認只有林文羽在後，第一句話就是問：「林文羽，是妳告訴我媽我昨晚去哪裡的？」

林文羽心重重一沉，面上卻端然微笑，「這是我的責任。你和雪岑在一起對吧，我有說錯嗎？」

二人視線於半空中相交，良久，黃曜曦淡淡勾唇，眼裡沒有笑意，「做得好，我媽會很開心。」

「還有，從今天起，下班後我會負責陪你回家，不讓你亂跑。」

黃曜曦站在原地一動不動，聲音愈發低沉，滾動著即將沸騰的情緒，「妳要幫她監視我？」

林文羽早預料到他的反應，心平氣和地回道：「你又不是第一天知道你媽可能指派給我的工作，爲什麼這麼驚訝？」

黃曜曦扔下包包，側頭看她，語氣裡染上挑釁，「如果我就是要亂跑呢？」

「那我只能死皮賴臉，你走到哪裡，我就跟著到哪裡。」

「妳要做到這種程度嗎？」

林文羽轉開臉，緩聲道：「其實你昨天說完後，我想了很久。你說得對，我是你的助手，不是你的朋友，所以我會做好助手的事情，我要討好的是你媽媽，不是你。」

黃曜曦單手撐著頭，臉上的微笑越拉越大，眼裡的鋒芒卻也越來越冷，「妳說這些的時候，爲什麼不敢看著我？」

林文羽頓了一頓，把酸澀的小情緒妥貼折好收攏，換了個話題，「今天的輿情報告我做了兩份，你拿這份交上去吧。」

黃曜曦的動作再度凍結。

林文羽靜靜說出口，毫無委婉修飾，「你自己做太慢了，這樣下去贏不了你哥。」

黃曜曦此刻微微皺緊的眉和不可置信的神情，落在她眼裡，掀起一陣透骨的涼意。良久，他輕笑一聲，像是嘲笑她，又像在嘲笑自己，「我明白了，謝謝。」最後兩個字咬得很重。

林文羽將注意力轉回自己的電腦螢幕，過了好幾秒，才意識到自己一個字也沒有讀進去。

她沮喪地垂下頭，沒什麼比前一天剛意識到自己似乎喜歡上某個人，隔天就被他冷漠以待更加慘烈。

黃曜曦在她身邊徐徐開口：「我昨天回家後看了貼文設計，做出來的第一張素材圖在這邊，妳看看有沒有問題。」

或許有，就是他們即使在這樣彆扭的狀態下，還是得坐在觸手可及的距離一起工作、討論公事。

林文羽側頭看他，恍惚間他們好像還是家教與學生的關係，困在房間永無止盡的教科書裡，當時也是這樣的距離、這樣相對而坐的位子。

然而現實把他們越推越遠，她望著黃曜曦端正的側顏，好幾秒才意識到這是因爲他完全沒有轉頭。她忍住一閃而過的低落情緒，努力收回心神，將視線轉回螢幕上。

儘管輿情報告老江無可挑剔，他們今天的實習生活依然不太順利，她和黃曜曦討論完社群圖文，交上去後，一連被退了三次。

林文羽終於忍不住，看一眼辦公室另一端正大笑著和同事說話的老江，徑直走過去。那位同事看一眼她，神情促狹，滑開座椅回去自己位子，讓老江不得不轉頭看她。

「您現在有時間的話，我可以口頭和您確認需要修改的地方嗎，這樣我們修改會更有效率。」

老江翹起腳，上下打量她，「抱歉我又忘了，妳叫什麼名字？」

她忍著氣，平穩回答：「我是林文羽。」

「喔，林文瑜。」老江心不在焉重複一遍聽錯的名字，視線轉向螢幕，不再正眼看她，「你們自己有嘗試過解決問題嗎？我沒有時間手把手教你們，我還有我原本的業務要做。你們是來貢獻產值的，不是來上學的吧？」

林文羽整張臉熱騰騰地燒起來，老江嗓門不低，整間開放式的辦公室都能聽見。她的眼角餘光能看見不少同事隱隱投來的目光，等著看她如何反應。

她捧著電腦的指尖用力到泛白，面上卻仍勾起笑，完美得找不出一絲破綻，「知道了，謝謝提醒。」

「但也不要說我都不幫你們喔，下午一點有個週會，要給我看的話就在那之前把東西給我。」

電腦的時間已顯示將近十二點，林文羽對上老江笑瞇瞇的臉，點了點頭。

回到座位時，黃曜曦正在做第二份社群貼文素材，看她繞進會議室隔間，回到位子上，低聲問：「我來改吧？」

林文羽一樣壓低聲音，「不用，你先做第二份，照他給回饋的速度，我們得預留多一點時間給他確認。」

她盯著電腦苦思，來來回回翻著之前的貼文參考，忽然靈機一動。他們爲了讓貼文內容耳目一新，做的圖和過去風格完全不同，卻也因此看上去不像同個品牌的發文。

意識到這件事後，她開始逐一微調圖片中的色調，讓它更趨近品牌的配色。

一路忙到中午時分，林文羽還在用黃曜曦做的圖調整素材，根本沒時間吃飯，焦慮加上飢餓，胃隱隱痛起來。她一開始不以爲意，直到痛楚越來越強烈，像有隻粗糙的手伸進胃裡狠狠翻攪，胃酸直往上湧。

做到一個段落，她終於忍不住趴在桌上，小口地喘息，一手緊緊摀著胃。有人輕輕碰碰她肩膀，林文羽抬起頭，黃曜曦在她座位前半蹲下，與她的視線平視，「不舒服？」

她哼了聲，「你先去吃飯吧。」說話間又扯痛抽搐的胃部。

「我幫妳去買點什麼吧？」

眼見午休時間所剩無幾，下午的會議又快要開始，林文羽忍著痛，努力掩飾道：「沒事，你先去吃飯跟準備下午開會吧。」

黃曜曦沒回答，起身離開。

林文羽朦朦朧朧睡了一小會，又驚醒過來，爬起來繼續敲打電腦。胃裡的疼痛已經演變成麻木的抽搐，好不容易把貼文改到滿意，趕緊印出來送到老江桌上。

老江往後靠在椅背，一邊嚼著雞腿，一邊把手裡的油漬蹭到紙上，半晌才不情願地緩聲說：「好吧，還算能看，可以發了。品牌配色這麼基本的事情不用我教吧？之後自己注意點。」

猜對了，果然是配色問題！林文羽趕緊在他反悔前接過紙，回到座位，離一點只剩下十分鐘。

她猶豫幾秒，放棄覓食的想法，捂著抗議的胃部正想趴下來再睡一下時，黃曜曦回來了。

他把手中的紙碗放到她桌上，掀開塑膠蓋，白霧蒸騰而起，模糊了他低頭擺弄餐具的眉眼。

林文羽看見餐碗裡的食物，又看看他，微微鬆開緥緊一上午的唇角。

「妳是不是胃不太舒服？粥應該能吃吧。」

黃曜曦總有種魔力在她煩悶的時刻，把她暫且拉離緊湊的日常，讓她……忽然有心情逗他了，「你怎麼知道我不會出去買午餐？」

黃曜曦把裝滿雞肉粥的碗推給她，輕哼一聲，「從之前妳當家教的時候就知道妳是工作狂，沒吃午餐就是妳會做的事。」

心裡打結的鬱悶緩緩散開，林文羽眨著眼，直直看著他，直到他疑問地揚起眉，「所以，我們這樣算和好了嗎？」

黃曜曦緥著的臉放鬆下來，伸出手，很輕地把林文羽快浸入粥的一綹頭髮拯救出來，「……我們本來就沒有不好。」

聞言，林文羽心情溫軟得一塌糊塗。

黃曜曦緊接著說出下一句話：「同事之間沒有好或不好，只有事情能不能完成，對吧？」

她愣愣望著他，但黃曜曦不再多說，起身收拾筆電，「實習生要先布置會議室，我先去準備了，妳多少吃一點再來。」

林文羽捏緊湯匙，抽痛的胃部似乎更痛了。

這樣的黃曜曦，應該更接近黃母希冀的樣子吧？做事不參雜多餘的個人情感，理性處理事情……她也應該感到欣慰才對，可是，為什麼此刻她一點也沒有開心的感覺？

她沒有時間多想，草草喝了大半碗粥後，抱起筆電走到會議室。她來得太慢，黃曜曦身邊已經坐了人，她只得找了個邊角的位子坐下。

行銷部和產品部一起開的例行週會都是由數據報告開始，林文羽吃力地吸收各種新名詞，視線不時擔心地飄向黃曜曦。

連她都跟得這麼艱難，幾乎看不懂簡報內文的他要怎麼跟上？

例行匯報後，老江敲敲桌面，率先開口：「小結簡報上面都寫了，我就不另外贅述，想和產品部門反應，我們找進來的消費者用APP註冊會員的轉換率這麼低，你們註冊流程能不能改善一下？到時候目標不能達成又怪我們行銷找的新客不夠多。」

聽到老江的質疑，產品部門的主管馬上回擊：「轉換率本來就有極限，倒是你們行銷部，找來的到底是不是有效流量？說不定都不是對的目標客戶，這樣轉換率本來就高不起來。」

老江忽然轉向黃曜曦，「你覺得呢，少爺？」

所有人的視線都投向黃曜曦。他驟然被問到，臉色慘白，好幾秒都說不出話來。

老江臉上的笑意越來越深，直到氣氛已經凝滯到無法忽視的時候，才轉開臉，「人家說虎父無犬子，但如果老爸本來就不是這塊料的話，嘖嘖……」

他沒有把話說完，但在場的人都馬上聽出弦外之意，紛紛交換眼色。

林文羽氣得握緊拳頭，壓抑著怒氣調整呼吸，忍到會議結束，她馬上喚住老江，

「主管，我有話想和您說。」

黃曜曦馬上看向他們。

林文羽很快回以淺淺的微笑讓他放心，下一秒又轉回去。當著眾人老江沒有拒絕她，等到人都走出會議室，她帶上門，轉身面對老江。

老江閒適地靠在椅背上，挑眉問：「怎麼了？」

林文羽鼓起勇氣，「請不要再叫黃曜曦少爺，還有，他來家族企業實習，確實還有很多不足的地方，但不代表您可以當眾取笑他和他家人。」

「開開玩笑而已，你們年輕人計較這麼多？玻璃心呀？」

「玩笑只有雙方都覺得好笑才是玩笑，主管。」

「他都沒跟我講，妳就幫他代言？」老江語氣也越來越不善，「妳是拿他薪水，還是妳喜歡人家啊？」

林文羽明知老江只是信口胡說，還是氣得呼吸急促，極力忍著情緒，「如果您是因爲黃曜曦的身分才對他這樣，那您也應該知道，黃曜曦能待在這邊的靠山是誰。」

老江瞇起眼，放下翹著的腳，「妳是在威脅我嗎？」

林文羽望著他滿懷惡意卻又微微心虛閃爍的眼神，靜靜回道：「我只是個小小的實習生，當然不可能威脅您。不過黃總知道他孫子遭遇什麼後會怎麼想，您和我都沒辦法確定吧？」

老江站起身，剛吃完便當的口氣直衝林文羽臉上，她厭惡地屏住呼吸。

他壓低聲音惡狠狠道：「我倒是很確定，黃總要的是有用的人，可惜，黃曜曦和他爸都不是。等上面放棄黃曜曦，妳和他就都得滾了。」

他越過林文羽開門出去，聽著他的腳步逐漸遠去，林文羽才意識到自己的雙腳在顫抖，胃部也擰出一陣劇痛。

黃曜曦在此時匆匆走進，一把扶住搖搖欲墜的她，「妳沒事吧？」

她有些不明白黃曜曦爲何會在這裡，幾秒後才想到，他大概一直待在會議室外……他在擔心她嗎？

黃曜曦騰出一隻手把門帶上，轉頭問她：「妳和他說了什麼？他看起來很生氣。」

「叫他管好自己的嘴，不要再拿你開玩笑。」

林文羽撐著黃曜曦的手站好，少年的手掌修長，幾乎把她的手都包覆其中，這個手勢猛然讓她想起昨天的黃曜初。

黃曜初十指不沾陽春水，手掌細嫩，而黃曜曦長期拿雕刻刀，指尖和手掌都覆著薄薄的繭和小傷疤。生怕她又跌倒，黃曜曦直到此刻仍緊緊扣著她的手指，牢牢撐著她不穩的重量。

彷彿在這辦公室危機四伏，他們只有彼此能相互依靠。

「其實他說得不算錯，我爸拿家族的錢整天吃喝玩樂，對公司沒什麼貢獻，我的未來也會如此。」黃曜曦拉開椅子按著她坐下，語氣平靜得不尋常，「所以妳沒必要生氣，如果是爲我，更不值得。」

林文羽一把抓住他準備抽回的手，「你才不會不值得！」

咫尺之間，她在黃曜曦眼裡看到不知何故氣得鼓起臉的自己。

「你不是你爸，你是你。我認識的黃曜曦，不管做什麼都很努力，即使是不擅長的閱讀，你也都盡力去練習了。我不想聽你再這樣說，這樣一直、一直努力爲你加油的我，才是眞的不值得。」

話說到最後，林文羽不自覺有些哽咽，眼淚還緊緊含在眼底沒有落下。黃曜曦俯瞰著她，眼裡閃過她無從分辨的情緒，在她難爲情地別過臉時，俯下身，扳回她後腦緊緊摟進懷裡。

林文羽在驟然降臨的黑暗裡睜大眼睛，下意識想掙扎，但黃曜曦的擁抱像不可抗拒的波浪，把這幾天他們之間難言的不睦都裹進汪洋，隨著心跳在水面下掀起重重潮汐，一陣一陣，打得她頭暈目眩。

良久，她伸出手，慢慢抓緊了黃曜曦後背的襯衫。

這瞬間，林文羽再次確認了——她喜歡上他了。

不管是淺薄的動心，或者僅僅是朝夕相處的錯覺，這一刻她的心跳徹底失速，快得她生怕黃曜曦會發現。

發現她喜歡上任性但細心、總是先拉開距離，卻也會先釋出溫柔的他。

「謝謝妳比我還要喜歡我自己。」黃曜曦很慢很慢地說出口。

林文羽鼻頭一酸，還來不及反應，先在心跳聲以外聽見了腳步聲。

她猛然推開黃曜曦站起身，會議室的門在此時被打開，雙雙探頭進來，看見只有他們兩個單獨在內，面露狐疑。

林文羽面上已經恢復平靜，率先開口：「我剛跟黃曜曦在討論事情，已經到一個段落了。」

「喔，我今天三點要走，想先找妳對一下貼文排程。」

林文羽應聲，不敢回頭看黃曜曦，快步跟著雙雙出去。

終於忙完一天的工作，要下班時，林文羽記得黃母的囑託，轉頭招呼黃曜曦，語氣竭力壓抑得平靜，不想這麼快被看出心裡的暗潮洶湧，「要回家了嗎？」

黃曜曦嘆息：「妳眞的要跟著我？」

「你媽媽交代的，等你上大學應該就不用了，再忍忍吧。」

他拎起包包，淡淡說：「走吧。」

他沒再多說什麼，不過林文羽就是感覺得出他的不情願。她努力想說話逗他開心，對方依然態度平淡，和剛剛會議室裡擁抱她的樣子截然不同。

林文羽不禁氣餒，黃曜曦一直都是喜怒無常的性格，她不是第一天知道。然而當她先動心，黃曜曦的每一絲情緒都成了無形的刀，把生來質地柔軟的她刻出累累痕跡。

見黃曜曦不太回應，林文羽便自顧自向前走。

黃曜曦原本落後在她身後，忽然就加快步伐，擋在她身側。她抬起頭，從附近酒吧踏出的人走著走著偏離直線，往旁邊踉蹌，正好重重撞在他肩上，又跌跌撞撞走開，顯然是喝醉了。

林文羽呆站原地，一時沒反應過來。

「這一區酒吧很多，之後如果太晚回去，妳要小心。」黃曜曦說完後，又諷刺地輕笑一聲，「不過妳都得跟著我，也不可能一個人走。」

他越過林文羽，直到走進捷運站前，都保持著快她一步的速度與距離。

捷運會先抵達林文羽宿舍的站，但為了送黃曜曦，她得坐過站再折返回來。

黃曜曦注意到這點，車子進站減速時就張口道：「我自己會回去，放心。」

林文羽也不想真的每一步都跟著，見他保證，點點頭站起身，「明天見。」

正要踏出車廂，黃曜曦又叫住她：「還有，記得吃點胃藥。」

林文羽來不及回應就被人流擠出捷運，車門關上。

她望著黃曜曦的背影靠在窗上遠去，暗暗吐了口氣。先冷漠以對，又拋來這樣一句關心，即使如此，居然也可以讓她的心跳亂成這樣。

林文羽大步向前，試著冷靜一下情緒，手機突然震動起來。她點開螢幕一看，是黃曜初的訊息：「明天陪我吃午飯好嗎？我請客。」

文末附上眼眶含淚的表情貼圖，楚楚可憐。

林文羽猶豫再三，訊息打了又刪。她不想傷害和黃曜初的友誼，卻也無暇處理他未說出口的告白，在她有限的時間與精力裡，優先順序總還是黃曜曦。

光要應付細膩又善變的他，已經夠她忙了。

最後，她只簡單回了一句：「這幾天都很忙，下次有空再約吧。」

黃曜初很快回道：「下次是什麼時候？」

哀怨的語氣簡直要透出螢幕，林文羽默默看著，想要回覆又不知道從何承諾起，幾秒後還是決定把訊息維持在已讀狀態，關上了手機。

第五章 一個人的天真

隔天一早林文羽很早到公司，想花些時間消化昨天的簡報，卻訝然發現黃曜曦已經在了。

一見她來，黃曜曦向後靠上椅背，雙眼閃閃發亮的，像隻討賞的小動物，「輿情報告我做好了。」

林文羽驚喜地打開他交上來的檔案，迅速瀏覽一遍，內容雖仍有些錯漏字，不過大致是可接受的報告，喜出望外問道：「昨天我們下班已經很晚了，你今天還這麼早就來公司做？」

她回過頭，仔細打量黃曜曦，果然在他眼底看見濃厚的黑眼圈。

他挑起嘴角，「我可不想再聽老江念我們兩個。」

林文羽笑出聲，迎著他亮晶晶的眼神，忍不住上手飛快揉了下他頭頂。黃曜曦的髮絲看著剛硬，觸手卻是細緻的柔軟，她看著微長的髮絲散在指間，猛然驚覺自己到底在做什麼，連忙收回手。

不過黃曜曦沒生氣，只是眼裡又是那個她看不懂的神情，像是隱忍，又像在衡量著什麼。

林文羽不敢再看他，咳了兩聲，指向螢幕，「我幫你把一些錯字改掉，就可以交上去了。」

今天實習有個好開頭，林文羽只希望可以一切順利，然而沒多久，老江就打碎了這個美夢。

聽完老江指示的任務，林文羽不可思議地重複確認道：「你要我們負責新餐廳的情人節檔期企畫？」

看不下去的同事笑著出聲：「老江，你眞的要讓兩個實習生負責這麼大的企畫嗎？雖然只是一間新餐廳，但情人節可是重頭戲。」

老江雙手抱胸，冷笑道：「那有什麼關係？我這叫放權，有人想要好好表現，我就給他們機會。」

林文羽無聲嘆息，和黃曜曦悄悄交換一個眼神，知道這是老江故意的報復。他們毫無經驗，怎麼可能承擔這麼大型的企畫？

然而眼前沒有其他退路，她迎上老江挑釁般的神情，應了聲好。

於是接下來的日子，從了解過去情人節檔期的歷史資料，到重新擬定新計畫、決定最後方向，兩人一起開始連續加班的地獄。

爲了趕時間，林文羽經常把早餐放到變成午餐，中午忙起來忘記吃時，午餐便又變成了晚餐，胃痛的毛病也雪上加霜，發作得更加頻繁。

鄰近半夜的週五，辦公室早已空無一人，林文羽正埋首打字。

黃曜曦看看時間，又看林文羽呵欠連連、頭都快撞上鍵盤的樣子，率先開口：「今天到這邊吧。」

「可是我還沒做完。」林文羽聲音幾乎帶著哭腔，「我還沒有打完要給總監的企畫介紹，怎麼辦？」

總監是老江的直屬主管，因爲這次計畫由他們主導，報告對象也從老江換成了行銷部總監。

「我們先回去，休息好再來做。」

「這樣會來不及交——」

黃曜曦放輕語氣：「文羽。」

林文羽打字的手驀然暫停，這是他第一次用兩個字叫她，不是老師，不是連名帶姓的呼喚。奇蹟般地，她洶湧的憂慮感慢慢減緩，最終消失於無形。

她抬起頭，戴了太久的隱形眼鏡乾澀粗糙，鏡片刮得她淚眼汪汪，只能用力眨眨眼，狼狽地避開他視線。

黃曜曦看一眼螢幕，確定資料儲存完畢後，輕輕蓋上她的筆電，「我們先回家了，好嗎？」

嚴重的睡眠不足讓林文羽頭昏腦脹，她愣愣地望著黃曜曦，直到對方掌心的溫度落在手腕，拉著她起身，她才渾渾噩噩跟著動作。他們搭上電梯，一直到走出大樓，黃曜曦都沒有放開手。

林文羽想起那天特殊選才的成績剛剛揭曉，她拉著心情不好的黃曜曦跑出黃家，不顧一切向前奔跑。原來走在後面的人是這樣的心情嗎？好像孩子般什麼也不用擔心、不用猶豫，只要跟著前面的人的腳步，就能安然抵達目的地。

他們趕上倒數幾班捷運，十二點的捷運車廂空空如也，只有黃曜曦領著她坐下。車子才剛開動，睏倦不已的林文羽繼續打起瞌睡，朦朧間往旁倒去，但頭沒有撞上窗戶，取而代之的是柔軟的觸感。

她無從思考，只能感受到黃曜曦沒有收回墊著她頭的手掌，反而輕輕施力，讓她躺上他的肩膀。

換做平常，林文羽大概會心跳加速，然而此刻她睏得半夢半醒，只是遲頓地想著，什麼時候那個躲在房裡的瘦削少年，肩膀也變這麼寬了？迷迷糊糊間，她很快又陷入睡夢之中。

不想驚動睡著的林文羽，黃曜曦一動不動，視線投向對面的車窗，無人的座位上方，玻璃窗清晰地反映出兩人相依的倒影。

他忽然有些害怕……他曾經習慣了一個人被困在文字的牢籠裡，後來又漸漸習慣有林文羽。此刻她還陪在他身邊，可是在這個寒假之後呢？在他升上大學，甚至出社會之後呢？

他想起實習第一天林文羽沒有回答他的質問，說不出她給的承諾有多少重量，這是人之常情，她終究會有其他規畫，不可能永遠被綁在他身邊。

沒有她，他還能重新習慣面對孤單嗎？黃曜曦陷入糾纏的思緒中，快到站時，他深吸一口氣，裝作若無其事喚她起來，和她一起下了車。

林文羽終於稍稍清醒一些，連忙問：「你跟我下來幹麼？」

「陪妳回去。」

林文羽喉嚨有些隱隱的不適，心裡大呼不妙，「我好像快要感冒了，你離我遠一點，我自己回去就好。」

黃曜曦回頭看她一眼，疲憊語氣裡多了絲極力壓抑的不耐，「這麼晚走在路上不安全，我送妳回宿舍。」

林文羽不再推拒，一直到踏進宿舍院區的大門，她才轉身，「謝謝你送我回來。」

然而黃曜曦一確定她走進安全區域就已經轉身離開。她靜靜望著他的背影，直到校園茂密的植株掩去他身影。

林文羽本來抱著僥倖心態，想著會不會睡一覺起來就大好了，但隔天一睜眼，如同被刀割般疼痛的喉嚨和旋轉的天花板，無情澆滅她希望。

她生無可戀躺在床上，思考著要不要請假，隨即又想到請假的話黃曜曦該怎麼辦？他連輿情報告的錯字都挑不出來。

林文羽撐著發脹的頭遲緩地想了三秒，還是踏下床，腳步像踩在棉花上，輕飄飄的找不到重心，只能扶著桌椅慢慢移動。

梳洗後穿上襯衫和不太保暖的西裝外套，林文羽一踏出宿舍大門，就被戶外的冷空氣狠狠撲了一臉。她打了個大噴嚏，正要走下階梯，就看見有人站在宿舍門口的大樹下，似乎等了一陣子，有些冷地跺了下腳。

那人和她一樣一身雪白襯衣與黑西裝外套，在校園風景裡顯得格外突兀，林文羽以爲自己病昏頭了，但那個身影已經看見她，朝她走來。她清清喉嚨，還是藏不住聲音裡的沙啞，「黃曜曦？你怎麼在這裡？」

他舉起手裡一袋塞得滿滿的早餐，語氣裡有種刻意的漫不經心，「擔心有人不舒服還不好好吃早餐，特別送來了，先吃完才可以去辦公室。」

最初的震驚過去後，林文羽忍不住笑靨逐開，「怎麼不進辦公室再給我？」

黃曜曦微微鼓起臉頰，已經收斂一段時間的孩子氣又偷偷逃出來，點亮那張總是沉鬱著的臉，抱怨似的回道：「在辦公室妳會好好吃東西嗎？」

她語塞，黃曜曦不等她邀請，逕自越過她，走進公共區域的交誼廳。

現在時間還太早，整棟樓都還在安靜之中，交誼廳裡只有他們。兩人把食物一一拿出，面對面坐著一起共享早餐，場景簡直溫馨家常得詭異。

林文羽啜著溫熱的豆漿，一邊提醒自己不要再自作多情，黃曜曦只是在關心同事而已，一邊卻又盯著黃曜曦咀嚼時把食物都存在頰側慢慢咬的樣子……怎麼會有人可以同時帥，又同時可愛？

黃曜曦感受到她的視線，抬起頭，她連忙掩飾地假裝咳嗽。

他猛然伸手摸上她的額頭，微微皺眉道：「好像有點發燒，妳今天要不要就先請假休息啊？」

林文羽心臟一陣亂跳，往後避開他的手，「我請假的話，你要怎麼辦？」

「我又不是非妳不可。我從很久以前就說過，收收妳的聖母心態。」

捕捉到林文羽聽見這句話後黯淡一瞬的神情，黃曜曦雖不覺得自己說錯，一絲酸澀卻緩緩掐緊心臟。他往後靠上椅背，有些不自然地解釋：「我的意思是，妳不可能一輩子待在我身邊，這件事情我們也討論過不只一次了。」

林文羽戳著桌上的蛋餅，食欲全無，放軟聲音說：「只要我在一天，我就會一直用盡全力陪著你。」

黃曜曦原本要說什麼，又放棄似的一笑，搖搖頭……沒關係，他們兩個之間，或許仍能容得下一個人的天眞。

「你笑什麼？」

「沒什麼。」黃曜曦收起笑意，「那我換個說法，妳是我的刀，刀子要好好保養才會銳利，所以如果是爲了我，妳更應該休息一天，才能趕快康復回來。」

林文羽無從反駁，只能繼續默默低頭吃早餐，兩人不再交談。

直到她吃完，黃曜曦才站起身，把桌上的垃圾都收拾乾淨丟掉，「我去上班了，妳記得跟老江請假。」

林文羽仰頭看他。

也許是她眼神太哀怨，黃曜曦忍不住笑出來，俯下身，在她驟然震動起來的瞳孔裡，找到自己的倒影。林文羽的眼神總是這麼乾淨、這麼認真，蘊含著他從來不能企及的暖意，他輕輕敲了下她額頭，「妳是我的幫手，不可以比我還孩子氣。」

林文羽看著他走離的背影，耳邊迴盪著他的最後一句話。

原來喜歡上一個人，就是會把他的一言一行都刻在心裡，反反覆覆細細琢磨。

是啊，她是他的助理，她得比他更成熟世故才對，不然在惡意環伺的公司裡，她沒辦法好好保護她所喜歡的他。

她必須做得更好、更好才行。

林文羽請了一天假，隔天上班時不意外聽到老江嘲諷她體弱多病。她沒理會，只顧著準備好當天要報告的投影片，提早到會議室設置設備。

她專心操作電腦，沒有注意到一名白髮蒼蒼、但身形依然十分筆挺的男子悄無聲息走進，逕自在主位上坐下。當她忙完回過頭，才與男子乍然四目相對。

她馬上撐出落落大方的微笑，向他頷首致意，「總監您好，我是林文羽。」

總監雖面帶微笑，看上去依然有種高高在上的氣勢，林文羽緊張不已，表面上還是竭力維持從容的樣子。

不久，黃曜曦也走進來，總監轉頭看了他一眼，張口道：「好久不見，黃家少爺，我是行銷總監。」

兩人視線交相，不知道是不是林文羽的錯覺，黃曜曦面上表情古怪，幾秒後才喚了聲總監好。

「我讓老江不用來，我聽你們說就好。誰負責報告？請開始吧。」

林文羽深吸一口氣，從頭開始解說：「這個企畫是參考過往的情人節行銷數據，一間餐廳的新客量在當日平均會到達百分之七十——」

總監淡淡打斷她：「這些歷史數據我已經很熟了，直接說你們這次的企畫重點和評估標準。」

林文羽把顫抖的手指藏在桌面下，微笑地繼續說明，然而這次一樣講到一半就再次被打斷。

「請把完整的邏輯說清楚，你們是基於什麼樣的目標客群習性、什麼樣的策略，導出最後這個執行方案。」

林文羽深深吸一口氣，黃曜曦正想接口，她已經順暢地重新組織語言，把點子再重新說了一次：「這間餐廳的目標客群瞄準三十歲以下女性，她們喜歡在社群上互動，不只是轉發廣告文，而是希望展現出她們獨特的創意。因此，我們的方案將善用她們和餐廳特殊布景互動打卡，創造原生內容，好讓網路效應更好散播，也能省下高額的行銷費……」

總監這次不再打斷，默默聽林文羽侃侃而談，介紹完整份投影片。當她報告完，總監指尖交疊在下巴下，問道：「這個企畫是誰想的？」

「是曜曦和我。」

總監若有所思，轉向黃曜曦，「和執行單位的協調溝通呢？企畫如果通過，執行需要什麼人力？」

林文羽正想說話，總監卻抬手止住她，「我要聽黃曜曦說。」

這塊他們之前討論較少，因爲不夠熟悉內部行銷分工，對人力規畫沒有什麼想法，黃曜曦自然答不太出來，臉色寸寸變得蒼白。

總監銳利的視線掃過兩人，「企畫能否成功，執行端是不可或缺的重點。林文羽，妳說可以做情人節專屬濾鏡在限時動態上傳播，概念不錯，但工程師需要多少執行時間？離上線只剩一個月，中間還卡到過年，妳覺得可行性多高？」

一席話說得林文羽也低下頭。

總監點到爲止，沒有再咄咄逼人，只是淡淡說：「企畫概念以第一次做來說還可以，今天之內把人力資源的資訊補上，如果資源不足，要想想怎麼降低規格達到類似效果。聽懂了嗎？」

他們點點頭，總監揮揮手，「你們兩個可以先出去了，叫老江進來。」

林文羽微微鬆了口氣，收拾好電腦，臨走前，卻看到黃曜曦輕輕和總監鞠躬，姿態異常恭謹。

她總覺得哪裡怪怪的，不過此刻無暇多想，匆匆忙忙回到座位轉告老江，又和黃曜曦關進小會議室裡討論，埋頭苦改了一版企畫。

老江再次回來後，不知道總監是不是跟他說了什麼，態度突然變得客氣不少，至少不再處處找他們麻煩，反而協助他們跨部門的溝通。

看著老江問完他們需求後走開的背影，林文羽坐在椅子上滑到黃曜曦身邊，用氣音說：「他是轉性了嗎？」

黃曜曦抿了下唇，低聲道：「不要太奢求，人不會這麼輕易改變。」

「算了，不管他，我們的企畫通過了，接下來就是把執行時程抓出來。」

林文羽用力伸展一下背脊，感冒初癒的身體還是有濃重的疲憊感。這陣子靠腎上腺素撐著，現在企畫通過，她全身的最後一絲力氣似乎也用盡了。

「妳中午又沒吃飯休息，趴下來小睡一下吧，我去和美編部講需求。」

林文羽依然慣性地問：「你一個人可以嗎？」

黃曜曦不耐地回她一個挑眉的神情，鮮活得令林文羽忍不住笑出來，像有隻小小的蝴蝶，隨著對方幽微的神情拍翅飛過心間，有點癢，有點難以捉摸。

林文羽好希望這樣朝夕相處、爲了同一個目標努力的時間，能夠再維持久一點。

企畫準備如火如荼，連過年期間林文羽都只回家幾天，又匆匆北上，希望每一個細節都能顧及，好讓她和黃曜曦負責的第一個大任務能順利完成。

寒假在這樣的忙碌裡逐漸流逝，時間終於來到情人節檔期開始的當天，林文羽早早就抵達公司，不意外地，看到黃曜曦也已經來了。

他把牛奶和麵包從桌上推過去，「早餐。」

牛奶居然是加熱過的，握在手裡格外溫暖，林文羽把它放在臉頰邊貼著，不知不覺間，黃曜曦幾乎每天都會順便幫她帶一份早餐。對向來只活在自己世界、任性自我的黃曜曦來說，這已經是很了不起的貼心了。

「幹麼一直看我？」

林文羽連忙收回過於忘我的視線，祈禱著黃曜曦不要注意到她的臉紅。

事與願違，黃曜曦撐著手側頭看她，「妳耳朵很紅，該不會又發燒了吧？」

他伸出手想摸她額頭，林文羽見狀連忙向後閃避，忍不住笑出來，「我沒事啦，不要碰我！」

手機在此時響起來，林文羽伸手接起，剛剛的笑意還凝固在臉上，接著漸漸消失，臉色變得慘白起來，「好，我們立即確認，非常抱歉！」

早到的同事陸續走進，黃曜曦一等她掛斷電話，馬上壓低聲音問：「怎麼了？」

「餐廳經理打來說我們網路文宣上的規則寫錯了，顧客目前在用錯的方案跟店家要求折扣。」

「怎麼可能？」

林文羽極力緩和呼吸，心慌的感覺依然竄過全身，「開一下餐廳社群，我們來檢查看看。」

黃曜曦點開社群貼文，林文羽靠在他身旁，心急如焚逐字掃視圖片上的內容，心底一涼。

原本預計要寫「任一主廚套餐五折」的地方，不知道美編爲什麼誤植成「任一套餐系列五折」，儘管只有兩個字不同，影響卻非常巨大。爲了主推主廚套餐，餐廳根本沒有備這麼多其他餐點的料，更別說套餐間的價格差異很大，任一套餐五折絕對會帶來虧損——但圖片上白紙黑字，無可更變。

她心臟一點點涼起來，這則圖文她沒有經手，因爲需要盯的文書細節太多，且知道這份檔案會再交給老江審核，所以她並沒有在完成後再看一遍。

負責溝通的黃曜曦自然看不出差異，責任全在於她。她爲什麼沒有在這最重要的環節多檢查一遍呢？林文羽看著貼文底下迅速增加的分享次數，腦中一片空白。

黃曜曦抓住她的手腕，手心的溫度勉強讓林文羽回到現實，「到底哪裡不對了？」

林文羽竭力穩定語氣解釋，才剛說完，餐廳經理又再度打來。她抖著手接起，對方語氣急促，「妳快點下決定，是要喊停還是怎麼樣？客人已經等得很不耐煩了！」

電話再次掛斷後，林文羽和黃曜曦面面相覷，他的臉色已毫無血色，緊緊擰起眉，聲音像從齒縫裡擠出，「對不起。」

林文羽實在說不出沒關係這三個字。畢竟，有些責任不是她說沒關係，就能承擔得起後果的。

黃曜曦起身告訴正慢慢走進辦公室的老江，他馬上誇張地大聲嚷起來：「這你們自己要想辦法處理喔，我不能幫你們負責。」

這個答案並不令他們意外，林文羽只好鼓起全部的勇氣，翻出上次聯繫過的行銷總監資訊，郵件最下面有個辦公室電話。她和黃曜曦擠在小會議室裡播通電話。

電話被接起時，是一道溫文的女聲，「您好，執行長辦公室，請問您是？」

林文羽驚慌失措，以爲自己打錯了，黃曜曦卻按住她的手，接口道：「我是黃曜曦，我找我爺爺。」

林文羽睜大眼睛，聯想到上次會議裡黃曜曦古怪的神情和鞠躬的動作，找到了當時覺得異常的原因——那個人並不是行銷總監，而是黃曜曦的爺爺，那個掌控家族企業大權的人。

祕書溫柔地回應：「好的，請稍等。」

林文羽回頭看黃曜曦，他按著她手背的力道未停，眼神卻是比她還深的絕望。

電話那邊出現新的聲音，正是屬於上次那位「行銷總監」的，「我已經聽店經理和我報告，不用再說一次你們犯下多大的錯誤了。」

黃曜曦馬上開口：「這是我的錯誤，和林文羽沒有關係。」

「不，執行長，是我沒有檢查到！」林文羽匆忙開口，但黃曜曦回頭看她，眼神是令她困惑的冰冷警告。

「這當然是你的錯，黃曜曦。我已經請你媽安排一個幫手給你，你還是一樣，沒辦法獨當一面。」

黃曜曦低著頭，繃著臉沒有流露太多情緒，唯有原本按著林文羽制止她妄動的手微微顫抖起來。

林文羽聽著執行長冰冷的責備，緩緩反手握緊了黃曜曦。

「錯已經錯了，你們認爲要怎麼解決？叫老江進來一起討論。」

林文羽抽手走出去，老江正背對著她與高采烈和同事批評他們，雖刻意壓低音調，她還是聽清了每個字。

「再怎麼假裝都還是上不了臺面的人，他和那個小女生都是。」

同事見她靠近，連忙對老江打手勢示意他住嘴。

「你說得沒錯。」林文羽沒有閃避，逕自走到老江面前，一字一字地說。

老江神色難得有些尷尬，林文羽一臉坦然，不再多說，只是轉告執行長的意思，和他一起回到會議室。

執行長的聲音依然冷淡平穩，「老江，說說看你的想法吧。」

老江諂媚一笑，「您孫子的專案這麼重要，當然要好好挽救。我覺得該趕快喊停止損，跟民眾道歉，消費者也會體諒我們的錯誤。」

林文羽咬緊唇，良久才像下了極大決心地出聲道：「慕名而來的消費者不是鐵粉，他們不會體諒，現在道歉喊停只會讓民眾更加生氣，也不利原本的社群傳播。我認爲應該直接承認錯誤，維持誤植的優惠活動，只是時間改成限定一週，接下來的檔期再改回原本的方案。」

「哦，那這兩天餐廳的損失，妳可以負責嗎？」

林文羽語塞的瞬間，黃曜曦冷淡卻堅定地代爲回答：「我可以負責。」

電話那邊的執行長似乎是笑了出來，「你能付什麼責？從我未來要分給你的遺產裡扣嗎？」

「有何不可？再怎麼樣我也是黃家的人，造成這次企畫失誤的更是我，責任理當我扛，而不是林文羽這個執行的員工負責。」

執行長沉默良久，才淡淡笑道：「很好，算有長大。老江，林文羽說得沒錯，消費者不會體諒企業，她的做法當然會先有損失，不過長遠來看對我們的形象更加分。你也是行銷部的老人了，自己想想這次你錯在哪裡。」

電話被果斷掛掉，會議室裡，三人沉默地面面相覷。老江面子有些掛不住，咳了兩聲便先離開，剩下林文羽和黃曜曦兩人。

黃曜曦率先轉頭，聲音裡蘊藏怒意：「妳爲什麼要說是妳的責任？我爺爺不會開除我，但如果開除妳怎麼辦？那明明是我的錯，妳沒必要幫我承擔。」

林文羽避重就輕，只是伸手拍拍他的肩安慰道：「每個人都有犯錯的時候，不要太沮喪。」

黃曜曦推開她的手，深深呼吸後才開口，語調平靜得詭異，「這不只是錯誤，是基本能力的問題。今天幸好只是一個餐廳的活動，如果是更大的合約該怎麼辦？我永遠要提心吊膽，怕自己漏看一個字，就讓公司損失慘重。林文羽，謝謝妳的安慰，可是我不需要妳的同情。」

林文羽直直望進那雙眼，糾結的痛意沸騰在他的眼底，又被冰霜般的自厭緊緊封住。她不怕靠近冰霜，卻深深害怕冰霜會傷到黃曜曦自己，如果她試圖融化，他只會用和之前一樣反抗的態度面對。

她不想再陷入這樣反覆的拉扯中，黃曜曦早就說清楚了，他們之間就是同事，維持公事公辦的關係，也許對他們兩人都更輕鬆、更不會有無謂的情緒。

哪怕她喜歡他，那也是她身為他的助手，需要自行默默處理好的感情。謹守同事的身分、不投入太多感情才能眞正繼續守護他。哪怕這個位置，意味著要把自己從黃曜曦身邊推遠也沒關係。

她在心裡演練幾遍，輕輕開口：「第一，如果是更大的合約一定會有更多把關的程序。第二，那些文字我可以念給你聽、可以幫你檢查，這就是我的工作，我幫你的同時，是在幫我自己。」

儘管道理是這麼說，林文羽心裡當然不是這樣想的。她早已分不太出來，這些責任感裡有幾分是因爲工作，有幾分是她的私心，唯一確定的是，她不想再看見黃曜曦露出自棄的表情。

迎著黃曜曦深邃的凝視，她把心底翻湧的情緒藏好，勾起暖意盈盈的微笑，「所以不需要擔心，這樣的狀況，我不會讓你再遇到第二次。」

她再次拍拍黃曜曦的肩，然後快步走出會議室，不想讓他看見自己即將失去控制的表情。

林文羽回到座位上，飛速做了個搞笑的道歉梗圖，用生動的小編口吻寫出道歉文案，順帶宣布新的補償方法。

黃曜曦也默默回到座位，她故意沒抬頭，專心致志檢查了幾遍發文素材，才傳給老江確認。

剛被執行長點出錯誤的老江安分不少，罕有地沒有亂挑剔，微調幾個用詞後就准許文章上線，讓林文羽直接打給店長說明。

林文羽沒忘記剛剛店長的語氣有多凶神惡煞，拿起電話前深深吸一口氣，號碼才剛按完，已經被黃曜曦注意到，一把接過去，「我來吧。」

她來不及回應，黃曜曦就舉起手示意她不要說話。電話一接通，另一頭便傳來一陣怒罵與質問，聽完對方發洩，他才開口簡潔說明處理方案。

黃曜曦講電話的同時，林文羽不放心地抬頭望向他，他下意識對她笑了笑，像無聲的安撫，他的眼神是這麼說的——他沒事。

林文羽移開視線，聽著黃曜曦鄭重向對方道歉，心裡泛起陣陣酸楚。他是那麼驕傲的人，因爲自己無法控制的狀態造成錯誤，肯定比誰都難受。

重複道歉好幾遍後，黃曜曦終於掛斷電話，語氣依然平穩，「店長會同步跟客人溝通，妳可以把訊息發出去了。」

林文羽小心翼翼發布貼文，在電腦前不自覺雙手交握，祈禱著事態可以被控制住。

第一則留言很快出現，林文羽心驚膽顫點開，幸好只是標註朋友一起趁機來用餐的訊息。她和一旁關注的黃曜曦同時長吁一口氣，默契地互看一眼。

下一秒，林文羽觸電似的轉開，用力敲打鍵盤來掩飾凌亂的心跳。

下班時間已到，林文羽和黃曜曦仍然守在電腦前回覆民眾的留言或私訊。萬幸的是這次誤植文字的錯誤帶來社群上的快速傳播，因爲坦然承認、及時彌補，風向大多是正面的，甚至有不少媒體詢問、轉載訊息。

林文羽太過專心手邊的任務，對周遭的聲音充耳不聞，黃曜曦叫了她好幾聲才聽見，一臉茫然地抬頭，「什麼？」

黃曜曦的聲音很淡，「有人找妳。」

她視線隨黃曜曦轉向樓層梯廳，玻璃門外黃曜初一身條紋西裝，難得梳了油頭，不像黃曜曦仍有些揮之不去的青澀感。黃曜初站在那邊，看上去已經像個挑不出破綻的社會人士。

林文羽和他的聊天室一直維持在已讀狀態，起初只是不知道如何面對，後來一忙起來，更無暇回應了。

她揉揉酸澀的眼，起身走向梯廳，路上環視一圈辦公室，果然又只剩下她和黃曜曦。玻璃門在身後闔上，她輕輕問：「怎麼不進來？我記得你有這裡的門禁卡吧。」

「怕妳不想被打擾啊，苦苦在外面等了好久，幸好我堂弟夠善良幫我叫妳。」

黃曜初露出小狗被遺棄般的誇張表情，林文羽不禁失笑，知道向來自信滿滿的他並沒有眞的如此受傷，「沒事的話，我先回去工作了。」

他拉住她的袖口，力道溫柔，「我聽說我堂弟惹的事了，別擔心，社群需要熱度討論，我覺得妳處理得很棒。」

林文羽反射性回頭看一眼玻璃窗內的黃曜曦，幸好對方仍低著頭，沒有注意他們。她一邊慶幸，一邊卻又微微失落，她對黃曜曦的注意僅只於單向。她是無可自拔被吸引的磁石，可黃曜曦對她並非如此。

她的喜歡離更進一步，還無比遙遠。

「好了，說話就好好說話，不要趁機誘惑我。」林文羽抽出他手中的袖子。

黃曜初笑了一聲，微微俯下身，「這算誘惑嗎？我還沒有開始認眞耶。」

林文羽被困在他燦爛的笑臉和牆壁之間，應該是曖昧氛圍的此刻，她還是忍不住盯著那張熟悉不過的臉笑出來，掐住黃曜初露出誇張神情的臉頰，「黃曜初，別鬧了。」

下一秒，黃曜曦涼涼的嗓音冷不防插進他們之間，「我要回去了，妳走不走？」

林文羽放開黃曜初被掐得變形的臉頰，回頭看不知道什麼時候繞出來的黃曜曦。他這句話是明知故問，她答應過黃母要盯著他回家，自然得一起走。

「嗨，堂弟，事情處理得還順利嗎？」黃曜初在一旁和他打了個招呼。

黃曜曦露出淡淡的微笑客套寒暄幾句，林文羽對他這樣的表情有些陌生，雖然他在她面前喜怒無常，至少情緒大多是鮮活分明的，但此刻他和黃曜初臉上是如出一轍的笑容，客氣而疏離。

兩人顯然沒有繼續交談的意願，對話終止在越來越令人難以忍受的沉默中。

林文羽見狀，看一眼笑得越來越淡的黃曜曦，「你等我收一下東西，我跟你一起走。」

她跑回辦公區，確認沒有特別需要處理的民眾留言後，才安心關上電腦，收好東西出來。

黃曜初還沒走，和黃曜曦各滑各的手機，一句話也沒說，看她出來才同時抬頭。一個對他露出大狗狗般的微笑，一個像貓一樣看她一眼就自顧自轉過身，她連忙追上黃曜曦的腳步，三人一起搭電梯下樓。

門口停著一輛轎車，司機模樣的男子迎上來，黃曜初和他點頭打招呼，轉頭道：「我爸的司機來載我，我一起送你們回去吧。」

「不用了，我喜歡自己搭捷運。」黃曜曦淡淡回應，逕自走往另一個方向。

林文羽連忙和黃曜初揮手道別，踩著黃曜曦的影子追上去。

車子在他們身後開走，黃曜曦目送車尾遠去，放慢了腳步，讓林文羽可以追上他。

林文羽盯著他冷峻不語的側臉，遲疑了下才問：「你是不是在不高興啊？」

「我有什麼好不高興的？」

她仔細分辨黃曜曦擰眉抿唇的微表情，篤定道：「你就是在不高興啊，怎麼了？」

「我沒有。」

林文羽遽然停下腳步，原本走在前面的黃曜曦幾秒後才發現，詫異地回過頭。向來好脾氣的女孩嘴角繃緊，清澈的眼底怒色蔓延，但即便如此，她的生氣也依然柔軟、不帶攻擊性。

「我不喜歡你這樣，不是說不用看你眼色，也不用把你當易碎品嗎？你明明在生氣，乾脆就直接說出來，你到底在氣什麼？」她清軟的嗓音把質問包裹得柔和。

黃曜曦往回兩步，站回林文羽面前，擋住路燈的光源。背光的陰影爬上臉側，圓眼睛微微瞇起，俊美的臉龐沁出森然的偏執，他同時說出了一個名字：「黃曜初。」

「黃曜初怎麼了？」

「妳看得出來他喜歡妳吧？」

林文羽愣了一秒，反問：「所以呢？我和黃曜初只是好朋友而已。」

黃曜曦聲音很平靜，眼裡的情緒卻越來越燙，「好朋友會用那種眼神看妳嗎？現在還是朋友，以後呢。」

他們站得很近，近到林文羽可以看見他快速顫動的睫毛。她沒有自不量力到以為黃曜曦是在吃醋，他們已經劃清同事的界線，對方也並沒有想跨過的意思。

但此刻他眼裡洶湧又壓抑的情緒，如熔岩般無聲醞釀熱度，不是淺薄的戲謔或醋意，而是近乎焦慮的恐懼與執念……他在害怕什麼？

「我沒有打算和他有進一步發展的意思，所以我之後會注意和他保持好距離。」林文羽柔聲道。

「就算不是因爲這樣，他是我的競爭對手，妳也該離他遠點。」黃曜曦語速微微急起來，「不管他做什麼，妳都會站在我這邊，對吧？」

林文羽迎視著他，終於讀懂他的不安。

他們第一天來公司時，中午聽見阿藍與雙雙的對話，嘲笑黃曜曦是擺飾，黃曜初卻是眞的有能力。

她聽見的只是冰山一角，在成績掛帥的價值體系下，黃曜曦肯定聽過更多更多身邊的人拿他和黃曜初比較。

林文羽抬手撫過黃曜曦微亂的鬢髮，指尖眷戀似的多逗留了幾秒，直到少年眼裡閃爍的恐慌緩緩褪去，「嗯，我會站在你這邊，我們約好了。」

黃曜曦緊繃的肩膀慢慢放鬆，擰著的眉舒展開，少見地對她咧開嘴角，露出孩子般率眞的笑容。

林文羽看著他的笑意，不自覺也勾起了嘴角。她膨脹的情感像被引力牽引的潮水，前仆後繼地打上岸，一旦察覺到了，喜歡的感覺就會不斷堆疊而上，越來越深，越來越失控。

原來喜歡一個人是這樣的感覺，因他難過而難過，因他微笑而微笑。

她好希望，黃曜曦在她身邊時，都能露出這樣的笑容。

接下來幾天，因爲店裡湧現的熱潮和社群的踴躍討論，幾個新聞臺特地到店訪問，讓餐廳知名度又往上提升一層。即使後續檔期改回原本的方案，業績也只是微幅下滑。

林文羽再次收到來自執行長祕書的電話時，已經是寒假實習的最後一天。

她不知道執行長有什麼事要單獨和她這個小小實習生說，也許是要正式究責這次的失誤？

林文羽抱著或許再也不能來上班的心情，忐忑不安地敲響辦公室的門。

祕書出來相迎，是個氣質柔婉的中年女子，見林文羽一臉戒慎害怕的樣子，先遞了一杯熱茶給她，低聲說：「別緊張，偷偷和妳說，執行長還滿欣賞妳的。」

林文羽握緊茶杯，讓手中的溫度一點點熨平心裡狂湧的各種猜想，好幾分鐘後，辦公室裡層的門才被打開，裡面傳出穩重的聲音，「請進吧。」

她吸一口氣，昂首走進辦公室，桌後的長者俐落地把正在簽名的文件處理完，推到一邊。

祕書伸手拿走，離開前對她友善地眨眨眼。

剩下兩人後，執行長淡淡開口：「這次危機處理得不錯，餐廳沒有虧損，盈利反而比之前預估成長了百分之五十。」

林文羽原本沉在谷裡的心稍稍上浮，但執行長又話鋒一轉，「不過妳和黃曜曦造成這次危機的疏失，我還是需要做對應的處理。」

她緊緊咬住唇，沮喪地想，果然還是會被開除嗎？

「接下來黃曜曦要先完成高中課業，妳課餘時間就來我辦公室繼續實習，我的特助艾琳會帶著妳。」

林文羽頓了幾秒才確定自己沒有理解錯誤，極力克制喜出望外的聲音，「您是說，我可以繼續留在這裡嗎？」

「我需要妳快點成長，之後才能繼續跟在我孫子身邊協助他，直到他有能力獨當一面。」

林文羽用力點頭，再也藏不住笑意。

執行長微微皺起眉，指尖點一點嘴角，「第一課，不要輕易流露妳的情緒，什麼都寫在臉上，太容易被抓到弱點。」

林文羽連忙收起笑容，點點頭。

執行長犀利地打量她一眼，「記得，如果妳不夠格，我依然會隨時換掉妳。」

這句警告深深釘入林文羽耳中，下一秒，執行長再次深深看她一眼，接著便揮手示意她可以離開了。

走出辦公室前，林文羽忍不住又停步，問出在她心裡埋藏已久的問題：「爲什麼之前不直接和我說您是執行長，而是要以總監的身分聽我報告呢？」

老人視線鎖在螢幕上不動，淡淡道：「我想看妳在不知道我是黃曜曦爺爺的情況下，還能不能盡力協助他。」

「那您看到了什麼？」

執行長終於對上她視線，很淡很淡地笑了下，「妳可以站在這裡，就是答案。」

林文羽垂下眼，不再追問，輕輕躬身，轉身出去。

第六章　喜歡的意義

開學後，黃總的指示傳到黃母這邊，課餘時間林文羽都得去公司，加上黃曜曦接下來要去的學校已經確定，課業上可以稍微放鬆，她爲期一學期的家教課終於結束了。

她每天沉浸於公司事務，跟著艾琳忙得暈頭轉向，下班時間遠比之前當實習生時更不固定，但這些都沒能抵擋她想念黃曜曦的心情。

這種時候，她才發現自己並沒有黃曜曦的私人聯繫方式，他們僅有的聯繫就是工作軟體，再來就是透過黃母轉告——薄弱得光是這種程度的分別，都足以中斷的聯繫。

林文羽只能偶爾翻看社群動態，從何雪岑更新的貼文裡，稍微窺見他們學校生活的一小角。

她看著他們考完一個個期中考和模擬考，然後拍下畢業合照。

拍照那天，何雪岑拉著黃曜曦，在鏡頭前燦笑揮手，兩人都穿著便服。

見黃曜曦笑著不斷閃躲，林文羽眼疾手快按住影片暫停，望著鏡頭裡的半張臉，熟悉的臉龐上有她不熟悉的笑容，那種鮮活並不屬於她和他相處的時刻。

最終，何雪岑的動態開始倒數起畢業典禮。

林文羽想要送黃曜曦一個畢業禮物，但對方看起來什麼都不缺，她手又不巧，也無法親自做什麼來送他。

時間一天天流逝，直到畢業典禮前一天，林文羽仍然沒有靈感。

她坐在書桌前苦思，手不自覺撫摸起手邊的小東西，忽然動作一頓。這是她之前從黃曜曦手裡救下的，名爲「肆意逃跑」的斷翅獵豹雕刻。

林文羽眼睛一亮，立刻跳起來查詢提供修復服務的木雕工作室，查了之後發現大多都距離遙遠，或者交單時間無法這麼快，趕不上明天的畢業典禮。

她有些糾結要不要放棄，但捏著雕刻細細賞看時，越來越覺得這是最適合送給黃曜曦的禮物。無論辦公室裡的他眼神多麼黯淡，她都記得準備作品集時，他拿著雕刻，站在陽光下雙眼發亮的樣子。

她希望能讓黃曜曦想起，他刻出這對翅膀時的心情。

林文羽在社群上滑了半天，試圖找到一點希望，忽然手指一停，看到有人推薦一間山上的工作室：師傅願意接急單，手藝也好，不過開門時間全看心情，要找到他得靠運氣。

林文羽腦袋一熱，把工作室的地址存起來，帶上損壞的雕刻，踏著逐漸昏黃的天色出門找尋。

她轉了兩班公車，在山坡上跋涉了快半小時，終於找到路邊一棟不起眼的小屋，門外搖搖欲墜懸掛著工作室的木刻招牌。

一個男子正把門口木牌的營業中翻轉到另一面，林文羽見狀馬上衝過去大喊：「師傅！」

男子回頭，露出蓄著落腮鬍的臉，沒好氣道：「要關門了，明天請早。」

林文羽急道：「拜託，我今天一定要做完，是明天要送人的禮物。」

她手忙腳亂把雕刻拿出來，門縫裡透出的燈光正好打在翅膀上。

師傅視線落在雕刻上，猶豫片刻，才臭著臉把門打開。

林文羽與高采烈踏進來，語速飛快，生怕師傅等等反悔，「這個雕刻的翅膀斷掉了，你可以幫我接回去嗎？」

「我得先看看才能決定，快點拿來。」

見他語氣不善，林文羽連忙把雕刻遞過去。

師傅一邊拿著雕刻在燈下比劃，一邊問道：「這是妳做的嗎？」

林文羽一愣，「不是，是一個朋友做的。」

師傅神情已經緩和不少，「喔，做得不錯呀，豹的背線條很流暢，已經遠遠超過初學者的等級了。」

林文羽不自覺微笑，雖然不是她的作品，但聽到有人誇獎黃曜曦，還是無端讓她感到欣喜。

黃曜曦的創作是獨一無二的瑰寶，是她先看到了裡面蘊含的珍貴靈魂。

「好吧，案子我接。先轉帳兩千給我，我要急件加成。」

儘管兩千塊對林文羽不是小數字，不過還是牙一咬付了。

收到錢後，師傅開始在工具臺上翻翻找找，隨口詢問：「既然是妳朋友的，怎麼會是妳送來？」

「他之前想要丟掉，我把它撿回來了。」

師傅戴上口罩，用細砂紙將斷裂的兩端輕輕打磨，不時拂開飄落的木屑，「喔，爲什麼？你很喜歡他的作品嗎？」

林文羽猶豫片刻，想起黃曜曦總是對她的喜歡嗤之以鼻，小聲道：「我很喜歡，可是作者本人已經不愛了。」

「沒關係啊，作品不會因爲沒人欣賞影響它的價值。」師傅心不在焉回她，手裡的動作沒有停，「可是，作品會因爲妳的喜歡，多一個存在的意義。」

林文羽把這句話揣摩了好幾遍，心裡一暖。

她的喜歡，也是有意義的嗎？就像她對黃曜曦的心意，即使沒有獲得回應，本身仍然是有意義的吧。

師傅對著光小心比對斷裂的翅膀和豹身接合處，手指緩緩滑過木頭表層，捏著短鉛筆標記位置，接著在兩個接觸面均勻塗抹一層膠。

林文羽靠在一邊偷看容器上的標籤——是特製的木工膠。

師傅不再說話，全神貫注輕輕將翅膀與豹身接合，又用木粉混合木工膠細細填充進縫隙。

林文羽也不再說話干擾，師傅此刻的眼神裡，有她在黃曜曦眼中見過的光芒。

良久，師傅才再次開口：「原則上需要靜置乾燥一天才能給妳拿走，但妳明天就要給他的話也不是不行，只是帶回去的路上一定要特別小心。」

聞言，林文羽喜出望外。

「既然這是妳朋友的創作，我就不幫他補色了。他拿回去補完色後，提醒他要上漆，不要讓木頭受潮。」師傅遞給她前，忍不住多交代道。見她似懂非懂的樣子，他終於微微一笑，「沒關係，妳朋友不是新手，他自己懂的。」

他將木雕裝進保護袋，用滿滿的緩衝包材固定好，遞給她。

「記得，每一份喜歡都有意義，你的朋友會因爲這個禮物，重新知道妳的喜歡。」

「眞的很謝謝你！」林文羽雙手小心接過雕刻，興高采烈小跑步出去，又怕顛簸弄壞剛黏好的翅膀，連忙緩下腳步慢慢走。

工作室外已是濃濃夜色，山上的星空絢爛如畫，她仰頭看了許久，突然很想讓黃曜曦也親眼看看這片星空。

隔天，林文羽照著黃曜曦學校發布在臉書上的畢業典禮時間，抵達高中。

一路上她看到不少學生的家長，這才後知後覺，她一頭熱地擅自跑去人家的畢業典禮，會不會太親密了？她糾結半天，又想著既然人都到了，禮物也帶了，還是想見到黃曜曦再走。

這個念頭浮出來時，林文羽才終於明白她下意識忽略的眞相。她費盡心力想禮物、修復雕刻、跑來學校，這一切一切的努力，其實只是想要多見她喜歡的人一眼而已。

她站在人來人往的學校長廊，突然清晰的想念緩緩爬上心頭，像木頭斷面的紋路，細細密密淌過的都是他們共處的時間。

從家教課的每晚相對，到實習時幾乎從早到晚並肩工作，他們相處的時光，比她和其他任何人都還要多。多到她閉著眼都能清晰想起他的臉，多到此時此刻，在無數穿著相同制服的學生裡，她仍能一眼找到黃曜曦——渾圓的眼與臉頰原是偏可愛的面相，卻又生著上挑的眼尾與過於鋒利的鼻尖，襯得那份俊秀多了不少桀驁稜角。

林文羽揣著禮物邁開腳步，心臟怦怦直跳，快要接近他時，黃曜曦在密密麻麻的人群裡回過頭。她欣喜地張嘴喚他，聲音卻被淹沒在嘈雜背景中。

黃曜曦視線掃過林文羽站的位置，沒有發現她，目光落上另一張臉龐。何雪岑蹦蹦跳跳來到他面前，挽著他的臂彎，舉高手機和他一起自拍。

黃曜曦沒拒絕，仰起臉，對著何雪岑的手機笑得燦爛。

林文羽停住腳步，遠遠凝視兩人親暱的互動，每次看見何雪岑時心底那股異樣感再度張牙舞爪冒出，咬得她胸口發疼。明明距離黃曜曦只有幾步之遙，她還是在最後一刻鞋跟一轉，走到旁邊的轉角躲藏起來。

她背靠牆壁，被自己出於直覺的舉動弄得啼笑皆非。她長這麼大第一次喜歡人，沒想到喜歡得這麼狼狽。

她還需要這份工作，也不想再引起黃曜曦多餘的負面情緒，自然沒打算跟他告白，只是還是無法眼睜睜直視他們的互動。

何雪岑活潑可愛，和黃曜曦擁有的回憶盡是歡樂輕鬆的校園生活，方才眼前的一幕就是其中的縮影。而她和黃曜曦見面的地方要麼是讓人窒息的書房，要麼就是死氣沉沉的辦公室，快樂的時刻就更稀少了。

林文羽無聲嘆息，然而半途而廢不是她的風格，她還是想要把手裡的雕刻禮物送到黃曜曦手中。

再次探出頭時，黃曜曦和何雪岑已經不見身影，她走到剛才黃曜曦所在的教室前，裡面的人見她四處張望的樣子，主動問她：「妳找誰？」

「找黃曜曦，他在嗎？」

一群學生聽到她說出這個名字時，都露出微妙的戲謔神情，嘻笑著交換眼色。

「竟然有人要找那個白痴耶。」

「別這麼說，笨蛋少爺雖然腦袋不好，至少臉還可以看。」

片段的笑語雖然極力壓低聲音，還是飄進了林文羽耳中。

其中一位學生又戲弄般問她：「妳是他女朋友嗎？我們一直都很好奇，到底誰會喜歡他那種人耶。」

她錯愕地看著眼前同學不懷好意的眼神，忽然猜到了原因，有些不悅地反問：「哪種人？」

同學們嘻笑道：「就是腦子有問題的那種人啊，黃曜曦每次都是全年級的倒數第一，這是大家都知道的事，不是我們亂講。」

林文羽氣得想張口反駁，顧慮到這些都是黃曜曦的同學，又默默閉上嘴。對他們而言，幾乎讀不懂字的黃曜曦就是異類，在她沒看到的世界裡，他到底還獨自承擔了多少嘲笑？

林文羽不想再和這些同學說話，正想著要不要先離開，自己去找黃曜曦時，手臂忽然被人一扯。

思念許久的面容突然撞進視線，林文羽錯愕喚道：「曜曦？」

突然從身後冒出來的黃曜曦沒有回應她，面色冷峻地抓著她一路擠過人群，逆著人流方向上樓，直到無人的樓梯間才停下。

他回過頭，「妳爲什麼突然跑來我學校？」

這是久別再見的第一句話，語氣絲毫沒有林文羽預想的歡迎，她的滿腔熱情頓時凍結，一時語塞，垂下眼睫道：「抱歉，擅自過來打擾你了。」

最令林文羽難過的並不是自己好幾個月沒見過他、沒有和他說上一句話，而是即使站在他面前，對方也不會知道她有多想他。

林文羽垂著視線，這個角度可以清晰看見黃曜曦雙手握成拳微微顫抖。她訝異地抬眼，對上他陰沉的目光，下意識問道：「你怎麼了？」輕軟的聲音此刻還在擔心他。

他最不想被林文羽看到的那一面，在他以爲終於可以結束一切惡夢的此刻，赤裸裸地被攤開。

對方從此就會知道，他是如何被同學當作一個有趣的笑話流傳，整個年級都知道，他是空有家世卻一點資質也沒有的少爺。

少爺……這兩字和老江對他的叫法一樣。與生俱來的欲加之罪，從他展現不出外界期待的價值起，就沉甸甸的鎖在他腳踝，拖得他寸步難行。

黃曜曦抓著她的肩膀，「妳到底來做什麼？妳有沒有想過，我沒有邀請妳來，就是因爲我不想被妳看到我在學校的生活？」

接二連三的問句刮過林文羽心頭，傷得她血肉模糊。她深深呼吸，盡量收斂起聲音裡的失落，「我只是想來跟你說聲畢業快樂。」

黃曜曦直直看著林文羽，目光晦暗不明，「妳跑這麼遠來，只爲了跟我說這個？」因爲他丟臉的成績，他媽自然不會想出席他的高中畢業典禮，成天耽溺酒色的父親更不可能來，唯一來獻上祝福的，竟然是林文羽。

他按著林文羽肩膀的手勁有些失控，林文羽吃痛地一縮，他馬上鬆手，卻沒有退開，而是俯下身，重新用更輕柔的力道把她摟進懷裡。

黃曜曦的氣息如網從四面八方落下，把林文羽的呼吸纏得都慢了一拍，眼前視野全被雪白制服占據，不同於上次在會議室裡的擁抱，這一次的擁抱不是爲了感謝，更像絕望的依賴——像要從她身上汲取力量，又像想把她據爲己有。

她聽見自己的心跳震耳欲聾，好一會後，黃曜曦悶悶的聲音響在耳邊，「妳跑來這裡，也只是因爲工作嗎？」

就連這種時候，他依然不願相信她是爲他而來，還在反覆確認她的來意。

林文羽不由得失笑，嘆息地低聲回應：「當然不是，是因爲你，只是因爲你。」

得到林文羽的答案，黃曜曦渾身緊繃的力氣緩緩放鬆，像隻大型貓科動物，沒骨頭似的掛在她身上，重得她往後微微踉蹌一步，但又捨不得掙脫。

她明知道黃曜曦此刻表現出的依賴不等同喜歡，卻又太過貪戀從那身制服底下傳來的溫度，無法推開對方。

這個擁抱對她的意義，黃曜曦知道多少呢？

「曜曦！」

林文羽猛然一驚，下意識放開回摟住黃曜曦的手。

清亮的聲音從下方的樓梯傳來，又喚了一次，「曜曦，你在上面嗎？」

林文羽忽然想起口袋裡的畢業禮物，然而她還來不及拿出，何雪岑已經踩著輕快步伐爬上階梯，繞過樓梯轉角看到她時，神情明顯錯愕一秒，又很快露出可愛的笑眼。

「居然在這邊也能遇到家教姐姐呀，好久不見。」

「妳找我？」

何雪岑一把抱住黃曜曦的手臂往下拉，「快過來，我們這一層樓的學生準備要拍大合照了。」

「不用了，我跟他們感情又沒多好。」

「就當作陪我去嘛！」

黃曜曦看一眼被晾在身後的林文羽，還想說些什麼。

見狀，林文羽趕緊擠出微笑，「沒關係，我要走了，你們快去吧。」

她目送他們相偕而去，隔著袋子，隱隱摸到獵豹展開的雙翅，在心裡小聲地向雕刻道歉，沒能馬上帶它回到主人身邊……算了，下次在公司見到他時，再給他吧。

林文羽慢慢走下階梯，往學校大門走去，走著走著，忽然聽到身後傳來一陣急促腳步聲，混雜著有人喊她名字的聲音，接著手腕一熱——她回過頭。

黃曜曦一手抓著她，一手撐著腰大力喘息，氣息平復些後，才朝她伸出另一隻手，「禮物呢？」

林文羽一頭霧水，不過還是下意識抬手，幫黃曜曦擦去炙熱天氣下他額角冒出的薄汗，「怎麼跑成這樣？」

黃曜曦晃晃攤開的掌心，答非所問地重複一次問題，「我的畢業禮物呢？」

他低頭的樣子像討要糖果的小孩，林文羽無法忽略手腕上的熱度，卻又不合時宜地有點想笑，逗弄地問他：「爲什麼一定會有畢業禮物？」

黃曜曦挑起眉，眼神透出一絲狡黠，「我剛剛看到妳口袋露出來的緞帶了，是要給我的吧？」

林文羽低頭一看，才發現禮物的袋口緞帶太長，露了一截在她口袋外，沒想到黃曜曦眼這麼尖，更沒想到他會爲了這個拋下何雪岑折返。她從口袋拿出袋子，屏著氣息，遞到黃曜曦手上。

解開緞帶看到裡面那只雕刻時，黃曜曦驟然睜大眼睛。

「大家總是祝畢業生鵬程萬里，」林文羽的手指緩緩滑過修復的翅膀，「不過我修好這雙翅膀，只是希望你飛得自由快樂。」

黃曜曦望著雕刻，辨認出翅膀處修復的細微痕跡，久久說不出話。他還記得他摔壞它時的場景，更記得當時林文羽眼中一閃而過的傷心。

他曾經很討厭自己的這點才華，天賦夠他可以創造出一個個作品，卻又沒有優秀到足以令他擺脫受家庭控制的命運。但此刻這點微不足道的才華，可以收穫林文羽的這句祝福，已經足夠了。

他迎上林文羽忐忑的眼神，認眞道：「謝謝妳，我很喜歡。」

黃曜曦不自覺勾起嘴角，綴著陽光的笑容像綻放的煙火，每一寸滾燙的餘燼都落在林文羽心上，留下點點烙印。

然而煙火易逝，學校的廣播喇叭一陣嗡鳴後開始播報：「所有畢業生請馬上到禮堂集合，典禮即將開始。重複一次，所有畢業生……」

人群的喧嘩遠遠響起，林文羽望一眼黃曜曦身後，「你是不是要回去了？」

黃曜曦滿不在乎地挑起嘴角，「不回去了，我們出去玩。」

「這樣好嗎？高中的畢業典禮只有一次……」

彷彿要驗證她的話似的，手機恰如其分響起，林文羽瞥見是何雪岑的來電顯示。

只見黃曜曦一把滑掉，抿著唇頓了幾秒，才字斟句酌地擠出一句話：「妳來高中找我也只會有這一次。」

林文羽愣愣望著他，黃曜曦撇過頭，耳尖有點泛紅，語氣卻是刻意的漫不經心，「妳今天不用回公司吧？」

這句話打破林文羽一瞬的美夢。她站在原地，慢慢收起臉上不自覺揚起的笑容。

林文羽很想毫無顧忌跟黃曜曦出去玩，可無數待辦事項沉甸甸壓在肩上，今天來這裡送上禮物已經是額外撥空，更何況……她已經和自己約好，她和黃曜曦間有不能逾越的界線，親自送畢業禮物已經是她最大的放縱。

此外，她媽媽遭逢詐騙後家裡的情況一直艱辛，不容她有多餘的任性，她需要這份工作。在來到執行長辦公室實習後，她更深刻意識到，如果被黃曜曦的爺爺發現自己在追求他孫子，一定不會讓她待下去。

所以她無法跟著黃曜曦出去玩，因爲任何超出工作關係的互動，都只會徒增她的掙扎——想要繼續靠近黃曜曦的掙扎。

林文羽的猶豫映入黃曜曦眼裡，短短幾秒，已經讓他眼裡熱烈的期待無聲黯淡，漸漸回到慣常的冷漠。

沉默許久，林文羽還是只能說：「我晚上有艾琳交代的報告和學校作業要趕，你和同學們……和雪岑去玩吧。」

說出最後一句話時她就懊惱地咬唇，幹麼硬要加這句話？她下定決心不能再靠近，不代表她可以開開心心看其他女孩和黃曜曦玩在一起。

她故作灑脫，眨個不停的眼睛卻已經悄悄洩漏不甘願的心情，欲蓋彌彰。

黃曜曦直視著她，如同林文羽可以輕易看透他壓抑的情緒，現在他也終於學會觀察對方的不情願。在她不自在地側頭避開他眼神時，黃曜曦臉上冰冷的陰霾漸漸散去，「知道了，我送妳回去。」

「不用麻煩啦，我自己搭車就好。」

「我騎車送妳。」

林文羽震驚得抬頭，「你什麼時候有駕照了？」

「上個月學校沒什麼事，就去考了。」

黃曜曦手伸進口袋，拿出時指尖掛著車鑰匙，隨意一晃，眼角彎起的弧度既內斂又挑逗，「走嗎？」

林文羽想和他多待一下的小小心願原本就在胸腔裡膨脹，這句話更勾得她丟盔棄甲，乖乖跟著他來到附近的停車格，火紅車身嶄新耀眼，顯然剛買不久。

她看著黃曜曦脫掉過度顯眼的制服收進置物箱，身上剩一件黑色短袖上衣，布料繃緊在寬肩上，蜿蜒的青筋爬在手臂肌肉間，和她記憶裡那個困在書房中的瘦削身形截然不同。他已經不再是只能坐著她的車，才能逃出城市的少年了。

「怎麼了？」

林文羽迅速收回心神，「只是滿驚訝，你媽媽竟然願意買給你。」

「她不知道我買，我是用打工的薪水買的。」

「你跑去打工？」短短幾分鐘林文羽就迎來第二次震驚。

黃曜曦坐上機車，從容伸開的腿顯得格外修長，「只是想存點零用錢，放心，我媽一樣不知道，我和她說我在晚自習。」

林文羽接過他遞來的安全帽，明知把人擅自當作假想敵很幼稚，還是忍不住分神一秒想，他是不是也載過何雪岑。

黃曜曦發動引擎，林文羽爬上後座，兩隻手拘謹地放在自己大腿上，極力在機車往前騎行時後仰撐出一片空間，不至於完全貼在黃曜曦背上。可是也許是夏天太熱，源源不絕的熱度依然從她身前的人身上透出，燒得她心煩意亂。

黃曜曦騎得很穩，沒有什麼緊急煞車就會撞在一起的偶像劇片段發生。每一個紅燈林文羽都希望能維持久一些，卻又喜歡綠燈時黃曜曦載著她在景色間呼嘯而過，風穿過指尖的感覺，比開車時更有肆意的快感。

到宿舍門口前停下後，林文羽拿下安全帽還給黃曜曦，看著那雙藏在擋風玻璃後的眼睛，還是忍不住問出口：「你很常載人嗎？」

黃曜曦似乎是笑了。

「別胡思亂想，我不喜歡不熟的人靠我這麼近。他伸手，撥開她臉上一縷被風吹得黏在頰上的髮絲，「妳是唯一一個。」他催動油門，頭也不回遠去。

林文羽望著他騎走的背影，良久才深深吸一口氣。

這場要保持距離的遊戲只有她在遵守規則，而黃曜曦像毫不知情的漁夫，她咬著他不經意拋下的餌，在心動的海裡浮浮沉沉。

她想知道，是她會先溺死，還是黃曜曦會先救她上岸。

第七章　如果我們都能飛

不久後就是暑假第一天，林文羽踏進執行長辦公室外的隔間，發現座位旁原本閒置的空間多了兩張桌子，她疑問地望向艾琳，還來不及開口，身後就傳來爽朗的笑語。

「早安啊，以後我們可以一起上班了。」

林文羽回過頭，看見黃曜初越過她，在離她更近的座位放下包包。

「你以後都要在這裡？」

「我和黃曜曦都是，請多多指教了，前輩。」

林文羽啞口無言，新的腳步聲踏進隔間，艾琳低低驚呼：「你的頭髮怎麼染了這麼亮的顏色！」

她回過頭，只見黃曜曦插著口袋走進，頂著一頭豔紅的髮與她擦身而過，停在剩下的位子前，扔下包包。坐下時，她捕捉到他陰鬱冷漠的神色，心微微一沉。

林文羽的手機忽然震動起來，低頭一看，是黃母的來電。她快步走出去接聽：「黃媽媽您好。」

電話那頭是近乎歇斯底里的聲音，「妳有看到我兒子頭髮那個樣子吧？身上還穿了有的沒的洞。人家黃曜初乾乾淨淨，沒像他這樣亂七八糟！」

無論是染髮還是穿洞，林文羽並沒有覺得有什麼不對，只得小心翼翼回道：「黃媽媽，他已經是成年的大學生了，想要嘗試新事物也很正常啊。」

「那算什麼嘗試？而且他不知道哪根筋不對，前幾天回來又再碰雕刻，」黃母聲音逐漸低下去，透著森然的狠意，「所以我昨晚把他的雕刻工具全部都丟了。」

林文羽握著手機的手微微一緊……黃曜曦重新開始做雕刻，是因爲她送的畢業禮物嗎？下一秒，林文羽心裡騰起的欣喜又迅即冷下去，他越是喜歡創作，面對母親的極力反對，只會越難受。

面對和執行長一樣同是自己雇主的人，林文羽把嘴裡的話修飾了一次又一次，才委婉道：「您這樣，曜曦只會反彈得更厲害。」

黃母已重新冷靜下來，漠然回應：「偏離軌道的話就需要更用力修正才對。今天開始，妳下班一樣要送黃曜曦回家。」

林文羽本能地抗拒，「黃媽媽，他已經是個大人了，我沒有辦法再用過去的方式對待他。」

「林小姐，我說過很多次，是由我來決定要用什麼方式對待他。還有，我和他爺爺討論幫他安排幾場相親了，他去之前妳要幫他處理好點餐，不能有任何需要他讀文字的時候。」

林文羽忍不住放大音量，「相親？曜曦才要升大一……」

「我不是老古板，我不會強塞一個對象給他，所以才想讓他先好好培養感情，我都爲他打算好了。他上次搞出寫錯文宣的事，爲了幫他挽回一點在他爺爺面前的印象，我也安排得很辛苦！」

隔間門輕輕一響，黃曜曦走到她身邊，顯然猜到她正在和誰通話，眼神一暗。

林文羽用口型哄他：沒事，進去吧。

然而黃曜曦反而大步過來，拿走她手機時，恰好聽見黃母的最後一句話：「相親的餐廳地址我發給妳，記得讓他準時過去。」接著，通話便被掐斷。

黃曜曦垂眼，沒有表情時神態顯得更疏離。

不過林文羽已經不再害怕他拒人於千里之外的形象了。她走過去把手機拿回來，想說些什麼，卻先看到他耳骨和耳垂上發紅的穿洞傷口，「會痛嗎？」

黃曜曦抬起頭，像隻被好好順毛的大貓，神情慢慢軟化，「不會。」

林文羽垂眸，其實她問的不只是傷口，但他們畢竟還在辦公室，也不能再多問什麼，只是低聲道：「相親就當作認識新朋友，如果是執行長的意思，你還是不要太違背比較好。」

黃曜曦的眼底只有安靜的黑暗蔓延，嘴角卻還是淡淡上揚，「我當然會乖乖照做，妳不用擔心我。」

這句話順從得奇怪，林文羽皺眉，站在原地看他旋身離去。

回到辦公室後，黃曜初仗著和林文羽的位子更近，光明正大滑到她位子旁邊問東問西，順帶很快和艾琳混熟。

黃曜曦只是默不做聲，盯著電腦螢幕沒有抬頭，也幾乎沒開口說話。

經過前幾個月的磨練，林文羽對業務已逐漸上手，黃曜初實習經驗本來就多一年，學得也快，唯有黃曜曦仍是吃力的。同樣的任務分派下來，黃曜初可以用很快的速度讀完文件並開始處理，黃曜曦卻得用幾倍時間消化需求，還不一定讀得精準。

最糟的是，礙於黃曜初和艾琳都在，她沒辦法光明正大幫黃曜曦。

任務做不完，黃曜曦只能用加倍的時間彌補，她一直等到過了下班時間，所有人都離去後，才來到他身邊。

黃曜曦支著頭，正在用耳機聽軟體轉譯後念出的網頁內容，一見她來，拿下一邊耳機，眼裡藏了一天的疲憊終於逃逸而出。在林文羽面前，他不需要再僞裝自己。

林文羽望著他的電腦，執行長規定明天要交的報告只做了一半，已完成的那一半裡面還有許多錯字。她打個呵欠，在他桌沿趴下，「你要做完才走？」

「嗯，妳先回去吧。」

林文羽沒有動，不自覺伸手撫上那頭火紅燙眼的髮。

早上執行長看到時，狠狠念了一頓，說他正事不做，就光會用這些有的沒的。黃曜曦雖然一句辯駁的話也沒說，臉上漠然的表情卻擺明了不服從，惹得執行長更加不悅。

髮絲撚在她白皙的指縫裡，林文羽突然意識到這個動作太親近，但黃曜曦沒有閃躲，任由她用幫寵物順毛的手法在頭上胡作非爲。

「怎麼突然想染頭髮呢？」

「這是我唯一能自己做主的事。」黃曜曦往椅背一靠，手指重重捏上耳垂，「打耳洞也是，覺得痛，才代表我還活著。」

林文羽猛地拉開他的手，耳垂未癒的傷口已經滲出斑斑血跡。她深吸口氣，抬頭看見黃曜曦眼裡近乎偏執的試探。

他在等著看她的反應，看一次次說會站在他這邊的人，什麼時候會厭倦，然後離開。最好在他開始習慣之前，趕快離去——林文羽並沒有走。

此時的林文羽終於看懂，早上說會聽話去相親的黃曜曦，眼神裡流轉著什麼。他沒有真心想接受安排，卻又沒有動力反抗，乾脆徹底放棄自己，改用這些脫軌的小動作找回一點點對人生的控制感。

她抿著唇不說話，用化妝棉小心翼翼擦淨血跡，確認傷口沒有再繼續出血，才正眼看他，聲音柔軟，「我……可以幫你做什麼？什麼可以讓你好過一點？」

黃曜曦無聲一笑，在她乾淨的眼裡看到少有的無措，以及全都是擔憂他的情緒，濃烈得讓他移不開視線。

「有，」黃曜曦撐著頰，側頭看她，藏不住唇角發自內心的笑意，「幫我念這份文件。」

林文羽困惑道：「你不是用讀字的軟體了？」

「我就想聽妳念。」

她實在拿他沒輒，一邊提醒自己這只是工作，一邊在他身邊坐下，把電腦螢幕轉向自己。

林文羽清澈的聲音比人工電子音好聽得多，黃曜曦默默閉上眼，不一會就被人輕輕戳了戳。

「你還有在聽嗎？」

他模模糊糊回道：「有，妳的聲音很好聽。」

林文羽越念越慢，最後徹底停下來。

辦公室其他空間都關了燈，只有他們所在的這個角落還有亮著的燈光，像顆漂浮在黑暗中的恆星。

林文羽望著黃曜曦疲憊的睡顏，看不懂字的他像誤闖地球的外星人，徒勞地一遍遍嘗試，還是無法順利溝通。

她很想當黃曜曦在地球的轉譯員，陪他找回那天陽光裡，舉著作品向她微笑的自己。然而她又想起，自己正是毀掉黃曜曦夢想，把他困在地球的幫兇。

消失的錄取通知是她與黃母永遠的祕密，如果黃曜曦發現她一直都知情，還故作善良待在他身邊，會有什麼樣的反應？以黃曜曦如此敏感、不容瑕疵的性格，一定不會再理她了。

林文羽垂下眼，望著黃曜曦的睡顏，祈禱這個祕密可以永遠埋藏，至少，要比她的喜歡還久。

繁忙的實習生活繼續下去，不過林文羽仍抽空跑去找上次修復雕刻的師傅，想和他買些刀具。師傅一聽是作品主人需要，慷慨地把平日不用的刀具組直接送她。

隔天黃曜曦一早進辦公室，看見桌面上整齊放著的文件夾，有些困惑地伸手翻動，才發現裡頭夾了東西。看清是什麼時，他僵立原地，幾乎不敢置信。

熟悉的六件式木工雕刻刀組安然躺在木盒裡，他轉過頭，對上林文羽悄悄向他眨眼的眼神。他手指小心翼翼地撫過那組雕刻用具，心裡陣陣暖意氾濫，陌生得幾乎讓他不知所措。

當天晚上，黃曜初加班結束準備離開前問林文羽：「妳不是都做完了，幹麼還不走？我請妳吃晚餐。」

林文羽的視線落在他背後埋首工作的黃曜曦，淡淡一笑：「還有些不懂的我想自己研究一下，你先走吧。」

黃曜初嘆口氣，轉頭拎起包包，似笑非笑補一句：「祝你們研究愉快。」

用的是「你們」而不是「妳」，林文羽沒有糾正，還維持著笑容和他揮手道別。

執行長今天沒有進辦公室，黃曜初一走，偌大空間就剩下她和黃曜曦兩人。她滑椅子到他身旁，語氣雀躍：「這組刀具很漂亮吧，不是一般市售容易買到的款式，是一個木雕師傅喜歡你的雕刻，特別送我的。」

「木雕師傅喜歡？」黃曜曦原本被工作折磨得面色黯淡，一聽之下又亮起雙眼。

「改天帶你也去看看。對了，你現在還在打工嗎？」

「暫時沒時間去，怎麼了？」

「只是想說你以後少去一點，你的手很珍貴，是用來做出更多作品的。」林文羽語氣隨意。

黃曜曦卻垂下眼，心臟處再度有被暖意填滿的感覺，「知道了。」

她停了一下，再度開口時語氣有些故作開朗，「明天晚上就是第一場相親，我已經跟餐廳預排好餐酒，你不需要再看菜單，放心。」

黃曜曦點點頭，和林文羽一樣，把臉上的陰霾小心藏起，不想被對方看見。

隔天晚上，下班後黃曜曦去洗手間換上版型優雅隨性的西裝，出來後林文羽一眼看見他的領帶沒打好，招手讓他過來。

看著她熟練地拆開領帶重打，黃曜曦忍不住笑，「妳連這個都會？」

她微微得意，「那當然，我可是你的得力助手啊。來，低頭。」

林文羽墊起腳尖，黃曜曦乖順地低下頭，任由她幫他重新拉好領帶。一切妥當後，她退後一步欣賞，黃曜曦穿上正裝、梳起瀏海的樣子，怎麼看都非常耀眼，「好了，很好看。」

黃曜曦抓了抓瀏海，有些不自在地微微蹙眉，「是嗎？我自己不覺得。」

林文羽斬釘截鐵打斷他，「不，你很帥，不要懷疑我的眼光。」

她說出這句話時沒有經過腦子，話出口時才驚覺，但已經太遲了。她竭力裝作坦蕩，但黃曜曦的眼神已從詫異變成複雜的打量。

「是嗎？」

看他忍不住嘴邊促狹的笑意，林文羽有點不好意思，推他一把，「好了，再不出發要遲到了，有什麼狀況隨時打給我。」

看著黃曜曦遠去的背影，林文羽才放任灰暗的情緒悄悄跑出。她正把喜歡的對象親手推去認識別的女孩子，然而這是工作，由不得她選擇。

等待的時間總是特別煎熬，林文羽乾脆待在公司繼續工作分散心神，晚飯時間來了又過，她眨著酸澀的眼睛，決定趴下來小憩一下。

當她再次睜眼，差點被眼前放大的臉嚇一跳。黃曜曦不知何時已經回到辦公室，整齊的髮型和衣裝紋絲未亂，埋首手臂間，如孩子般睡得深沉。

林文羽起身，西裝外套從肩上滑落，被她一把抓住，微苦的香水味沁進鼻腔，她認出那是黃曜曦出門時穿的。

「不要走……」

她連忙回頭，但黃曜曦沒睜眼，只是喃喃囈語，眉間像被什麼夢魘擾動，緊緊皺成一團。她蹲下身輕輕叫他好幾次後，黃曜曦才睜開眼，顫動的瞳孔還浸在恐懼裡，直到林文羽擔憂的臉龐撞進眼裡。

「妳醒了？」他撐身而起，啞聲道。見林文羽依然擔心的神情，他輕輕揚唇：「我沒事，只是夢到小時候的事情。」

林文羽沒有動，放輕嗓音，「夢到什麼啦？」

黃曜曦眼神飄到她碰觸不及的遠方，緩緩開口：「其實只是小事，小時候我和家人一起去郊外的餐廳吃飯，要回去時我晚了一步，結果所有人都已經上車走了。沒有人發現我沒上車，我一個人在山上等了很久很久，直到晚上，他們才派人回來接我。我媽看到我的第一句話是『你怎麼這麼笨，沒有跟上大家』。」

他說得輕描淡寫，林文羽卻彷彿看見了昔日無助的小男孩，獨自在郊外的夜裡，睇望著馬路盡頭，希望有人能想起他、回來帶他走。

「其實，和現在很像。」黃曜曦放下手，紅髮下的笑容更顯慘澹，「妳在學校和公司都看到了，我跟不上所有人。你們都在往前奔跑，而我還站在後面，連站在跑道上的資格都沒有。」

明明這麼高大的一個人此刻蜷著肩膀，深邃的眼裡藏著一頭陰鬱的怪獸，昂首叫囂著，逃不出重重陰影。

林文羽告誡自己要保持距離的決心在那眼神下無聲粉碎，她扳著黃曜曦的肩膀，把他轉向自己，堅定道：「不會的。我還在呀，我不會拋下你。更何況，你沒必要和我們跑同個方向，你定義的前方，才是你的方向。」

黃曜曦眼裡的執著滿得幾乎要溢出，愼重地放慢速度又問了一次：「妳說不會拋下我，是認眞的嗎？」

類似的問題他問過許多次，林文羽曾經不解過，現在卻知道是爲什麼了。因爲曾經被拋下，才會如此一遍遍入魔似的反覆確認，他是不是仍是她的優先選擇。

得到她再一次肯定的回覆後，黃曜曦眼裡的沉冷終於散去幾分。

林文羽見他情緒平復一些，試探地問：「相親還順利嗎？」

他避開她視線，低聲道：「她要我幫她點一道甜點，我沒讀懂菜單上的註記，點了一道裡面含堅果的。」

林文羽心一沉，她事前從黃母那裡拿到相親對象的飲食習慣，這位特別註記對堅果過敏。儘管她事先告訴過黃曜曦，卻沒有預料到這種情況。

「……那她有什麼反應？」

「抱怨我不夠重視這次約會，明明她都說過她不能吃堅果了，我還是點了這種點心。」黃曜曦輕哂，「不過無所謂，我和她完全沒有共同話題，本來就沒什麼可能。」

隱去障礙、以刻意僞飾出來的完美樣貌相見，本就難以建立眞正的連結。

兩人沉默一瞬，林文羽不知道自己該開心還是該難過，雖私心希望黃曜曦的相親不要太順利，卻又希望他能事事順利，不要再因爲閱讀障礙遭遇任何不遂——至少在她能參與的生活裡，他總能如願以償。

林文羽拿出筆記本，記下下次安排相親得留意的細節，安慰道：「之後我會把和飲食習慣有關的菜式事先標出來跟你說，你就不需要讀懂菜單了。後面還有安排其他幾位，我們慢慢試吧。」

黃曜曦神情複雜，半晌才站起身，捧起一旁的木刻工具盒小心收好，回身面向林文羽，「……謝謝妳送我這個，我會把它藏在辦公室，免得又被我媽丟掉。」

他積累整天的疲憊藏在眼角，撐了整天的虛假微笑不復存在，唇角雖然沒有笑意，表情卻前所未有地柔軟，「走吧，回家了。」

那天之後，忙碌的實習日常中，林文羽沒有再見過黃曜曦拿出那套雕刻刀組。

她悄悄觀察了一個禮拜，依然不見他重新開始創作新作品，於是挑了一個兩人又留下來加班的時刻，滑著辦公椅到他旁邊，若無其事問他：「最近有想雕什麼嗎？」

黃曜曦避開她的目光，澀聲道：「沒什麼靈感，或許等以後再做吧。」

林文羽微微愣住。她從來沒想過，那個徹夜不眠趕製作品的人，會有說出「等以後再做」的一天……怎麼會變成這樣？

林文羽欲言又止，看到黃曜曦盯著電腦螢幕的眼睛盈滿血絲，戴著整天的耳機還塞在耳中。一般人會以為他只是在聽音樂，只有林文羽知道他是在聽朗讀軟體。

她沒有再追問，任由這個話題悄悄湮沒在繁瑣日常中。

因爲有滿滿的實習，暑假像是被按了加速鍵，一轉眼就到開學的時候，林文羽又被黃母指派新任務，要陪黃曜曦辦理好開學和選課手續。

系上迎新那天一早，兩人約在校門口，林文羽遠遠看見黃曜曦一身簡單的黑色夾克，失焦的視線漫無目的望著遠方，直到她出聲喚他。

因爲不需要進辦公室，林文羽難得也換下襯衣，穿著天藍色上衣搭格子短裙。

黃曜曦不自覺多看一眼，「妳穿藍色很好看。」

他率先邁步向前走，林文羽頓了一秒趕緊跟上，一邊暗恨自己對黃曜曦的隨口讚美絲毫沒有抵抗力。

校園裡到處是準備報到的新生，臉上都是鮮活的喜悅，他們穿梭其中，似乎也沾染上輕快的氛圍。林文羽有種錯覺，好像她與黃曜曦也只是一般同學，多踏一步就能融入身邊普通但歡樂的校園生活。

然而，事實是他們只是工作關係，總是在太陽西落後才離開辦公室的兩人，連輕鬆走在陽光下的時刻都珍貴得奢侈。

她悄悄側頭偷覷，陽光綴在黃曜曦漆黑的衣領，沿著頸部優美的曲線往上爬，光影錯落絢麗。他們走得太近，兩人手背不小心擦過，她侷促地把手收起，覺得那一小塊皮膚像被陽光燒著了，火辣辣地燙起來。

她沒來由地慌亂，隨口找話題打破寧靜，「雪岑現在在哪裡呢？」

「她去臺中念書了，妳爲什麼總是關心她？」

林文羽還來不及找藉口解釋，黃曜曦看了一眼手機裡的地圖，一把拉住她，「禮堂在這邊。」

他們在禮堂參加迎新典禮，致詞都是千篇一律的冗長，結束後才再去各系聽學長姐的分享。

投影片上是密密麻麻的選課注意事項，因爲黃母再三叮囑過不能讓黃曜曦的在校成績太難看，所以學長姐講到哪些甜課好拿學分時林文羽聽得格外認眞，一轉頭，卻發現黃曜曦百無聊賴地在紙上細細畫著什麼。

見林文羽盯著他，黃曜曦撕下紙條，綁上林文羽的筆尖，垂下的兩頭長條拖在桌上，搭著紙上密密麻麻的羽毛狀塗鴉，恰好是翅翼的樣子。

她無奈道：「你幼不幼稚？」

話雖這麼說，當黃曜曦綁好紙條，心滿意足轉開視線後，她趁他不注意，偷偷把紙條藏進了口袋。

迎新結束後新生們開始互相加聯繫方式，把彼此加進通訊群組，坐在他們旁邊的一位黃衣新生先加了黃曜曦的帳號，又熱心探頭過來，「還有這位也加一下吧。」

黃曜曦看他一眼，「她是外校的，不需要加。」

黃衣男目光緊緊黏在林文羽身上，仍不放棄道：「外校的也可以加一下聯絡方式呀，大家都是大學生，交個朋友。」

黃曜曦飛快覷一眼林文羽有幾許勉強的神色，語氣冷下來：「我說了，她不用。」

黃衣男自討沒趣，小聲嘀咕一句：「管這麼多，她是你女朋友嗎？」

聞言，黃曜曦掛在臉上的禮貌性笑容消失殆盡。

林文羽悄悄拉他一把，他輕輕吸口氣，拉起她，沒有管還在互相交談的同學，逕自離去。

林文羽在走廊上慢下腳步，強制黃曜曦停下來，「人家只是開玩笑，不用反應這麼大嘛，你們以後還要當同學，沒必要搞壞關係。」

「如果妳是我同學就好了。」

這句話說得太快太輕，林文羽詫異地轉頭，「你說什麼？」

黃曜曦的聲音依然很輕，「開玩笑的，妳這麼優秀，應該去更高更遠的地方。」

「誰說的？如果今天是考雕刻，你就會比我還要優秀啊，更何況我不需要去更高更遠的地方，我已經在你身邊了。」林文羽被陽光刺了下眼，瞇起眼，沒能看清此刻黃曜曦眼裡的柔軟，只是輕輕晃起被黃曜曦拉著走的袖口，「既然不想待了，帶你去找一個人玩，你一定會喜歡。」

她先打了通電話給工作室，確定神出鬼沒的木雕師傅人在工作室裡後，才坐上黃曜曦的機車後座，看著地圖幫他指路。

騎上曲折的山路時，黃曜曦終於忍不住問：「妳要帶我去哪裡？」

林文羽的回答被吹散在風裡，不過依稀能聽見她在笑，「你看到就會知道了。」

終於到達目的地時，那位師傅正皺著眉在門口等候，一見到林文羽就不耐煩地抱怨道：「本來都要回去休息了，妳幹麼又突然跑來？」

和師傅稍微熟稔後，林文羽漸漸知道他就是刀子口豆腐心，此刻也不太怕，只是拉著黃曜曦介紹道：「上次我找您修復的雕刻，就是他做的。」

黃曜曦眼神掃過工作室的器具和作品，眼睛早已亮起，主動伸手和師傅打招呼。

師傅沒有回握，反而一把抓起他的手翻開掌心看一眼，輕輕哼了一聲，「有一陣子沒雕了吧？」

黃曜曦聞言原本臉上的微笑漸漸黯淡。

林文羽連忙打圓場，「我們最近工作都很忙，沒有時間做。」

師傅則慢悠悠道：「我認識的雕刻家可都是把創作當成喝水，無論多忙，都不會忘記每天摸一下材料。」

他踱步走離，林文羽對他的我行我素已習以爲常，轉頭對黃曜曦道：「師傅做木雕幾十年了，你有興趣可以和他交流一下。」

黃曜曦正仔細端詳著架子上的作品，回頭時眼睛亮晶晶的。

他走向師傅請教一些技法的問題，林文羽聽不太懂，只是單純喜歡看黃曜曦說話時的眼神。像是被現實湮沒深藏在眼底的火苗，被眼前無數創作重新點燃，又亮起了光。

聊著聊著，師傅原先半信半疑的態度緩和下來，甚至心情大好，送了林文羽一只適合新手的小雕刻刀，和一組有些瑕疵的木材，好讓她學著刻來玩。

趁著黃曜曦去洗手間的空檔，師傅看一眼他離去的方向，淡淡問林文羽：「妳帶他來，是希望我和他說什麼嗎？」

林文羽知道瞞不過，低聲回道：「他有一段時間都沒碰雕刻了。我只是希望有一個很懂雕刻的人陪他聊聊，最好可以讓他重新愛上雕刻。」

師傅翻個白眼，「聊聊就能喚醒熱情？別傻了。創作魂是刻在我們這些人的骨頭裡，一天不做就會全身不舒服。就像談戀愛，妳喜歡這個人，喜歡和他在一起的感覺，自然就會努力向他展現自己、好好向他表達感情。這種愛勉強不來，他曾經能做出那種作品，現在不做也一定不只是單純沒有時間。」

林文羽垂下眼，答案她自然清楚，但如果連和師傅談談都不能讓黃曜曦重燃熱忱，還有什麼辦法呢？

師傅臉上的笑忽然變得促狹，高聲道：「幫他擔心這麼多，妳喜歡那個小子吧？」這邊的洗手間隔音不太好，林文羽怕他聽到，嚇得直比手勢。

師傅忍不住笑意，「這麼容易就承認了？年輕人不要害羞，喜歡就去爭取呀。」

林文羽不好解釋她和黃曜曦間的關係，黃曜曦偏偏在此刻走出洗手間，問道：「喜歡什麼？」

「沒什麼。」林文羽搶先回答，深怕師傅說出什麼，下意識一把抓住黃曜曦的手腕往外拖，「我們今天打擾夠久了，差不多該走了。」

黃曜曦順著她的力道走，表情沒什麼異樣，和師傅揮手告別時，師傅忽然張口道：「有這麼溫暖的翅膀陪伴，可以飛得更高更遠，要把握機會啊，兩位。」

黃曜曦更困惑了。

林文羽不等他發問，一把關上了工作室的門。

回程路上，機車沿著蜿蜒山路騎下去時，正好迎來夕落。整片橘紅肆意潑灑山嵐間，白羽的鳥迎光展翅，光芒承著夏日最後的溫度，棲息在翅膀起落間，他們彷彿要直直騎進夕陽裡。

下坡的衝力讓林文羽無法再保持不碰到黃曜曦的距離，試探地一點點靠近，最後索性完全靠在黃曜曦肩頭邊，低聲說：「如果我們都能飛就好了，這條路好遠。」

轟隆的引擎聲裡，她依稀聽見黃曜曦低低的笑聲，半晌才回答：「是呀，如果我們都能飛就好了。」

第八章　嚮往天空

開學後，林文羽除了實習之外，不時還得抽空幫忙黃曜曦的課業。幸好她在校成績向來不錯，偶爾翹課也不太影響。有些必修課她和黃曜初重疊，一早到辦公室時，林文羽先跑去向他借筆記。

黃曜初翻出筆記本，皺眉道：「妳昨天怎麼又翹課了？這個教授很愛突襲點名，如果被發現會扣成績。」

林文羽接過筆記，含糊回道：「有事情要忙，謝啦。」

黃曜初回頭看一眼戴著耳機的黃曜曦，微微冷笑，「是為了他吧？都上大學了，該不會還需要妳這個家教？」

「噓！不要把黃曜曦扯進來，和他沒有關係。」林文羽也回頭看黃曜曦一眼，對方依然目不斜視望著螢幕，顯然沒聽見。

黃曜初撐著頭看她，「真是到處袒護耶，妳是真的喜歡上他了。」

林文羽把動搖的表情藏得天衣無縫，「夠了，別亂說。」

「放心，我喜歡妳，所以不會跟嬸嬸說的。」

林文羽皺起眉，這句話莫名讓她有些不舒服，如果之後不喜歡了呢？他要對黃母說什麼？

「黃曜初，不要開玩笑了。」

黃曜初咧嘴燦爛一笑，「好啦，別這麼認真。對了，我有東西要給妳。」

他轉身拿出一個精緻的黑色手提袋，推到她面前，「至少，我比黃曜曦更記得今天吧？生日快樂。」

林文羽輕吸一口氣，「你怎麼知道我今天生日？」

她很少告訴別人自己的生日，總想低調度過那一天，辦公室裡更沒有人知道今天是什麼日子。

黃曜初失笑，「剛進大學時，我們的通訊錄都有留下生日啊，妳忘了？」

那都已經是兩年前的事情，林文羽沒有想到黃曜初還能記在心裡。她垂下眼，猶豫地望著眼前的紙袋。

黃曜初見她沒有動作，直接過去幫她打開袋子，「看看喜不喜歡吧。」

裡面是一個黑色絲質的首飾盒，黃曜初打開盒蓋，裡面靜靜躺著一只玫瑰胸針，燈光照在每一層花瓣時，反射的光芒絢爛如繁花盛開。

黃曜初溫聲道：「這個禮物的意思是，我對妳的喜歡，會永遠在妳心上盛開。」

即使不知道實際價格，林文羽也能猜到這麼精細的設計不便宜，輕輕闔上蓋子，「謝謝你，可是這太貴重了，我不能收。」

「在我心裡，妳配得上這份禮物。」

林文羽望著黃曜初臉上難掩的期待，半晌才狠下心開口：「曜初，我很喜歡你，但只是朋友的喜歡，能夠收下這個禮物的那種喜歡，我已經給別人了。」

黃曜初眼中的光無聲黯淡下去，幾秒後，還是優雅勾出微笑，「我這輩子從來沒有輸給黃曜曦，想不到，這一次是他贏了。」

林文羽沒料到他會這麼說，「我沒說我喜歡的人是誰。」

「每天陪他上下班，工作幫他、課業也幫他，不是因爲喜歡才這麼做嗎？」黃曜初向來溫暖的聲音帶上一抹尖銳，質問似的說出最後一句。

林文羽微微動唇，沒有回答。她寧可把喜歡當成擋箭牌，保住黃曜曦有閱讀障礙的祕密，才是最重要的。

見她不回答，黃曜初以爲她已默認，視線落在小盒子上，輕輕一笑，「當不了開始，這個禮物就當作結束的紀念吧。之後，我不會手下留情了。」

林文羽皺眉，「什麼意思？」

從他背後，林文羽看見黃曜曦走進茶水間，眸色深沉。

黃曜初回頭看一眼，在林文羽還不及反應時，就轉回來，親暱地俯身揉一把她的頭頂，「我先回去了，希望有天能看妳戴上那個禮物，一定會很漂亮。」接著，目不斜視和黃曜曦擦身而過。

等他離去，黃曜曦猛然抓住林文羽手腕，拉著她推開安全門走到樓梯間。

林文羽一頭霧水，黃曜曦轉身面對她，語氣冰冷，「黃曜初找妳做什麼？」

他眼裡焦躁的執著滿溢而出，林文羽困惑道：「他只是來祝我生日快樂而已。你怎麼了？」

黃曜曦繃緊的手指微微一鬆，臉上失落的陰影卻更加濃重，「今天是妳生日嗎？」

「嗯，我沒有告訴任何同事，你不知道很正常。」

這句話瞬間點燃他壓抑的情緒，緩緩收緊手指，聲音低得林文羽幾乎聽不見，「我只是同事所以不知道，那黃曜初呢。」

林文羽愣愣與他對視。

這些天來黃曜曦像是把稜角都倉促磨圓，在人前收斂起所有情緒。但此刻的他，被西裝外套藏起來的孩子氣再度從眼裡悄悄逃出，化作他扣在她腕間的熱度，儘管不疼，卻異常滾燙。

林文羽分不清那雙眼裡乍現的占有欲是不是她的幻覺，只是本能地往前靠一步，想抹滅黃曜曦臉上明顯的不安，刻意用輕鬆的口吻說：「那你現在也知道了，祝我生日快樂吧。」

黃曜曦沒有直接將祝福說出口，微微鬆開的指尖依然搭在她手上，「妳有什麼生日願望嗎？」

這一瞬間，林文羽腦中流淌過無數心願清單。

比如她希望家裡窘迫的經濟狀況能夠寬裕一點、繁重的課業可以有好成績、實習可以得到好評價，以及那份說不出口的喜歡，她能有親自吐露的一天。

然而望著黃曜曦，林文羽說不出來，畢竟這些希望比起心願，更像她原本就需要努力的責任……唯獨那份喜歡除外，只可惜，那也是不能提出的願望。

黃曜曦見她沉默，纖長的睫毛如蝶翼般輕搧，視線落在她手裡的首飾盒，很輕地挑了下嘴角，「還是……有黃曜初的禮物對妳來說就夠了？」

話剛說出口他就後悔了，小心藏起臉上的忐忑看一眼林文羽，頰側卻忽然一痛。

掙開他的抓握、把他的臉頰擠變形的兇手認眞地直視他，「黃曜曦，我們約好了，你有什麼話就好好跟我說，不准用這種挑釁的反問句。」

他說不出話，剛剛那些可笑的嫉妒忽然從體內分崩消失，腦中亂七八糟的思緒雜音無聲遠去，剩下陰暗樓梯間裡，兩人如此靠近的呼吸聲，還有林文羽掌心的溫度，和她此刻低沉柔和的聲音。

她看著他笑，嘴角卻莫名有絲傷感，「如果哪天我的願望實現了，你一定會最先知道的。」

「爲什麼現在不能告訴我？」

「我不想讓我的願望成爲你的負擔。」林文羽放下手，率先推開門，站在光亮透進的一小角裡，「走吧，回去工作，今天還有大會議呢。」

今天例行的主管級會議需要確認新店面的選址，黃曜曦負責報告初步的分析給團隊。本來這種等級的會議實習生無法參加，唯有黃家兄弟因爲爺爺的命令破例被允許，林文羽則是因爲身爲艾琳親自帶的助手，可以一起加入旁聽。

艾琳帶著林文羽走進會議室後，把印出的資料放在主位。這是執行長向來的開會習慣，林文羽訝然問：「執行長今天也要來聽嗎？」

「自己的孫子報告，多少要來聽一下。」艾琳看她一眼，似乎想到什麼，壓低聲音補充：「等下沒有妳的事就不要亂出聲，讓黃曜曦自己報告就好，知道嗎？」

林文羽含糊地應一聲，看著一位陌生的高階主管走進來，十分自然地在黃曜初身邊坐下。

艾琳低聲跟她說：「這是執行長的長子，也是黃曜初的爸爸，叫黃伯倫。」

林文羽望向長桌一角獨自坐著的黃曜曦，忍不住問：「那黃曜曦的爸爸呢？怎麼沒看他參加過會議？」

艾琳聲音壓得更低沉，「他爸是出名的愛玩，很少進公司。」

執行長走進來打斷了眾人的閒聊，看一眼黃曜曦，淡淡說：「開始吧。」

黃曜曦開始報告選址的分析時，林文羽不自覺有些緊張。報告的資料是黃曜曦自己做的，林文羽只有幫忙潤飾語句和修改錯漏字，不曉得他準備得如何。

她懸著的心，直到黃曜曦流暢地順利講完，才鬆一口氣。

執行長依然不苟言笑，只是微微頷首，「還行，伯倫，之後就照著這個結論去執行後續的工作。」

忽然，黃曜初氣定神閒舉手道：「曜曦，你之前在行銷部待過，應該對市場分析有一定了解。我這裡有一份剛整理好的顧客行爲調查報告，你可以先看看，然後分析一下我們的新店面應該怎麼吸引客群嗎？」

黃曜曦微微皺眉，看著黃曜初切換投影。頁面上的文字摘要和圖表井井有條，但在他眼裡，大量的字體糾纏飛散，字不成字，句不成句。他心裡一沉，冷靜地轉開視線，直接運用過去在行銷部的經驗回應道：「從過去的數據來看，我們的主要顧客群分成兩類，一類是習慣提前規畫、喜歡有儀式感的用餐體驗；另一類則是隨機消費的年輕族群。他們的需求不同，我們可以透過提升線上預約服務，同時在社群平臺上投放開幕折扣的廣告，來吸引兩種類型的客人。」

這個回答簡潔有力，黃曜初沒有露出絲毫異色，反而輕鬆笑了下，像是早料到他答得出來，又切到報告的另一頁，意味深長地開口：「還有另外一個問題，這裡有一組新數據，顯示我們這個月主要營收結構是——」他故意停頓了一下，揮手示意黃曜曦看投影片上的資料，「這裡有個關鍵趨勢，你可以幫我們解釋一下這些數據，然後給出更精準的行銷建議嗎？」

這一刻，林文羽的呼吸微微一滯，馬上望向黃曜曦。

黃曜初不可能知道他有閱讀障礙的事情，但畢竟身處同一間辦公室，從她日復一日的協助裡，還有人人皆知黃曜曦「不太聰明」的傳言裡，也能猜到他大概無法快速解讀資訊。

黃曜初挑選的這一頁幾乎沒有圖表，全是密密麻麻的文字敘述，黃曜曦短時間沒辦法抓到重點，不明顯的慌亂從眼裡浮出。

黃曜初靠在椅背上，語氣平和地補充道：「當然，這份報告剛出來沒多久，你或許還沒機會仔細讀過，我也只是想大致瞭解了一下。如果你能即時解釋這些數據的涵義，那就代表你的市場敏銳度算有一定基礎。」

林文羽聽出言外之意，這段話表面上是稱讚，實則是讓黃曜曦陷入困境。如果他答不上來，代表他連基礎都沒有。

她下意識望向執行長，卻見對方沒有阻止之意，反而也默默望向黃曜曦，等待他的回應。

黃曜曦雙唇緊抿，視線一遍遍掃過螢幕，試圖再多看出些什麼。

林文羽忍不下去，迎著黃曜初父子臉上如出一轍的淡淡的笑意，開口打破沉默：「這份數據應該有兩個重點，如果說錯的話，歡迎糾正我。」

不顧艾琳的眼神阻止，林文羽快速掃過報告的投影，繼續說：「這份報告提到，第一，主要營收有八成來自舊客，第二，新顧客回購率逐漸降低，再次到訪的週期也變長。曜曦，你剛剛的分析主要是基於過去的數據，如果加上這些新數據，你有沒有什麼想法？」

她這樣一說，直接給了黃曜曦一個回答的框架。

黃曜曦瞬間理解她的提示，順著她的提示回答：「如果流失率和回購週期有變化，可能代表新客的品牌忠誠度還不夠高。過去餐廳系統比較少經營會員，但這次新店開幕，我們可以考慮結合會員系統來提升顧客的黏著度，比如限定ＶＩＰ客戶可以參加隱藏菜單活動，或是設計開幕季限定的會員專屬優惠……」

聽完這段分析，幾名主管頻頻點頭，甚至有些人開始做筆記。

其中一位高層直接說道：「這個會員計畫的概念可以進一步討論。若這次行銷案做得好，或許可以沿用到其他餐飲品牌。」

眼見氣氛轉好，黃伯倫在此刻第一次開口，語氣溫和，說出的話卻毫不相襯，「曜曦，你需要這位小姐的提示才能回答嗎？」

黃曜曦面無表情，「吸收資訊需要時間，下次有這種意見討論，可以事前提供資料給我。」

黃伯倫的笑容加深，語氣漫不經心，「當然沒問題，不過我認爲身爲一個合格的工作者，應該要隨時做好準備吧。我會這樣要求我兒子，當然，你父親可能對你有不同的期望。」

最後那句話一入耳，黃曜曦臉上一瞬的破碎映入林文羽眼中，執行長馬上沉聲打斷對話，「夠了，是來開會還是聽你們閒聊？艾琳，下個議程。」

艾琳清清喉嚨，將投影螢幕切回來，開始宣布下個討論主題。

接下來的時間林文羽心不在焉，視線從黃曜曦壓抑的表情掠過，飄向黃曜初父子。

他們兩人神情疏淡自在，沒有激動或得意，方才大庭廣眾下逼問黃曜曦自然得像隨手捏死一隻螞蟻，不痛不癢。

會議結束後，她剛收好筆電，抬頭發現黃曜初直直注視著她。在紛紛起身離開會議室的人群裡，他們對上目光，黃曜初眞誠而坦然地對她笑了下。

此刻林文羽終於懂了，之前黃曜初說不會手下留情的意思。

黃曜曦走到她身邊，低聲開口：「剛才謝謝妳。」

林文羽彷彿沒聽出他的意思，微微放大音量道：「不要放在心上，給與會者足夠時間吸收資訊，應該是報告者的責任。」

黃伯倫聽見她的聲音，轉過頭深深打量她一眼。

林文羽回以虛假的禮貌微笑，拉著黃曜曦走出會議室。

黃曜曦望著她的背影，喉頭微滾，把心裡絲絲震動小心藏好。

親友們總拿黃曜初和他比，這個什麼都比他優秀的堂哥，是他遙不可及的對手。他習慣了，只要黃曜初在，他永遠只能是次等。

今天早上黃曜初喊林文羽出去時，一想到他可能是想和她告白，不可理喻的執著就洶湧而出，燒得他坐立難安。

他一邊想著黃曜初不可以連她也搶走，一邊卻又知道，他沒有任何留下她的立場。

幸好這場會議裡，面對黃曜初父子，林文羽依然堅定地站在他這邊。

十八年的人生裡，生在親情扭曲的家、承受著罕有的症狀，黃曜曦常常覺得自己運氣不好。這是他第一次覺得，自己其實很幸運。

他想要林文羽的偏愛，而她也不吝嗇都給了他。

回到辦公室沒多久，林文羽就被艾琳叫出去。

「妳關心黃曜曦我都看在眼裡，但我做特助這麼多年，還是要提醒妳，特助最重要的是，老闆只能有一個。妳如果現在急著選邊站，至少也要跟對人。」

林文羽小聲答道：「我知道。」

艾琳嘆口氣，看一眼周遭，壓低聲音，「我私下提醒妳，大家都知道老闆最不喜歡黃曜曦他爸，妳如果想繼續在這間公司待下去，應該要押寶在黃曜初身上才對。」

「可是我現在的工作之一，就是協助黃曜曦啊。」

「妳要想想妳的未來，除非妳實習結束就離開這裡，不然黃伯倫已經記住妳，妳站在黃曜曦那邊，在這間公司不會有好前途。」

林文羽知道艾琳是好心提醒，儘管心裡依然不服氣，還是默默點頭，跟著她一起回座位。

一路工作到晚上，黃曜曦依然留下來加班，黃曜初則已經先走了，林文羽心安理得占據他的位子，在黃曜曦身邊坐下來，「進度還好嗎？」

黃曜曦取下耳機，繃緊的肩頭鬆下來，「妳先下班吧，妳要做妳自己的事還得幫我，太累了。」

她下意識回道：「我不會累啊。」

黃曜曦看向她，像小動物似的微微偏頭，直到林文羽的耳尖不受控制轉紅時，他才很輕地彎了一下眼角，「說謊。」

林文羽還想說些什麼，卻都顯得欲蓋彌彰，乾脆放軟聲音，「對，我累了，所以你要先下班，我才能一起走。」

黃曜曦仍然搖頭，同時戴回耳機，「我回家會跟我媽說是妳送我的，妳先走吧。」

見他語氣堅定，林文羽只得收好東西，走到門邊時又不放心地回過頭。

黃曜曦依然聆聽朗讀軟體中，似乎是感應到她的視線，抬起頭，想讓她放心似的輕輕笑了笑，揮手示意她快走。

她被那抹笑勾得心裡驀然一軟，腳跟一轉，走回到他身邊。

黃曜曦訝然抬起頭。

林文羽伸手摘下他耳機，「給我看看吧。」

她把螢幕轉過來，飛速掃過內文後，在筆記本上塗塗畫畫整理出資訊的架構，像從前上家教課那樣，用圖示輔助讓黃曜曦更好理解。

林文羽才畫到一半，黃曜曦一把抓住她在紙上塗寫著的手腕，「這是我該完成的工作，不是妳的，沒必要這樣勉強自己。」

「我來這裡，本來就是要來幫你的啊。」

儘管黃曜曦已經極力隱藏，林文羽還是看出他淡淡的低落。

「那妳自己的生活呢？妳不應該每天跟我一起泡在辦公室，妳應該跟妳朋友一起出去玩，在自己的課業上努力，而不是翹課或是加班幫我做事情。」

林文羽馬上猜到，他聽到了早上她和黃曜初的對話，尤其是那句上大學居然還需要家教的質疑。她想了想，「黃曜曦，你知道我有近視嗎？」

不理解這突如其來的話題轉變，黃曜曦深深看進她眼裡，搖搖頭，「我不知道，看不出來。」

「我近視超過九百度，但因為我一直戴著隱形眼鏡，所以你看不出來。」林文羽筆尖滑過紙上的字，「我需要眼鏡才能看清楚東西，就像你看不懂字，所以需要圖表輔助或朗讀軟體才能理解內容。人們不會跟我說我上大學就會看得見、不需要戴眼鏡了，你的狀況也是。」

黃曜曦的視線跟著她的手滑過紙面，那些破碎錯置的字本來像極了惱人的黑蟲，此刻卻更像紛飛的黑羽毛，看上去沒有這麼討厭了。

「所以你不要把黃曜初的話放在心上，你需要我，我也願意做你的眼鏡。」

黃曜曦緩緩重複道：「我需要妳？」

林文羽瞪大眼睛，「難道不是嗎？我的聲音再怎樣也比朗讀軟體好聽吧。」

他無聲笑起來，直到聽見自己的笑聲，才發現他很久沒有笑得這麼開心了。

林文羽被他的笑意感染，也一起放鬆下來，打了個大大呵欠，「不過，想出去玩倒是眞的。」

黃曜曦眨眨眼，一句話在心底兜兜轉轉，猶豫片刻後才鼓起勇氣說出口：「這個週末，我們去遊樂園玩吧。」

「咦？」

「當作幫妳慶生，也算是謝謝妳當了我這麼久的眼鏡。」

林文羽直直望著他，像是一個餓了很久的孩子，突然看見眼前出現一塊香氣四溢的牛排，誘得她想要大口咬下。另一方面，身後卻又懸著搖搖欲墜的繩，繩子另端握在執行長和黃母手中，兩人都攸關她的飯碗。

黃曜曦像是看出她的猶豫，「我知道妳在擔心什麼，放心，這是我們的祕密。」

林文羽笑顏逐開，把心底的一絲不安拋諸腦後，馬上答應。

週六林文羽起了大早，上次黃曜曦說過她穿天藍色好看，今天她也特別挑了同色系的上衣和裙子，又借了室友的化妝品，把平日被工作和學業雙重摧殘的倦態遮蓋下去。

室友趴在床上，好奇地打量她，「妳要去約會嗎？難得打扮得這麼少女。」

林文羽有些彆扭地瞪著鏡子裡的自己，一下子信心全失，「會不會太刻意？我還是穿別的衣服好了。」

室友笑著抱起枕頭，滾倒在床上，「林文羽，會說出這種話，完全代表妳真的大量船耶。」

林文羽看著鏡裡臉色微紅的自己，說不出反駁的話。

再三問過室友意見後，林文羽還是維持原本的打扮出門，來到客運轉運站。

她和黃曜曦約在這邊準備一起過去。她提早到了十分鐘，一面等候，一面又悄悄在旁邊商家的玻璃櫥窗前檢視了下外表。

十分鐘緩緩流逝，林文羽心跳也越來越快，這是在她察覺對黃曜曦的情感後，黃曜曦第一次主動約她出來。

「曜曦！」

冷不防響起的呼喚打斷她漫淌的思緒，林文羽訝然回頭，看見何雪岑竟出現在轉運站，快步上前，一把抱住正走過來的黃曜曦的手臂。

黃曜曦面露驚詫，低頭把何雪岑推開，「妳怎麼會來這裡？」

「我不是跟你說我今天會從臺中回來嗎？還跟你說了我到的時間啊。」何雪岑臉上終於後知後覺浮起尷尬，低聲說完，「你不是來接我的嗎？」

林文羽站在那裡進也不是退也不是，幸好黃曜曦先抬起頭看見她，喊出她的名字：「林文羽！」

何雪岑回頭看見林文羽，臉上的表情先是恍然大悟，又漸漸變得微妙，「原來你是要跟家教姐姐出去啊。」

林文羽緩緩站到黃曜曦身邊，兩人間隔著尷尬的距離。

何雪岑的視線在他們臉上來回移動，忽然直白地問出口：「你們是要去約會嗎？」

林文羽飛快看一眼黃曜曦，本能地選擇否認，「不是，只是我們最近都加班累了，一起去郊外走走而已。」

「要去哪裡呢？」

「遊樂園。」

何雪岑眼睛一亮，馬上說：「那我也要去！姐姐，妳不會介意吧？」

肯定的答案鯁在喉頭，但看著何雪岑滿心期待望向黃曜曦的樣子，林文羽還是把球拋回給黃曜曦，「曜曦可以的話，我沒問題。」

何雪岑眨著大眼，雙手合十。

黃曜曦嘆口氣，聳了聳肩，「好吧，既然妳人都已經在這裡了，下不爲例，快去買車票吧。」

何雪岑歡呼一聲，馬上跑去櫃檯買票。

上了車後又迎來另一個尷尬局面，一路被叫姐姐的林文羽實在拉不下臉讓何雪岑自己一個人坐，又不想和不熟的她坐一起乾瞪眼，乾脆把黃曜曦身邊的位子讓給何雪岑，自己坐到他們後面一排。

聽著前面兩人熟絡、不間斷的交談聲，林文羽深深吸一口氣，把視線轉向窗外飛速流逝的風景。

黃曜曦回過頭，手從座位縫隙伸向後面，遞來軟糖，「吃點糖果？」

林文羽有點賭氣，「不用了，你們兩個自己吃。」

手縮了回去，正當林文羽默默氣得鼓起臉時，那隻手又伸回來，這次換成另一包完整的小袋裝魷魚絲，「這個全給妳，妳最喜歡吃的。」

林文羽上班時確實喜歡放一小包魷魚絲在桌上，方便吃又不太沾手。她沒有想過黃曜曦會注意到，默默接過，洩憤似的一次吃了一大把，但心裡的鬱悶已經悄悄散去。

車子終於抵達遊樂園，何雪岑興奮得像個孩子，抓著遊園地圖，大喊要去排最熱門的雲霄飛車。

黃曜曦看林文羽一眼，「妳想坐嗎？不想的話我在下面陪妳。」

林文羽看他試探般的神情，忽然覺得有趣。向來都是她哄他居多，此刻好像角色互換，黃曜曦也學會關心她了。

何雪岑投來視線，然而林文羽只望著黃曜曦，微微一笑，「走吧，既然來了，就都玩玩看。」

黃曜曦揮手示意兩個女孩先往前，後又默默走到了林文羽那側。

來到雲霄飛車前，面對一排兩人的座位，黃曜曦自願獨自去坐另一排，剩下林文羽和何雪岑並肩坐下。

繫上安全帶後，何雪岑忽然直視著前方張口：「家教姐姐，妳是不是喜歡上妳的學生了？」

「沒有。」林文羽下意識否認，又補上一句：「而且，曜曦已經不是我的學生了。」

兩人之間被防護設備隔開，林文羽看不清何雪岑的表情，只能聽見她輕笑道：「妳看他的眼神，一點也不像沒有喜歡。」

設施緩緩啓動，雙腳開始騰空，列車加速衝上軌道時，林文羽的心跳彷彿也跟著車身高高懸起。

木雕師傅看得出來，黃曜初也看得出來，現在連久久見一次面的何雪岑都這麼說。她自認已經藏得很好，難道其實還是表現得很明顯嗎？

列車俯衝而下，劇烈的失重感震盪著心跳，林文羽分不清是因爲設施太刺激，還是因爲那個不願細想的可能性……會不會，其實黃曜初也早就看出來了？

在眾人的尖叫中，列車駛過最後一個大彎道，猛然停下，緩緩滑回原位，到定點後防護設施鬆開彈起。一旁的何雪岑伸手理理髮，轉頭一笑，「我們公平競爭，既然妳說沒有喜歡他，我就沒有什麼顧忌了。」

不等林文羽回應，她蹦蹦跳跳下車，奔向好幾排以外的黃曜曦。

林文羽跟上的腳步落在後面，遠遠便聽見何雪岑已經愉快地點名要去的下個設施。

接下來他們一連玩了好幾個最熱門的刺激設施。到了下午，還沒吃東西的林文羽飢腸轆轆，因爲何雪岑還想要先繼續玩，她就先脫隊去路邊的攤車買食物。

她坐在遮陽的棚區下，小口咬著多汁的熱狗，看著身邊的人都成雙結隊，更覺得自己形單影隻。

林文羽沮喪地拉著裙擺，沒有想過這麼期待的遊樂園之行會變成這個樣子。

冷不防，一道聲音在她頭頂響起，「吃冰淇淋嗎？」

林文羽還不及抬頭，一隻手已經拿著冰淇淋甜筒伸過來，圓滾滾的一球，正是她最愛的草莓口味。

她還有點小賭氣，克制著語氣，「不用，你給雪岑吃吧。」

黃曜曦在她身邊坐下，勾起唇，「這是只買給妳的。」

林文羽看著那隻懸空的手，還有他圓圓的、盛著光的眼睛，此刻滿滿地只裝著她。她心底的小小不滿煙消雲散，接過冰淇淋。

黃曜曦不再說話，直到看著她吃完才開口：「走吧。」

「雪岑呢？」

不遠處蹦蹦跳跳過來的身影回答了她的疑問，「那邊有許願的活動，曜曦，幫我跟吉祥物拍照！」

他們隨著何雪岑過去，有一小群人潮正排隊寫著什麼，旁邊矗立巨大的活動牆上掛滿木牌。可愛的吉祥物搖搖擺擺，一下子把人們的注意力都吸引過去。

黃曜曦拿起手機，示意林文羽過去一起拍。

何雪岑見狀，小聲說自己想要獨照，林文羽也連忙擺擺手婉拒，先走到旁邊的祈福牆前。

林文羽隨手翻揀幾片木牌，因爲參加者多半是年輕學生，願望木牌大多寫著要考上什麼學校、段考要考幾名，好像人生只要考試順利，一切就會跟著圓滿。

黃曜曦和何雪岑拍完照片走來，仰望著木牆。

林文羽看一眼黃曜曦若有所思的側臉，「要寫寫看嗎？」

「我想寫！」她的提議聲就這樣湮沒在何雪岑篤定的一句話裡。

三人走到活動背板前，依據規則打卡分享後都拿到了一塊木牌和簽字筆，開始把願望寫上去。

黃曜曦寫得很快，一轉眼就把木牌掛好，轉頭問道：「妳們寫什麼？」

何雪岑嘻笑著一把藏起木牌，「祕密，不可以看。」

林文羽只顧著偷瞄他們，低下頭才發現筆尖不自覺落在牌面上，沾汙一塊痕跡。她懊惱地用指尖去擦，卻越擦越黑，氣得她乾脆把那片髒汙塗成一顆圓圓胖胖的愛心。

她看著愛心發愣，筆尖遲疑地落在牌面，心裡深埋的願望蠢蠢欲動……反正寫上去也沒有人知道。

許久前那一晚，黃曜曦曾告訴過她，「肆意逃跑」的創作理念是「總有一天，我會找到一個深愛的人，她會成爲我的翅膀，帶我逃離悲傷」。

那句話深深刻進她心底，像鑿進木頭裡的第一刀，經過日復一日的相處，一點一點雕琢，感情漸漸成形，最後化作心底那雙肆意展開的翅翼。

林文羽一個一個字，很用力、很緩慢地寫下願望：總有一天，我想成爲你深愛的翅膀，帶你逃離悲傷。

最後一個字剛寫完，黃曜曦已經走到她身邊，「妳呢，妳寫了什麼？」

林文羽差點把木片摔在地上，手忙腳亂地掩住字。

黃曜曦望著她侷促的反應，忍不住笑意，微微抽身，「抱歉，是祕密嗎？」

林文羽仗著他沒辦法馬上看懂這樣的長句子，光明正大給他看一眼，又趕緊藏起來，「給你看了，那你的呢？」

黃曜曦點點願望牆上的一塊木牌，「我的願望並沒有改變。」木牌上面沒有寫字，只有潦草線條勾勒出一頭帶著翅的豹，正是他曾雕刻出的那個作品。

林文羽愣了下，對上他的視線，心頭驟然一暖。他們想到的，都是來自同一個夜晚的心願。

「好了，我們去下個設施！」何雪岑也把木牌掛上去，元氣十足地拍手道。

林文羽轉身跟上，沒有注意到她身後，黃曜曦拿出手機對準她寫下的願望，偷偷拍了起來。

「黃曜曦？」

「來了。」

他們一直玩到傍晚閉園時才離開，回程的客運裡，司機調暗燈光，所有人的臉都沉入黑暗，唯有窗外流光不時劃過。林文羽依舊把雙人的位子讓給黃曜曦和何雪岑，獨自坐下，沒一會就閉上眼沉沉睡去。

何雪岑半靠在黃曜曦肩上，輕聲問道：「你今天玩得開心嗎？」

「嗯，很久沒有這樣出來走走了。」黃曜曦放輕聲音說下去，「不過雪岑，以後不要再這樣沒有約好就跟我出來，對我朋友很不好意思。」

何雪岑馬上側過頭，委屈道：「我去臺中念書後就好久沒有看到你了，我很想你，你不想我嗎？。」

黃曜曦輕輕回道：「我當然想妳，但今天是我和文羽的約。」

何雪岑笑靨逐開，選擇性忽略下半句，聲音輕快起來，「那以後我們要常常約見面，下次我們兩個自己出去玩。」

得不到回答，何雪岑直直盯著他，忽然伸出手，在黑暗裡摸索地握上他的指尖。

黃曜曦立刻抽出手指，下意識回頭看一眼，確認林文羽動也不動、顯然已經熟睡，才再次開口：「雪岑，夠了。」

黑暗裡，黃曜曦望著她嘟嘴的神情，欲言又止。自從在社團相識後，何雪岑是他在高中裡唯一能說得上話的人，也是他唯一可以嘻笑打鬧的同齡朋友。

他們之間始終有條無形的界線，何雪岑不斷往前靠近，他卻總是在線的另一端遲疑著。他不懂情愛，卻清楚知道他對何雪岑沒有跨越界線的渴望。

良久的安靜後，雪岑顫聲問：「……我們之間沒有可能嗎？」

「雪岑，妳是我很珍貴的朋友，我不想要改變。」

「你有喜歡的人了？」

黃曜曦想避而不談，無奈何雪岑執拗地盯著他。他避開她的視線，淡淡回答：「我不懂什麼是喜歡，也不想去懂。」

在他十八年的人生裡，喜歡是太稀有的奢侈品，他從未接收過，當然更不懂得如何給予。唯一能稱之喜歡的是雕塑，但也在被宣告沒有錄取相關學系的那一刻，變成了比不曾喜歡還要撕裂的痛。

對他來說，喜歡是像黃曜初那樣有餘裕的人，才能擁有的情感。

「即使不懂喜歡，總有一刻，你的心會告訴你答案。」何雪岑低聲道：「我握住你手的那一刻，你的心告訴了你什麼？」

黃曜曦愣了一秒，想起剛剛被握住手時，下意識的動作是確認林文羽的反應。他心臟猛然一震，陌生的悸動如戰鼓，零星的鼓點迅疾匯集成陣，密密麻麻砸碎他的壓抑。像大理石被震碎結構，雕刻雛形第一次從石脈的肌理中浮現，他心底那個最隱蔽的夢，驟然見到了天光。

這就是喜歡嗎？不，這不過是孩子握緊手中的糖果那樣，盡是占有與執念。喜歡一個人應當更純粹、更熱烈，他不能拿這種半吊子的情感，輕率地稱之爲愛。

黃曜曦深深呼吸，把乍現的滾燙情感盡數冷卻，封進心底，表面上沒漏一絲痕跡，「雪岑，抱歉，我們只能是朋友。」

何雪岑深深吸氣，好一會才再開口：「嗯，我知道了。」

剩下的車程無人說話，客運開進市區的第一站，何雪岑就匆匆道別，先行下車。

車子開走時，黃曜曦從車窗望見她用力擦了下眼角。

「你們吵架了？」他身後，林文羽剛剛睡醒的聲音含含糊糊響起。

黃曜曦回過頭，起身換到林文羽身邊空的位子，「沒有，把一些事情說清楚而已。」

林文羽應了一聲，眼睛又緩緩闔上。

黃曜曦望著她的睡顏，像是想要從她臉上找到什麼答案。

然而他越想越亂，最後還是收回視線，拿出手機。他很好奇林文羽寫的願望是什麼，既然她都給他看了，應該不是什麼不可告人的祕密吧。

朗讀程式掃過選取的圖片，人工合成的聲音在耳機裡念出了那句文字，黃曜曦才剛平緩的心跳，再一次失控起來。

他重新掃描了一次又一次，朗讀軟體說出的話仍一模一樣……林文羽怎麼可能會寫出這樣的句子，會不會是軟體翻錯了？

黃曜曦握著手機，手指顫抖著。不想有一絲一毫誤會的可能，他在腦中快速搜索一遍人選，最後點開木雕師傅的聊天室，上次去工作室時他們交換了聯絡資訊，這是他現在唯一想得到、百分之百會如實告訴他答案的人。

「可以幫我看看，這句話是什麼嗎？」他小聲地傳送了一條語音訊息。

師傅剛好在線，很快速地也用語音回覆：「你在開我玩笑嗎？不識字？」

他不知道他的狀況，所以他只得回道：「我怕看錯，上面是寫『總有一天，我想成為你深愛的翅膀，帶你逃離悲傷』嗎？」

師傅不耐道：「是寫這樣沒錯，但你小子是在跟我炫耀收到告白嗎？」

「你也覺得這是告白？」

「夠了，我像什麼戀愛導師嗎？別用這種事來煩我。」

黃曜曦著手機，半晌，狠狠掐了自己一下……會疼，所以這不是夢。這就是林文羽說當他的願望實現時，他會知道的原因嗎？

他回頭望向睡著的林文羽，下意識伸出手，又遲疑地停在半空。他只敢寄託在作品裡的翅膀，怎麼可能眞的能降臨在他身邊？

窗外流光寸寸淌過，騷動悄悄爬上他的心口，像木屑掉到指縫時，酥酥麻麻感覺。他盯著林文羽看了許久，兀自沉浸在思緒中，直到車上響起到站的廣播時才猛然驚醒，輕輕喚醒她。

林文羽睜眼時，朦朧的視線乍然迎上黃曜曦的雙眼，只見對方的目光在她臉上來回逡巡，彷彿在尋找些什麼。

她困惑地摸摸臉，「我臉上沾到什麼了嗎？」

黃曜曦倉促收回視線，「沒事，下車了。」

他沒有在林文羽臉上找到什麼喜歡他的痕跡……是林文羽隱藏得太好，還是他太自作多情？

林文羽顯然還沒清醒，夢遊般起身，搖搖晃晃下車。

兩人一起走向捷運站，黃曜曦找到自己停在站前的機車，回頭問：「載妳回去？」

她揉了揉眼睛，眼神終於聚焦一些，「不用了，我等等要去同學家討論報告，離這邊不遠。」

說完後兩人卻都沒有走離，原地互望兩秒後，黃曜曦先垂下眼，斟酌著說出：「抱歉，今天本來是要爲妳慶生，下次不會再讓人跟著了。」

他彆扭又強裝鎮定時，眼睫毛不自覺顫動著，這一幕落在林文羽眼中，早在吃冰淇淋時就被哄好的情緒像打滿氣的氣球，輕飄飄飛起來，嘴角也帶了笑。

「沒關係，下次再幫我慶生就好啦。」正要轉身，林文羽忽然又想起來，「對了，黃曜初給的那份文件我昨晚錄好音，用工作軟體傳給你了，記得聽喔。」

林文羽揮揮手，顧念著下個行程，匆匆離去。

黃曜曦站在原地打開工作軟體時，才想起他和林文羽之間連私人的聯絡方式都沒有。公事公辦，這就是他們之間的距離。

如果林文羽接受黃曜初的追求，如果她想要辭職，任何一個可能發生，她就沒有非待在他身邊不可的理由。

他被重重引力困守深淵，林文羽的出現，讓他第一次學會嚮往天空。她若離開，他的世界依然能運轉，只是，他再也不會想飛了。

黃曜曦目送林文羽越走越遠，最後消失在滾滾人流中，徒留他孤身站在暗夜。

第九章　第三次小逃跑

秋意漸濃，林文羽開始翻出櫃子裡的薄長袖。現在經濟稍微寬裕，她終於能用餘錢買些上班穿的衣服替換，學著艾琳俐落的打扮，慢慢讓自己的穿著擺脫學生氣息——黃曜曦卻與她截然相反。

儘管他依然會乖乖出席所有被安排好的相親，依然會在晚上與她一起完成工作，但他頭上的髮色越來越張揚，話越來越少。二人初見時他展露出的陰鬱再次出現，躲在他秀麗卻死寂的眉眼中，整個人彷彿化作沒有生命的雕刻，困在不屬於他的軀殼裡。

林文羽仍沒有再見到他重新碰雕刻刀，她左思右想，決定試試最後一個辦法。

時間來到近期的最後一場相親時，他的髮色已經變成了在辦公室十分惹眼、引來執行長多次叨念的煙灰藍，頭髮長得可以在腦後綁起一個小馬尾。

應黃母的要求，林文羽一樣在下班後順路到餐廳外等待。

十月日漸涼爽的夏夜裡，她坐在路邊公園旁的長椅上，捏著最小尺寸的雕刻刀，笨拙地在一塊木頭上比劃。

這一小塊木材是工作室師傅留給她玩的，然而她不知道怎麼用力，刀鋒一次次在表面滑過，差點劃傷了手。

頭頂忽然傳來一道聲音，「小心手。」

林文羽手一顫，差點削到指尖。

黃曜曦在她身邊坐下，俯下身，略長的藍灰色髮絲垂在她手指上，更溫暖的手包住她的手指，輕輕調整她握刀的方法，「雕刻刀不能這樣握，食指放太下面容易割傷，手腕也會痠。」

黃曜曦骨節分明的長指緩緩分開她彆扭黏在一起的手指，一根根扳著放到正確位置，指尖相觸時，林文羽渾身的血都燙起來。

「手腕放鬆才能使力，一隻手指穩定刀尖，一隻手指控制施力輕重和方向。」

林文羽笨拙地握緊刀，低聲說：「我是不是沒什麼天分？」

「不會，妳做得很好。」黃曜曦抬眼，微微挑起嘴角。

林文羽不自覺放輕呼吸，黃曜曦身上的熱度籠罩著她，好像全部感官都專心致志接收著他的每一道氣息，每一寸移動。

從家教到助手，明明不能再親近的理由一直都在，可是她好喜歡與他相處的時光。僅僅是簡單的手指相觸，就足以在她心裡泛起層層漣漪，久久不散。

林文羽抬手，撥開黃曜曦垂在眉間的長瀏海，看見那雙眼睛底下和她一樣，多了深深的黑眼圈，「要應付實習和相親，很辛苦吧。」

出乎她的意料，黃曜曦即使倦態深深，還是用盡全力微笑，「本來我覺得我一定無法忍受，但因爲有妳在，我多了一個可以撐下去的理由，這就夠了。」

林文羽先是心口一暖，想了片刻後，又用力搖搖頭，「有些痛苦即使忍受，現狀也永遠不會改變，這種痛苦就不該被忍耐。你如果眞的覺得撐不下去，逃走也可以，我會陪你一起。」

她與黃曜曦相識一年了，這一年他們共度無數黑夜，她比誰都懂他的不適合。無論如何勉強，他終究做不到像黃曜初那樣如魚得水。

「我可以逃到哪裡呢？」黃曜曦笑得太吃力，吃力得讓林文羽都感到心疼。「林文羽，我沒有地方可以去了。」

不等她回答，他迅速轉開話題，「妳怎麼會突然想玩木雕？想雕什麼東西，我都能教妳。」

「我想要一朵玫瑰。」

黃曜曦接過刀的手指頓住，記憶驟然倒轉，想起一年前做備審資料時，那朵陶瓷做的玫瑰花。

林文羽輕聲道：「你還記得嗎？你說過如果我想要，你會做一個送給我，可是我不要玻璃罩，我要的玫瑰是自由的。我想和你說，無論那個命定的愛人會不會來臨，都不會影響玫瑰的美麗。」

黃曜曦握緊刀柄，停下動作。糾纏的思緒在腦中劇烈拉扯，在他心裡埋根的疑問還是破土而出，如饑似渴想要向光生長。他再度開口時，幾乎不敢看林文羽的眼睛，「其實，我看到妳的願望了。」

林文羽幾秒後才聽懂他的話，下意識捏緊手中的木頭，抱著最後一絲僥倖問：「什麼願望？」

「妳寫在木板上的願望，那是什麼意思？」

林文羽心跳差點暫停，慌亂之間想要否認，偏偏想不出什麼理由，只能張嘴又閉上。在黃曜曦靠這麼近的情況下，她連正常思考都沒辦法，更不用說編理由，此時臉上蔓延的紅已經把答案明明白白攤在他眼前——那份呼之欲出的喜歡。

「妳喜歡我，這才是妳留在我身邊的理由，是嗎？」

林文羽本來想死命否認到底，然而鼓起勇氣對上黃曜曦的雙眼時，卻忽然又忘了說話。明明先說喜歡的是她，對方的神情卻像他才是主動告白的那個。

愛我吧，拜託，妳必須愛我。他的眼神這麼說。

林文羽從心裡刨出僅剩的勇氣，啞聲道：「……對，我喜歡你。」

秀麗靈動的倉鼠眼睛頓時亮起來，林文羽從未見過他這麼開心，同時卻又感覺到有點不對勁。

黃曜曦的手不知何時放開了雕刻刀，垂下的髮和林文羽的頭髮纏在一起，手指交疊，額頭前傾抵著她的，語氣明明這麼輕柔，說出來的話卻透著一股違和的偏執，「我不想要妳有理由離開，所以，我們在一起吧。」

林文羽睜大眼睛，手裡的木頭無聲滾落，世界在一剎那靜下來。她腦袋亂哄哄的，過量的幸福在血液裡橫衝直撞，燒盡理智。

這不是她夢寐以求的嗎？如果暫時遺忘他們的身分問題，至少在這一刻，她該感到開心。可是黃曜曦的話在她腦中盤旋，回想了兩遍，又感覺出不對勁。

「你也喜、喜歡我嗎？」儘管緊張到微微結巴，林文羽還是努力問出了這句話。

「如果我們在一起，這就不重要了。」

她心一涼，「當然重要，如果只有我覺得快樂，就沒有意義了。」

「我給不了妳喜歡，我唯一能給妳的，只有交往的承諾。」

暈眩般的幸福感緩緩褪去，晚風拂過林文羽發燙的肌膚，格外冰涼……原來啊，他並沒有喜歡上她。

喜歡這種事情本就無法強求，但為什麼她此刻還是這麼難過呢？

良久，林文羽努力撐出一抹微笑，「我之所以會被你的創作打動，就是因為那是你發自內心想做的事，我喜歡那個自由自在的你。」

黃曜曦沉默以對，眸光沉在暗影裡。

林文羽探手撿起滾落的木雕，把它舉到黃曜曦面前，「就像這朵玫瑰，我想先自己刻刻看，是因為如果我開口向你要，不是你自己想送我的，意義就不同了。你的喜歡也是，我不希望你是因為我喜歡你，才答應當我男朋友。」

「但如果哪天妳不喜歡我了，妳是不是就會離開？」

她對上黃曜曦的眼睛，胸口的酸澀和愛戀交織膨脹，像飲料瓶裡晃動的氣泡肆意翻滾，竄向無邊夜空。他眼底的痛苦如此清晰，她抬起仍被他緊握著的手，低下頭，輕輕吻在他帶繭的指尖上，「這麼怕我離開嗎？可是我喜歡你，不是為了讓你離不開我。」

「那是為了什麼？」

「就只是因為喜歡你、想讓你快樂而已。我會毫不保留地喜歡你，喜歡到哪天就算我不在你身邊，你想起我的時候，還是能感受到幸福。」

黃曜曦眼尾泛起不易察覺的紅，林文羽笑了笑，第一次向對方張開手。

他愣了一秒，然後小心翼翼又無比珍惜地擁她入懷。

全世界都屏住呼吸般安靜下來，他們只聽得見耳邊彼此的呼吸聲，心臟靠著心臟，輕飄飄的感覺像在飛翔。

那晚後，下班的辦公室裡，黃曜曦重新拿起了雕刻刀。

只是大多時間雕的人是林文羽，黃曜曦耐心地從怎麼握刀，怎麼順著木頭紋理雕出粗胚開始教起。

林文羽學得很認真，但總是無法掌握玫瑰的立體形狀、刻出的粗胚輪廓四不像，忍不住小小地發脾氣道：「怎麼這麼難學？」

「妳的空間感可能不太好。」黃曜曦忍不住笑，「沒事，慢慢練習就好。」

他拿起另一塊廢料，刀尖靈巧擺弄，沒一會就刻出一朵花迷你的雛形。

門外傳來腳步聲，艾琳打著呵欠走進來，後面跟著黃曜初，「你們兩個怎麼還在？

開會開到我快睏死了，趕快都回家吧。」

林文羽站起身，放下粗胚，「本來是在等妳跟我說新餐廳的籌備待辦事項，不過可以明天再討論沒關係。」

「我差點忘記，幸好妳跟我說。」艾琳遞給她企畫書，「新概念店的主軸訂下來了，我們打算接洽幾位知名藝術家來合作店內布置，讓曝光的消息更有亮點。名單妳看看，我特別喜歡一位藝大雕塑學系的教授，作品大多用漂流木雕刻，和我們的概念店強調取材自然的特色很符合。」

林文羽心裡一動，接過資料一看，手不由自主一抖。

出乎意料地，艾琳探頭對黃曜曦說：「執行長和我說過你喜歡雕刻，這是接觸相關人士的難得機會，交給你去聯絡吧。」

在林文羽的印象中，也許是因爲黃母的極力反對，讓她先入爲主覺得執行長不喜歡黃曜曦的興趣，沒想到並非如此。

不過不只林文羽，連黃曜曦也愣住了，「我爺爺？」

艾琳比他更困惑，「對啊，有什麼問題嗎？」

黃曜曦正要開口，林文羽搶先說道：「我近期工作有空檔，我來聯繫就好。」

黃曜初看了她一眼，林文羽無暇理會，目光小心翼翼滑過黃曜曦。

黃曜曦毫不知情，只是關切道：「妳已經這麼忙了，讓我來吧。」

「不用，你自己也有很多事情，這我來做就好。」

黃曜曦沒有堅持，「好，妳注意不要讓自己太累。」

林文羽藉口要去茶水間洗杯子，先快步走出去。整層樓靜得連空調的聲音都能聽見，她站在洗手槽前，看著水流發呆。

心裡的不安節節升高，林文羽不斷說服自己，黃曜曦不會知道的，事情畢竟已經過去快一年，只要沒有人刻意追查，這個祕密會永遠被掩藏。

她身後猛然響起一道聲音，「那位教授，是黃曜曦原本錄取的那間學校的嗎？」

林文羽嚇得一抖，轉過頭，只見黃曜初悠哉地靠在水槽邊，直直望著她。

「你突然問這個幹麼？我已經忘了。」她避開黃曜初的視線。

他自顧自說下去：「我只是突然想到，妳不想讓他們接觸，是不是因為……他不知道自己有被錄取？」

林文羽掐緊手指，避開他目光自顧自沖洗掉泡沫，「你想太多了。」

「是嗎？那我幫他分擔其他工作，讓他有空去和那位教授交流好了，畢竟他這麼喜歡雕刻。」

「不用你多管閒事。」林文羽心煩意亂，轉過身想離開，差點撞上往前站了一步的黃曜初。

「還是……我自己去問問他，當年他收到什麼錄取結果？」

林文羽一瞬的遲疑已經給了黃曜初答案，他笑意越來越深，轉身要走。

她一把抓住他，「你要去哪裡！」

黃曜初一臉無辜，「妳們瞞著他這種事情，我是他哥，不能看著他被騙啊。」

林文羽收緊手指，低聲道：「拜託，不要跟他說。」

黃曜初扣住她揪著衣服的手指，輕輕拉下來，「那妳答應做我女朋友，好不好？」

「你瘋了嗎？」

「我從小收到的教育是，只要目的達成，手段是什麼都不重要。」黃曜初依然是笑笑的樣子，扣著她手指的動作輕柔得像在玩笑，「黃曜曦可以給妳什麼呢？比起他，我可以帶妳到更遠、更高的地方。」

僵持幾秒後，林文羽用力抽開手，往後退了一步，「不需要，我喜歡他，不是因爲衡量出他能帶給我多少價值。」

她抓起杯子轉身就走，回到位子上時，艾琳已經離開辦公室，只剩下黃曜曦已經收好東西在等她。

看她收好東西後，黃曜曦伸出手，「走吧。」

那天之後，他們始終沒有再談起交往的事，但此刻看來，黃曜曦並沒有忘記。

林文羽望著他懸在空中的手心，猶豫片刻，緩緩搭上手，任由他牽著她走出去，和黃曜初擦身而過。

進電梯後，她終於忍不住開口：「黃曜曦。」

「嗯。」他輕應一聲，卻等不到林文羽回應，便回過頭，「怎麼了？」

看著他柔和的神情，林文羽鯁在喉中的話怎麼也說不出口。

她緩緩握緊黃曜曦，此時此刻除了手裡的溫度，什麼也不願再想。不去想被發現交往會有什麼後果，也不去想黃曜曦是以什麼心情握住她的手，只要知道他正在她身邊，和她一樣珍視相處的時光，就足夠了。

走到機車旁時，黃曜曦忽然漫不經心似的開口：「剛剛黃曜初和妳說什麼了？」

「沒什麼。」林文羽哪敢說實話，才想轉移話題，側腰卻忽然多了一股熱度。她困惑地抬頭，黃曜曦摟著她的腰，小心翼翼卻又不容抗拒地把她拉近。

「你幹麼！」林文羽嚇得環顧四周，還好停車場沒有其他人。

黃曜曦臉上是她不曾看過的委屈之色，黑眸裡滿是焦慮，「妳只會喜歡我一個人，對吧？」

黃曜曦總是彆扭，這是第一次，如此直白地說出心魔。

她半開玩笑，「你在吃醋嗎？」

「……說妳只喜歡我。」

長年累積的不安全感像頭渴愛的怪物，若不以愛餵食，一不小心就會傷人傷己……幸好，她早就知道如何馴服。

林文羽捧起黃曜曦的臉，姆指輕輕滑過眼尾、顴骨，到緊抿的唇角。儘管已經對他的五官如此熟悉，每一次仔細看時，她還是會不斷重溫喜歡上他的感覺。

「我只會……」她鼓起勇氣，努力踮起腳，輕輕吻在他額頭，然後，吻蜻蜓點水般落在他唇邊，快得像微風拂過。「喜歡你一個人。」

黃曜曦的眼神慢慢柔和，像見到繁花在廢墟裡無聲綻放，鮮豔了積年的荒蕪。

全心喜歡一個人的時間裡，世界像被套了層暖融融的濾鏡，看什麼都光彩燦爛。

接下來的日子，儘管林文羽因爲籌備餐廳開幕的種種工作忙得焦頭爛額，心情卻前所未有地平靜。黃曜曦沒有說喜歡她也無妨，光是在一起的時間，看他曾暗淡的目光一點點重回明亮，她已足夠滿足。

雖然沉浸在喜悅裡，她還是小心翼翼注意不在公司裡和黃曜曦有過度親密的接觸，沒有讓除了黃曜初以外的任何人，察覺到蛛絲馬跡。

和教授洽談合作事宜時，林文羽一直小心避開黃曜曦。直到教授的作品被好好地運來店裡擺放，黃曜初都沒有什麼多餘的動作，她心裡深埋的憂慮終於慢慢淡去。

開幕那天來了比預期多的媒體記者和應邀而來的網紅，曝光效果比預期好，林文羽忙完一天，剛回到公司，艾琳就衝上來用力抱了她一下，笑吟吟道：「做得好，這次活動大成功！店長說後臺已經收到快三個月的預約了。」

林文羽回抱艾琳，回想自己剛進入公司時的手忙腳亂，忍不住跟著微笑，「謝謝妳這麼努力教我。」

艾琳眨眨眼，「老闆說要請參與專案的人吃飯慶功，當作慰勞這一季的辛苦。」

林文羽喜出望外。

艾琳又低聲提醒道：「黃伯倫夫婦都是專案相關人，也會去慶功宴，妳見到他們時，記得態度好點。」

她點點頭，在艾琳背後輕輕對黃曜曦眨了眨眼，逗得他無聲笑出來。

慶功宴當天，林文羽如期赴約，走進餐廳包廂時，卻看到一張出乎意料的臉孔。

黃曜曦的母親也在席上，聞聲抬頭看她，微微點頭當作招呼，又轉回面對黃伯倫夫婦。一旁的黃曜初神情放鬆，和面無表情的黃曜曦對比鮮明。

林文羽在長桌遠端坐下，聽到黃曜初的媽媽笑著開口道：「弟妹整天在家休息，臉色真好，不像我每天上班累得半死，黑眼圈連遮瑕膏都擋不住。」

「你們辛苦了，我們曜曦也會努力工作的。」

「話說回來，爸對曜曦真好，還安排一個隨身祕書在他身邊，我們曜初就只能靠自己了。」

林文羽看著黃母漲紅了臉，輕聲開口：「不好意思，我不只是曜曦的祕書，我在祕書室是跟著艾琳姐。」

「是嗎？」黃伯倫放下茶杯，轉向林文羽笑道：「除了做本職的工作以外，還同時能幫忙曜曦，能力真好。」

黃曜曦的爺爺緩步入座，打斷對話，「難得邀你們順便吃個飯，怎麼又說這些有的沒的？」

艾琳連忙起身示意服務生開始上菜，稍稍緩和僵硬的氣氛。眾人在微微詭譎的氛圍下開始用餐，誰也沒說話。直到執行長難得主動對黃曜曦開口：「最近給你的任務都做得不錯，比你剛進公司時進步很多。」

黃曜曦愣了下，藏不住的笑意緩緩漫上眼角。

「繼續努力，多向曜初學學，以後這些事業，都是你們兩個要好好合作接下來的。」

黃曜初微笑著接話：「爺爺，曜曦才值得我學習。他升大學時，為了公司放棄已經錄取的雕塑學系，是眞的很有心。」

這句話落在空中，無聲炸開。

正在動筷夾菜給公公的黃母動作一滯，林文羽則睜大了雙睛。

黃曜初目光慢慢轉向她，燦然一笑。

爺爺皺起眉，「什麼意思？曜曦曾申請過雕塑學系嗎？」

黃曜曦有些困惑，幾秒後，才聽懂了這句話。他不敢置信地轉頭，對上林文羽的視線，在她惶恐的眼神裡，讀到了他不想知道的答案。

黃曜曦腦中一片空白。如果黃曜初說的是眞的，林文羽這些日子用盡全力幫他重拾雕刻的熱情，又算什麼？

他自顧自耽溺在她的陪伴裡，從未想過那些難得的暖意，可能僅僅是贖罪心理。比起喜歡，她對他，會不會更多的只是同情和罪惡感而已？

強烈的疼痛像腐蝕的酸，翻湧著灼傷心臟，黃曜曦死死扣著手指，然而迎著眾人探詢、幸災樂禍的視線，尤其是爺爺銳利的目光，他清醒地意識到，自己不能在這裡顯露一絲異樣。

哪怕他再氣，也不能讓母親和林文羽曝露在不懷好意的人面前。於是他回望黃曜初一家，硬生生把情緒全壓抑下去，揚起嘴角，「是啊，我那時候申請過，但爲了專心學商，後來放棄了。」

黃曜初有些意外，而爺爺已經擦擦嘴角，淡淡的語氣裡隱含不悅，「我記得你小時候就愛弄那些東西，既然錄取了，爲什麼不和我討論？」

黃母小心翼翼道：「爸，讀雕塑學系對我們家事業沒幫助，我才會勸曜曦放棄。」

「我們家的孩子都要對家裡有貢獻沒錯，但讀了不同系就不能幫忙家裡的事嗎？李婉雲，妳就是讀書不高、目光太狹隘了。」

林文羽第一次聽見黃母的名字。在此之前偶爾聽人提起她，總是用黃曜曦的母親來形容。這句話刺耳又偏頗，她小心翼翼覷黃母一眼，果不其然見到向來好強的黃母漲紅了臉，沉默不語。

原是慶功宴的飯局再也沒有一絲歡樂氣氛，除了黃曜初一家仍自顧自交談，席上其他人都不再說話。

待執行長先起身離去後，黃曜曦馬上跟著要走出去，林文羽匆匆跟上。他絲毫沒有要回頭的意思，直到她狼狽地小跑步繞到他面前。

「曜曦……」

「我現在不想和妳說話。」

「黃曜曦！」李婉雲追出來，向來逼人的氣勢難得放軟，「我們回去再談，不要再這裡惹笑話。」

「笑話？」黃曜曦視線掃過兩人，失望到了極點，反而輕笑出聲，「妳們就是把我當成笑話，才會這樣欺騙我吧。」

「我知道你很生氣，但這是因爲我嘗過這種苦，我經歷過被你爺爺和你爸爸嫌棄學歷低的時候，所以我才會這麼努力不讓你走我的路！」

「因爲妳遭遇過，所以要把同樣的痛苦加在我身上？」

黃曜曦仍在笑，眼裡的光卻越來越破碎。他看一眼沉默不語的林文羽，想要張口，卻又想不到什麼不會傷人的句子來表達情緒。儘管怒火在心口橫衝直撞，他全身緊繃到微微發抖，他仍不願傷到她。

最後他別過臉，繞過林文羽，頭也不回走入黑夜。

李婉雲滿臉懊惱，正想加緊腳步追上，林文羽輕輕攔住她，「讓他靜一靜吧。」

她停下腳步，半晌轉頭問道：「黃曜初怎麼會知道？該不會是妳告訴他的？」

林文羽垂下眼，雖然不是她主動告知，但祕密確實是從她這個破口流出，這讓她回答的語氣飽含愧疚，「對不起，我沒有說，但黃曜初看我的反應猜出來了。」

「妳怎麼這麼不小心？他沒有發現曜曦有閱讀障礙吧？」

林文羽來不及回答就聽見走廊上的腳步聲，連忙示意李婉雲噤聲，黃曜初一家人正好走出，見到僵持在門口的兩人，停下腳步。

黃曜初像是好意詢問，語氣溫暖關切，「曜曦跑啦？他還好嗎？」

林文羽咬牙，「不就是因爲你的多嘴？」

「我只是把事實說出來。何況我說過，如果妳當我女朋友，我就不會再提起這件事。」這種話當著大人面前說出口，格外讓人尷尬，林文羽又窘又怒，黃曜初卻依然笑得自在，轉頭看向李婉雲，「嬸嬸，妳還沒有謝謝我幫妳找到這麼好的家教兼助理。」

無視林文羽讓他閉嘴的眼神，他悠然自得地說下去：「她給他的愛護，已經遠遠超過職務需要了。」

這句話是太明顯的暗示，李婉雲神色一冷，然而出乎林文羽意料，她沒有當面質問，而是拂開鬢邊散亂的頭髮重整姿態，冷聲道：「這是我們家的事情，不需要你一個外人多評論。」

「外人？」黃伯倫攬上兒子肩膀，臉上是如出一轍的笑意，「妳這麼說就太冷淡了，爸身體越來越不好，沒多久就得是我們兩家……應該說我們一家人加上妳兒子，一起扛下公司的擔子了。」

一對三的事態下，李婉雲強撐的氣勢一下子委頓，視線交錯下，她不再多說，目送他們一家離去。

四周驟然沉靜下來，李婉雲頹唐地在餐廳入口的椅子坐下。

林文羽有些於心不忍，蹲下來安慰道：「先別擔心，等曜曦回來我們再好好和他談談吧。」

「妳知道嗎，黃曜曦的第一把雕刻刀，是我送他的。」李婉雲忽然開口。見林文羽驚得睜大眼睛，她疲憊的臉上終於浮現一抹淺笑，「最一開始，是我教黃曜曦雕刻的。那是我最熱愛的事情，我想要分享這樣的愛給我的孩子。」

無數疑問在林文羽腦中紛飛而出，既然李婉雲也熱愛，爲什麼還要極力反對？

李婉雲讀出她臉上的困惑，緩緩說道：「我小時候家境不好，爸爸是刻佛像的師傅，撿他不要的木頭來雕刻是我唯一的娛樂。我本來有機會考上大學，但家裡不想花錢讓我念書，偷偷拿走了我的志願表沒交出去。我一直以爲是我成績不到才考不上，安分地去工廠做事，等我知道眞相時已經太遲了。」

林文羽輕輕吸一口氣，想起黃曜曦錄取那天，李婉雲說過，要摧毀一個人的夢想不是禁止，而是讓他以爲自己努力嘗試後，依然無法做到。

原來，她是在說自己的遭遇。

「我嫁給曜曦他爸是奉子成婚，自以爲嫁進了有錢人家，就不需要擔心未來。可是他們總嫌我學歷不高，不讓我碰家裡的工作。」

林文羽默然傾聽，聯想到剛剛宴席上旁觀的情景，已經猜到了七八分。

世上沒有輕易獲得的寶藏，李婉雲確實從此衣食無缺，交易的卻是自由。

「我教曜曦雕刻，又怕他太沉迷。我幫襯不了曜曦的前途，他功課偏偏又這麼差，還有妳說的那個什麼閱讀障礙。我很害怕又很愧疚，我希望他走上我安排好的路，不需要像我這麼辛苦。」不同於她一直展現的強勢，向來高傲的李婉雲此刻迷茫得像個孩子，悲傷地側頭看她，「我哪裡做錯了？」

林文羽緩緩回道：「您說是爲他了好，但您逼迫他走上的路，未必適合他，他也未必快樂。您丟掉他的雕刻刀，毀掉他的作品，只是想證明您是對的。」

「我已經證明了錯的方向。我安排的路，至少會比我經歷過的更好！」

「您有沒有想過，這個家族僅僅用學歷評價您，本身就是錯的？您被一個錯的、不該存在的規則懲罰，現在反而擁護這種規則。」

沉默蔓延，好一會後李婉雲才心煩意亂道：「先不說這些，我擔心他情緒這麼激動，一個人不知道會去做什麼。妳知道他現在可能在哪裡嗎？」

林文羽本想答不知道，腦中卻浮現那片綴著星光的海，那是他們曾一起逃走的終點，「我知道他可能去哪裡。放心，我會把他找回來。」

林文羽正要動身，李婉雲忽而開口：「曜初剛剛的意思是，妳和我兒子在一起了？」

她果然沒有漏掉黃曜初的暗示。

林文羽勉力一笑，告訴她，也像在告訴自己，「放心，是我單方面喜歡他，他沒有喜歡我。在今天之後，就更不會了。」

李婉雲雖然皺緊眉頭，意外地沒有暴跳如雷，沉默半晌後，把車鑰匙塞進她手裡，「路上小心，好好帶他回來。」

林文羽慢慢握緊鑰匙，點點頭。

上車後，一路上她都在默默演練等等要開口說的話。片刻後，車子開到海灘，她尚未下車，就已經看到孤零零停在路邊的機車。

木棧道上那個面向大海的剪影，單薄地與海天融爲一體。她下車走向他，腳步聲被湮沒在浪濤裡，一直走到他身邊才放輕聲音喚道：「你果然跑來這邊了。」

黃曜曦劇烈一震，回頭看見她，眼底亮起一瞬光芒，又迅速黯淡下去。

看到他如受傷小狗般的眼神，林文羽瞬間忘記自己剛剛準備說的話。

他轉回頭繼續望著海，「我想要逃走，但不知道可以逃去哪裡，唯一想得起來的，只有妳帶我來過的這個地方。」

海浪的聲音柔柔包裹聽覺，林文羽在他身邊坐下，試探地撫上他肩頭，「我們回家了，好不好。」

「妳不向我解釋嗎？」

「怎麼解釋都會像狡辯，」林文羽看著黃曜曦始終不願轉來的側臉，越說越小聲，「但我欠你一句道歉，對不起。」

「對不起？」黃曜曦笑出來，啞聲反問：「聯合我媽來騙我，一邊看我痛苦一邊裝出憐憫我的樣子，是不是很好玩？這就是妳喜歡我的方式。」

林文羽只能重複：「對不起，我沒有想傷害你。」

黃曜曦忽然抬起手，抓住她包包上垂掛下來的獵豹娃娃。林文羽頓時重心不穩，撫著他肩膀的手滑落下來，整個人被他凶狠地攬進懷裡。

那個穿梭在小店裡、漫無目的共度的夜晚彷彿又回到眼前，黃曜曦指尖撫過娃娃，上面已有淡淡的磨損痕跡。這是他第一次發現，不過是他隨手夾到的禮物，她一直如此珍重地掛在包包上。

黃曜曦鬆開娃娃，臉上的表情從麻木的冷靜逐漸融化成痛楚。咫尺之間，他單手捧著林文羽的臉側，「妳真的喜歡我嗎？」

林文羽望著眼前一眨不眨的雙眼，感覺到他放在她腰上的力道越收越緊。世界上的重力突然全部遠去，唯一的引力只剩下他滾燙的凝視。

何必再壓抑呢？反正可能是最後一次了。她順應引力向前傾身，灼熱感從唇瓣燒向全身，點燃血液，焚透兩人間窒息般的壓抑感，直到她在他唇上嘗到了鹹鹹的味道。

不是海風，是從來不哭的黃曜曦，無聲淌下的眼淚。

她是喜歡他的。

這是黃曜曦做夢都不敢奢求能獲得的感情，是他總覺得被世界、被文字阻隔在外時，所能感受到的一點暖意。但原來這份他小心翼翼捧在掌心、深恐哪天就會失去的喜歡，也不過如此，不過是在說著喜歡的同時，也說著謊言。

唇瓣分離，黃曜曦輕聲說：「可是，現在妳喜歡我，比妳不喜歡我，更讓我痛苦。」

林文羽胸口像被劃了一刀猛然刺痛起來，回憶裡的話再次在她耳邊重播，一樣的海邊與夜色，曾經互相依偎的信任卻已碎散殆盡。

「我不討厭妳，即使眞有那一天，也是因爲我討厭自己，不是因爲妳的關係。」

這是讖語，她的喜歡終究還是變成了傷害他的武器。

黃曜曦放開她，轉過頭，若不是月光下仍能看見淚痕閃爍，他幾乎平靜得像剛剛什麼也沒發生，「妳走吧。」

她愣了許久，然後低下頭，在包裡摸索著拿出一個小束口袋，取出裡面的木雕。她花了好幾個晚上的時間，一遍遍琢磨修整玫瑰的型態，雕刻還來不及上色，捧在手裡顯得格外素樸，像她眞誠到近乎赤裸的心意，「這是我想送你的禮物，你的玫瑰，已經沒有囚籠了。」

黃曜曦看也不看一眼，「我不想要。」

話一出口他就後悔了，他到底在做什麼？明明就很在意，卻反用這種粗暴的方式回應林文羽的溫柔。

他一面想要林文羽離他越遠越好，一面又矛盾地想要林文羽哄哄他，跟他說沒關係，跟他說還是會喜歡他，跟他說她不會離開。

最終林文羽放下玫瑰，緩緩起身，語調依然柔和，「不想要也沒關係。從今以後你就是自由的，曜曦。你想要逃去哪裡、想要去追什麼夢想，都勇敢地去吧。」

黃曜曦依然沒有回答，林文羽又後退一步，嘆息般低語：「我的喜歡如果會讓你痛苦，就沒有意義了。所以，我不會再說我喜歡你了，對不起。」

黃曜曦一動不動，直到車子的引擎聲響起，他忽然抬臂，將雕刻扔進眼前的黑暗。

引擎聲消失後，一切復歸平靜，只剩下浪潮溫柔拍動。

黃曜曦困獸似的喘息著，好一會後又猛然起身，衝進黑暗。他瘋了般在粗糙沙灘上摸索找尋，好不容易摸到玫瑰雕刻時，指尖已被砂石割破，血滴落在花瓣上，像一朵真正玫瑰會有的豔紅。

他緊緊握著木雕，剛剛有一瞬間，他眞的很想拋下全世界頭也不回地逃走。

可是他所能想像的，逃跑的起點與終點，依然都只有林文羽。

第十章　引力

黃曜曦在海邊反反覆覆沉思了整晚，接近日出時才回家，一進門就倏然停步。

李婉雲蜷縮在客廳沙發上，燈還開著，人卻已沉沉睡去，顯然一路等他等到睡著。

他將毯子輕輕披在母親肩上，她猛然驚醒，認出他後，馬上連聲問道：「你跑去哪裡了？你整晚沒回來，我很擔心你知道嗎？」

黃曜曦低下頭，沒有直接回應，而是問起另一個問題：「爲什麼要騙我呢，媽？」

他開口的聲音如此疲憊，李婉雲一愣，吞下慣性想脫口而出的責備，又想起林文羽的話——她逼他走上的這條路未必適合他，更未必快樂。

林文羽說得沒錯。她只是想要在黃曜曦身上證明自己，卻沒有想過，黃家這套以學歷和工作來評價一個人的規則，或許本身就是錯的。

早在選志願時就應該問的問題，此時她才終於問出口：「你很喜歡雕刻嗎？」

「從妳送我雕刻刀的那一天開始，我就知道我會喜歡雕刻一輩子。」

「喜歡到即使沒有被錄取、即使我反對，你也還是願意繼續做嗎？」

黃曜曦正想回答是，卻忽然停了下來。

在沒有被錄取的打擊之後，林文羽百般努力帶來雕刻刀、引薦他認識木雕師傅，爲他創造了無數可以繼續創作下去的條件。

是他自己放棄了，是他自己困守在才華不被認可的心魔裡，拒絕了曾經視爲生命的雕刻。

李婉雲看出他的猶豫，手緩緩撫過兒子的肩頭，第一次眞切意識到，過去在自己膝上把玩著雕刻刀的小男孩，原來已經長得這麼大了，「但……我還是該向你道歉。」

黃曜曦睜大眼睛，母親眼角的細紋在初升的陽光下無所遁形，刻滿長年累月的殫精竭慮。

「我錯了，我沒有想到原來你這麼痛苦。現在你想做什麼就自己去爭取吧，我還是會反對、還是會提醒你，不過你是自由的了。」

李婉雲輕輕說完，黃曜曦又想到了口袋裡那朵玫瑰。

沒了桎梏，他可以選擇想去的方向了，然而突然獲得自由的感覺如此陌生，陌生得反而令他措手不及。

「我還是要提醒你，熱愛一件事情，是需要證明的。」就在他撐著一夜沒睡的混沌腦袋，起身準備回房時，李婉雲忽然又開口：「我比你早放棄雕刻，如果你和我一樣，因爲遇上困難就停下腳步，你或許其實沒這麼愛你在追求的事物。」

黃曜曦望著李婉雲，在心裡反覆把這句話想了兩遍，緩緩點頭。

儘管失魂落魄又疲憊不堪，他還是準時梳洗好，換上乾淨的襯衫來到公司。

黃曜初見到他，居然還能微笑著打招呼：「我以爲你今天不來了。」

他沒理會對方，逕自轉頭尋找林文羽的身影，卻只看到空蕩蕩的座位。

淡淡的不安開始蔓延，整個早上，沒有平常坐在身邊的熟悉身影，黃曜曦總覺得渾身不對勁。一路等到了下午仍不見林文羽人影，他忍不住問艾琳：「林文羽呢？」

艾琳轉頭看他，神色極爲冷淡，「她想辭職。我暫時先留住了她，讓她先請假兩個禮拜散散心。」

「她爲什麼想辭職？」

話剛問出口他就已知道了答案，昨天林文羽一臉落寞，說她不會再說喜歡他的模樣，狠狠剜進心口。

黃曜曦捏緊手指，「我打給她。」

「不用了，不要打擾她休假。」艾琳的語氣依然冷冰冰。

黃曜曦看一眼辦公室，黃曜初正好出去開會，執行長也不在，索性就問出口：「文羽都和妳說了？」

「昨天宴會上的事我都看見了，不用說我也猜得到。你利用她的喜歡獲得了這麼多好處，利用完了就一腳踢開，眞的很自私。」黃曜曦知道她誤會了自己，正要解釋，艾琳又憤然道：「我勸過她，比起喜歡你，她還不如跟著黃曜初做事更有前途。」

「林文羽不可以去我哥那裡，她明明喜歡的是我，自然該留在我身邊。」黃曜曦一字字用力地說，眉眼鋒利的冷色一閃而過，偏執染紅了眼尾，「她是我的刀，也只能是我的刀。」

艾琳有些錯愕，黃曜曦在她面前向來冷靜寡言，從未見過他這般執著的模樣。

黃曜曦收斂起失控的表情，極力平復心緒，「妳可以給我文羽的私人聯絡帳號嗎？我們之間有誤會，我想和她說清楚。」

艾琳猶豫片刻才給了他，黃曜曦走到天臺撥打通話，打了兩次，那頭才終於接起，「妳跑去哪裡了？」

電話那邊安靜了幾秒，黃曜曦幾乎可以想像林文羽遲疑的模樣。

「回老家而已，怎麼了嗎？」

「對不起，我昨晚不該凶妳。」

她避開這句道歉，只是小聲問：「你是因爲有什麼看不懂，才打給我的嗎？」在她心裡，黃曜曦唯一可能主動找她的理由，不外乎是工作。

「不是，我只是……」

「只是什麼？」

黃曜曦輕吸一口氣，隔著虛空，彷彿又看見那雙委屈時眼角會微微垂下的眼睛。她像他最心愛的雕刻作品，即使不在眼前，他也能想像得出來每個細節，「只是，有點想妳了。」

話脫口而出後，黃曜曦幾乎想直接掛斷電話逃避現實，心臟跳得飛快，似乎成了一隻鳥，抵著薄薄的皮肉狂野振翅。

林文羽頓了下，「不要再跟我開玩笑了。」

他僵在原地，即使是隔著電話，也能聽見她聲音裡小小的哽咽，「如果我的喜歡已經快要淹沒你，也快要淹沒我自己，就沒有意義了。」

絕望感緩緩漫上心頭，黃曜曦輕聲問：「所以，妳不回來了嗎？」其實他更想問的是，妳不喜歡我了嗎？

林文羽反問：「除了工作以外，你需要我在你身邊嗎？」

黃曜曦咬緊唇，現在他終於明白，因爲是被喜歡的一方，所以他占據高位，每一句話對林文羽都是制約。只要說出需要，林文羽就會自斷雙翅，繼續被困在他身邊。這分明是自己最渴望的事，爲什麼他卻說不出口？

林文羽顯然已經誤會了他的沉默，輕輕笑了一聲，「答案很清楚了吧。之後，如果需要我看文件就直接傳給我吧，不用再打來了。」

通話結束的嘟嘟聲灌入耳中，黃曜曦緩緩放下手機。背後忽然傳來腳步聲，他只能把翻湧的情緒小心藏起，轉過身，意外睜大眼睛。

「你這什麼鬼樣子？昨天沒睡覺嗎？」老人神情依然嚴肅，皺眉向孫子招手，「過來，和我聊聊。」

兩人倚在天臺圍牆邊，看雲朵懶洋洋飄過，在屋頂地面任意塗鴉，影子悄悄攀上鞋尖時，黃曜曦的爺爺終於先開口：「上班很累吧？」

黃曜曦本想說些冠冕堂皇的話混過去，迎上老人精明的目光，只能默默點頭。

本來以爲又要被訓話，沒想到對方仰頭望向天空，說出的話卻是：「我也很累。」

黃曜曦詫異轉頭。

「親手建立起這一切基業後，我上了幾十年的班。每天早起上班處理事情，幾百員工的飯碗壓在我背上，都是沉甸甸的責任。」

「您不會有想要放棄的時候嗎？」

「當然有，但每次想到這是我熱愛的事業、我熱愛的餐廳，我還是願意承受這些。」黃曜曦第一次注意到爺爺笑起來時眼尾蔓延出一片柔軟的紋路，也是第一次聽到爺爺堪稱溫和的問語。「我知道這不是你熱愛的路，但幫忙家裡的工作也是你的責任。你願意繼續嗎？」

就在兩人交談時，辦公室裡的黃曜初一邊敲打鍵盤，一邊望向黃曜曦空著的座位，有些心浮氣躁。

剛剛爺爺進來後難得主動詢問他的下落，甚至還走出去找他，這對向來嚴厲的爺爺來說已經是很大的關切了。

黃曜曦電腦的提示音忘了關，此時響得不停，惹得黃曜初更加不耐，乾脆走向黃曜曦的電腦，切下靜音鍵。

正要走開，手指碰觸到鍵盤，他忽然發現黃曜曦沒有鎖螢幕。他環顧一下辦公室，此時艾琳不在，只剩他一人。

他懷疑黃曜曦的工作能力很久了，甚至好幾次都覺得他的工作都是林文羽幫忙完成的。剛好天降機會，讓他可以找找黃曜曦的電腦裡有沒有什麼線索。

黃曜初迅速點開螢幕，右下角跳出的通知正好來自林文羽，他信手點開，卻發現聊天視窗裡滿滿的都是音檔……爲什麼他們的工作帳號裡有這麼多音檔？

他怕被發現，便立刻快速將檔案全選傳給自己的帳號，然後從黃曜曦的電腦這端刪除發送紀錄。

辦公室外傳來腳步聲，黃曜初馬上坐回原位，趕在艾琳進來前回座。

他戴上耳機點開音檔，林文羽清澈的聲音徐徐流出，念的內容是一份行銷部門的提案書。他暫停檔案，又選了另一個音檔，接連聽了幾個後，發現都是公司文件。

爲什麼黃曜曦需要聽這些？視覺閱讀速度往往比聽覺快，而且林文羽還需要額外花時間錄音，一點也不符合時間成本……除非他非得用聽的不可。

這個思緒撞進腦海，黃曜初想起黃曜曦功課不好的傳言，還有那天會議上他故意刁難黃曜曦當場看報告時，林文羽跳出來幫他口述整理重點——

看來黃曜曦不是單純腦袋不好，而林文羽必須如此形影不離的原因，並不只是喜歡……黃曜曦讀不懂字，而這正是林文羽一直待在他身邊的理由啊。

黃曜初指尖按下暫停鍵，偏著頭，笑得愉悅。

林文羽接到黃曜初電話時，人正在溫暖的臺南老家，窩在老舊但舒適的藤椅上，懶洋洋地喂了一聲。

自從生日那天拒絕黃曜初的告白，又在會議上爭鋒相對後，兩人的關係一直維持疏遠的距離。她沒有想到繼黃曜曦之後，黃曜初也會打給她。

「有事想找妳當面聊聊，今天方便嗎？」

「電話說不行嗎？」

黃曜初愉快地答非所問：「我已經到臺南了。」

林文羽翻了個白眼，只好答應在他訂好的餐廳碰面。黃曜初顯然還記得她家住在哪裡，特意挑了一個離她家近的地方。

一坐下來，黃曜初就笑瞇瞇將水杯推向她，「請這麼長的假，有好好休息嗎？」

林文羽如實回道：「沒有，還是放心不下公司的事情。」

所以才會在休假期間還幫忙念文件傳給黃曜曦。他想。

「比起公司，是放心不下黃曜曦吧。」

她沒回應這句嘲諷，轉而拿出一個精緻的小盒子，從桌上推過去，「正好你來，我順便把這個還你。我不是你的誰，留著這個禮物太奇怪了。」

黃曜初認出那是他送她的生日禮物，一直微笑著的嘴角微微沉了半分，不過沒有伸手接。

林文羽沒管他剎那的陰沉，單刀直入問道：「你找我有什麼事情？」

「看到妳傳給曜曦有趣的東西，特別來向妳確認。」黃曜初將手機放在桌上推過去，指尖按下播放。

林文羽聽見自己的聲音徐徐響起，平靜流暢，和她越來越慘白的臉色截然不同。

「如果是文字檔，還可以理解成是妳幫忙他整理重點，但錄音要怎麼解釋？這代表他看不懂字，所以才會需要口語來理解文件，對嗎？」

「你竟然偷看他的檔案？」

黃曜初往後靠上椅背，眼睛眨也不眨審視林文羽，「看妳的反應，我大概猜對了。妳就錯在太關心他，才會被我找到破綻。」

溫度彷彿從指尖被一絲絲抽離，不見底的寒意爬遍四肢，林文羽澀聲問：「你想做什麼？」

「我查過了，他這種症狀是閱讀障礙對吧？連字都看不懂的人，沒有資格繼承家族的企業。」

「你拿他天生改變不了的狀況攻擊他，手段太卑劣了。」

他笑出聲，「妳是想喚醒我的良心嗎？還是要跟我談道德？我們念的是商學院，學的是利益至上的結果論。承認吧，你們已經輸了。」

「我和曜曦共事這幾個月，他的潛力絕對不輸任何人，他只是需要一些輔助，就能和我們一樣好！」

「我不需要輔助，就可以表現得比他還要好。」黃曜初加重語氣，「如果只有一個家庭可以繼承經營權的話，當然得是我爸、得是我。」

林文羽氣極，向來柔和的聲音難得冷了下來，「那你就去爭吧，特別跑來和我說這些做什麼？」

黃曜初摩挲著杯緣，淡淡一笑，「如果是爲了妳，我願意放棄這張牌。」

「爲了我？」

「和我在一起，我就放過黃曜曦。」

餐廳背景的嘈雜聲似乎突然被放大數倍，林文羽看著他口型開闔，好幾秒後才確認似的問道：「黃曜初，你在威脅我？」

「不是威脅，只是提議而已。」黃曜初輕鬆回應，連坐姿都沒變，「比起失去妳，黃曜曦更在意他的祕密會不會被知道。而妳，比起所謂的愛情，更在乎黃曜曦會不會受到傷害。」

林文羽下意識想反駁，卻忽然語塞。

黃曜曦從未說過喜歡她，她眞的有自信比起閱讀障礙被曝光，失去她更會讓黃曜曦痛苦嗎？不，她毫無把握。

她沒有正面回答過黃曜曦交往的提議，兩人的關係依然曖昧不明。她已經撕開僞裝攤出底牌，把情感赤裸裸晾開，黃曜曦回應的仍只有彆扭的占有欲，而非愛情——比起喜歡，她更像黃曜曦不願讓出的執念。

服務生端上餐點，打斷兩人間冷凝的對峙，黃曜初一口也沒吃，逕自拿起帳單，「妳不必現在決定，下週是我的生日會，妳如果同意我的提議，就來參加吧。妳沒出現的話，我就知道答案了。」

見他就要離去，林文羽情急之下，起身一把抓住他手臂，「黃曜初，你不要用這件事傷害他！」

「來的時候記得戴上胸針，會很美的。」黃曜初溫柔地掰開她手指，轉身離去。

林文羽木然地跌坐回原位。

這是黃曜初第二次拋出類似的提議，上一次她無視黃曜初的警告，換來他當眾說出她隱瞞學系錄取的事。如果同樣的情況又重演呢？這一次她賭的，是黃曜曦最不願被知道的祕密。

林文羽望著眼前的美食，胃口盡失。她若是覺得黃曜曦對她的情感比祕密被暴露還重要，未免太過自大。

黃曜曦那滴在海灘上無聲的淚烙印在她心口，一點一點把她最後的猶豫侵蝕殆盡。黃曜初說得對，她的軟肋就是她比誰都捨不得黃曜曦受傷。

望著黃曜初用訊息傳來的生日會時間地點，林文羽慢慢放下手機，下定了決心。會被黃曜曦討厭也沒有關係，這是她唯一能想到，可以保護他的方式。

去生日會之前林文羽在腦中模擬了無數次情境，然而當她一踏進宴會包廂，遠遠就看見黃曜曦時，才再一次發現，她太低估黃曜曦對自己的影響力。

他一身漆黑西裝，髮絲全部梳上去，染成灰綠的髮剪短了些，更顯得俊美俐落，但他裹在黑衣下的神態，卻有幾分憔悴支離。

她的目光不自覺傾斜過去，直到黃曜曦注意到視線，轉過頭。

四目相對時，林文羽下意識垂下眼簾，轉身急匆匆走向餐廳露臺，鴕鳥心態地祈禱黃曜曦不會跟過來。

事與願違，她才剛喘口氣，背後就傳來聲音，語調有些不易察覺的委屈，「妳在躲我嗎，爲什麼一見到我就跑？」

「沒有躲你，你想多了。」

「那爲什麼不看著我說話？」

林文羽逼自己轉身抬眼，撞進黃曜曦的視線裡，「我是來祝黃曜初生日快樂的。」

黃曜曦微微抿唇，藏起一瞬的黯然，「我們聊聊，好嗎？」

隨即，他的視線落在林文羽洋裝上的玫瑰胸針，一看就知道價值不斐的珠寶折射著餐廳燈光，格外醒目。他忽然懂了什麼，像最害怕的噩夢突然成眞，冰涼的恐懼淹沒唇齒，「妳戴著黃曜初送的禮物？」

林文羽尚不及回答，黃曜初已經悠閒地踏上露臺，「你們怎麼躲在這裡呀，我找了好久。」

黃曜曦壓抑著情緒，「我們還在說話。」

「有什麼話等等再說吧，」黃曜初看他一眼，逕自向林文羽伸手，還是一派陽光燦爛的模樣，「走吧，妳沒入席，我們不能開動，我快餓死了。」

黃曜曦先一步擋在林文羽之前，想要出聲，卻沒有任何可以理直氣壯說出的話，他們終歸沒有交往。他過去的有恃無恐，不過是仗著林文羽喜歡他，他沒有任何身分，可以在此時要她別走。

「嗯，我們走吧。」林文羽不願再看黃曜曦的表情，繞過對方，握住黃曜初的手，任由他拉著自己離開。一邊走，她的心思卻一邊恍惚地飄遠。

之前她只是輕輕碰一下黃曜曦的手指，就會覺得酥麻感沿著指尖竄遍全身，震得她頭暈目眩，連心跳都是快樂的漣漪。但此刻她和黃曜初交握的手，引不來一點悸動。他們之間單薄的情意，就像林文羽胸口沈甸甸的那只胸針，徒有漂亮外表，冰冷堅硬得令她無從動心。

黃曜初牽著她走向包廂，側頭掃她一眼，「胸針戴在妳身上果然很美。」

林文羽咬牙道：「我討厭你。」

「我有很多時間等妳喜歡上我。」黃曜初毫不生氣，嘴角一勾，爲她拉開包廂門，「請進吧。」

林文羽低頭快速走進去，與會的人不少都是他們的大學同學，視線聚焦在兩人握著的手，紛紛驚呼：「原來你們在一起了！」

林文羽說不出話，只能勉強微笑，在黃曜初身邊坐下。她本以爲黃曜曦會直接離去，但當她終於鼓起勇氣抬頭，卻捕捉到他在長桌尾端坐下的身影。

黃曜初舉杯謝謝大家來參加派對，黃曜曦也跟著舉起了酒杯，抬起的杯子遮住了他的神情，她一時看得出神，放下杯子時，兩人的視線猝不及防碰在一起。

黃曜曦的神情失落得像個被拋下的寵物犬，定定望著她。

林文羽心一酸，連忙轉開目光，不敢再看往他所在的方向。

生日宴會被更多歡鬧尖叫淹沒，吃完飯後黃曜初被一眾朋友拉去玩喝酒遊戲，她興致缺缺獨自坐在原位，不知不覺一杯接一杯，把眼前的酒瓶喝空了大半。

忽然，冰涼的指尖擦過她的手，把酒杯拿開，她愣愣地抬眼。

黃曜曦倒了杯冰水推到她面前，見她沒有接，自嘲地輕笑一聲，「妳完全不想理我了嗎？」

林文羽被酒精占據的腦袋反應慢了半拍，只覺得他照顧人的樣子格外新鮮。她輕飄飄笑起來，忽然站起身，扯住他領口。

理智褪去的此刻，林文羽下意識只想要再靠黃曜曦更近一些。

黃曜曦沒躲，一方面想轉身就走，一方面卻又擔心搖搖晃晃的她，「不舒服？」

「好悶，我想去吹吹風。」

黃曜曦被林文羽跌跌撞撞拉到露臺上，期間怕她跌倒他也不敢放手。露臺門一關，落地窗簾隔開室內的視線，這一刻，小小的世界裡只剩下他們。

她往後跌靠在欄杆邊，卻依然不肯鬆開手。

黃曜曦任由她拽著自己領口，手掌扣在她背後，紳士地蜷起手指，隔在林文羽與冰冷的鐵杆之間——明明該把她推開，該提醒她這是公共場合，是她新男友的生日宴。

林文羽仰頭看著他，室內的燈光從窗簾縫隙灑出來，晃在她泛紅帶笑的臉上。

四周彷彿都安靜下來，黃曜曦深吸一口氣，「既然不要我了，爲什麼還要用這種眼神看我？」

「什麼眼神？」

「好像還喜歡我的眼神。」

醉鬼林文羽一把捧住黃曜曦的臉，認認眞眞看了好幾眼，突然燦爛地笑出來。還是她喜歡的五官，喜歡的說話方式，喜歡的這個人，但是她已經錯過可以喜歡他的機會了，「可是我不可以再喜歡你了啊，是你親口說，我喜歡你比不喜歡你更讓你痛苦。」

黃曜曦的眼神絕望得平靜，「所以妳選擇和黃曜初交往了？」

「對不起。」

他嘴唇微動，掙扎許久，終於問出口：「爲什麼是他？爲什麼不能是我？」

她嘴角分明上揚著，眼裡隱隱有水光閃動，一字一字慢慢回答：「因爲我決定我不要再喜歡你了。」

黃曜曦眨了眨眼，原來是這樣啊。方才那句話彷彿是死刑定讞，所有的不甘都無濟於事了——她不要他了。

相顧無言之際，黃曜曦緩緩扯動嘴角，笑著看她放開揪著他領口的手。

林文羽的喜歡曾是他最隱密、最熱烈的夢。他捨不得醒，可是親手把他推進夢裡的人，已經先醒了，要離開了。

剛剛看到林文羽和黃曜初在一起時的所有委屈和嫉妒，在此刻對他來說似乎都已無足輕重。

「我知道了。既然選擇了，妳要好好笑著才行。」黃曜曦傾身在她額上輕輕落下一吻，像是安撫，又像是道別。

他不再說話，把林文羽扶回座位，確定人好好坐下後，轉身去人群裡找到被簇擁著玩遊戲的黃曜初。

「你還沒有走啊，文羽呢？」

「想起她了？」黃曜曦似笑非笑，「她有點喝醉，記得照顧好她。」

黃曜初微笑舉杯，「謝了，不用你說我也會好好照顧她，前男友。」

黃曜曦沒有表現出他預料中的怒意，異常平靜地轉身離開。

黃曜初目送他離去才走回包廂，林文羽已經趴在桌面上呼呼大睡。他輕輕搖醒她，柔聲道：「我帶妳回家。」

林文羽勉強睜眼，眼神吃力聚焦，「不用了，我還能自己走。」

「妳剛剛和黃曜曦說了什麼？」

「和你沒有關係。」

黃曜初語氣依然輕柔，「我的女朋友醉醺醺跟另一個男生說這麼久的話，我只是擔心妳。」

林文羽放大音量道：「不需要擔心，我答應你的事就會做到。」

他頓了下，勾起微笑，「我相信妳。走吧，我送妳回宿舍。」

「不用了，你是壽星，應該待到派對最後才對。」

黃曜初只是淡淡答道：「妳比較重要。」

和一眾朋友打完招呼後，他扶著林文羽搭上計程車，上車沒多久她就沉沉睡去。他望著她的睡顏，手輕輕梳過她的髮尾，睡著的人一動不動，只是安穩地閉緊雙眼。

他是不是做錯了呢？可是，他確實達到他的目的了啊。只要黃曜曦的閱讀障礙這張牌還在，往後林文羽就會一直待在他身邊，這樣就足夠了。

計程車停在宿舍門口後，黃曜初又讓她多睡了五分鐘，才輕輕搖醒她。

林文羽呵欠連連地打開車門。

黃曜初在她身後說道：「明天我來接妳去上班。」

「不用了。」

「那下班陪我吃晚餐，好不好？」他問得小心翼翼。

林文羽嘆口氣，回頭看向一臉無辜的黃曜初，「你請客？」

「當然，跟以前一樣。」

「我開玩笑的。」林文羽拎著包包踏出車子，「明天見。」

一直到目送林文羽順利走進宿舍，黃曜初才收回目光，「走吧。」

司機踩動油門，他往後靠上椅背，疲憊地閉上眼。

隔天早上，林文羽頭痛欲裂，坐在床上慢慢回想起昨晚的一切。黃曜曦彷彿被打碎了的眼神，是她因為酒精而模糊的回憶裡，唯一印象深刻的事物。

然而她不能後悔，至少她離開對他的傷害，不會比閱讀障礙的祕密被曝光還大。

儘管身體不太舒服，剛請完長假的林文羽還是強撐著去上班。

時隔兩週銷假回來，艾琳一見到她就開心地連連招呼。

林文羽笑著回應，緊接著，她發現黃曜曦的桌子被收拾得異常乾淨，像是不再有人使用了。她裝作不經意地問道：「曜曦呢？」

黃曜初抬頭，「被執行長調去新的實驗品牌專案，換去另一個辦公室了。」

他雖然神態輕鬆，眼角猜疑的打量卻難以掩飾，林文羽只得藏好臉上的表情，假裝若無其事地低頭繼續工作。

她好不習慣黃曜曦不在她身邊。

從成為家教到一起共事後，她生活裡有太多軌跡和黃曜曦重疊。每一句招呼、每一次一起吃午餐的默契，還有每一次工作上的討論……這些片段早已綿綿密密織進日常。

黃曜曦現在在做什麼呢？沒有她的協助，他可以處理好工作嗎？

這樣的思緒一冒出，林文羽又馬上提醒自己，這兩個禮拜他沒有她也撐過來了。沒有誰非誰不可，她過於旺盛的保護欲，都只是她因為太過喜歡他，產生的錯覺而已，她得開始習慣沒有他的生活了。

為了不讓黃曜初察覺心情，林文羽如常工作，忍著沒有繼續追問黃曜曦去了哪裡，只是默默沉浸在工作裡分散注意力。直到下班時間，黃曜初如約來找她吃晚餐，她才終於張口，「想吃什麼？」

「慢慢逛逛看吧。」

他們並肩走出大樓時，正好遇見拿著飯糰走回來的黃曜曦。那一瞬間，黃曜初探手過去牽起林文羽，鎖緊指尖讓她掙脫不了。

三人面面相覷，黃曜初自然地開口：「回去加班？」

黃曜曦的視線不由自主飄向他們緊握的手，「嗯。你們要去吃飯？」

「對，我們下班了。」黃曜初勾起唇角，「加班加油囉。」

林文羽任由黃曜初牽著她走離，直到走出一條街的距離後，才輕輕掙開他的手。

黃曜初沒有生氣，輕鬆對她一笑，指一指旁邊的餐廳，「不如就吃這間？」

林文羽看到菜單時才想起來，這和許久以前她代打課堂報告後，兩人一起吃的日式定食是同一間連鎖餐廳——只不過當時親密友善的同學情誼，已經變調了太多。

黃曜初顯然也想起來了，唇邊習慣性的笑意終於微微淡去。

點完餐後，兩人間一時只剩下沉默，半晌，黃曜初才先開口：「有時候我會想到，如果我沒有介紹妳我堂弟的家教，我們現在會是什麼樣的關係。」

「沒有黃曜曦，我也不一定會喜歡上你。」

他無聲一笑，「這句話有點傷人啊。」

人們總說一段感情裡更喜歡對方的人就輸了，他不喜歡這句話，誰的用情更深不該是籌碼，但他又深受這句話的禁錮。強求來的愛情難以爲繼，他卻還是想要賭一賭，賭賭看最後林文羽心裡的天秤，能不能慢慢傾向他一點。

林文羽直視他真摯的雙眼，默默提醒自己不要心軟，「世界上沒有後悔藥，你做出了你的選擇，我也做出了我的。你說你喜歡我，就不要後悔。」

黃曜初伸手抓亂她的瀏海，露齒一笑，「放心，我不會後悔。」

吃完晚餐，黃曜初一樣送她回去，維持習慣等到她進宿舍才離開。

林文羽走回房間癱在椅子上，打開通訊軟體，空蕩蕩的聊天室沒有訊息，只有她休假期間黃曜曦打給她的那通電話。她手指游移在撥打鍵前，想了想，還是沒有撥通。

接下來黃曜曦和學校請了長假，連課業也不再需要林文羽協助，一連幾天，他們唯一會見到的時間都是下班後。她會撞見抓著簡單晚餐準備回辦公室繼續工作的黃曜曦。當著黃曜初的面她不好多問，但週五晚上和黃曜初分開後，她想了又想，放心不下，獨自悄悄溜了回去，沒有注意到隱在樹叢後的身影正望著她走回捷運站搭車。

回到公司時時間已經是九點多，她在警衛詫異的眼神裡點頭打招呼，按了和平常上班不同的樓層，一層層尋找黃曜曦的蹤影。

她本以爲黃曜曦已經先走了，直到在最後一層樓，才隔著玻璃門看見他的背影。她沒有這層樓的門禁卡，只好先靠在門上環顧四周，確認裡面只有他一人後，才輕輕敲響玻璃門。

黃曜曦背影一顫，迅速回頭，對上林文羽的視線。

即使隔著門，她也能看見他黯淡的雙眼頃刻間亮了起來。

自動門滑開後，黃曜曦不敢置信地上下看了她一遍，彷彿要確認她是不是眞人，半晌才問道：「妳怎麼會在這裡？」

「我才要問你怎麼還在？現在都這麼晚了。」

林文羽仔細審視他眼下深深的黑眼圈、爬滿血絲的眼睛，還有那抹努力撐起，卻依然看得出疲憊的微笑，心裡驀然湧起疼痛。

他劇烈咳了幾聲，啞聲說：「怎麼不先傳訊息給我，萬一白跑一趟呢？」

「我怕你看到訊息就會先跑走。」林文羽注意到他濃重的鼻音，下意識皺眉，「你生病了？」

越過他的身影，林文羽看到桌上散落的能量飲料和只被咬了一口的三明治，顯然是沒吃完的晚餐。她轉回視線仔細盯著黃曜曦，對方異常蒼白的臉頰有不正常的微微紅暈，龜裂的唇瓣泛起白色的碎皮，看上去像是發燒了。

他避重就輕道：「小感冒而已。」

「你這禮拜每天都工作到這麼晚嗎？」

「我對文件不夠熟悉，花的時間比想像中還多。」

林文羽抬手覆上他額頭，傳來的熱度遠比尋常高。她嚇了一跳，又換了一隻手再次確認。

黃曜曦像頭慵懶的豹，躬身垂頭，任由她幫他測量溫度，疲倦凹陷的雙眼一眨不眨直直凝視她，「妳是擔心我才來的嗎？」

對上黃曜曦的視線，他眼裡的光芒像要點燃她的心臟一樣，彷彿有對翻飛的翅膀在心口拍動起來，乘載著說不出口的眷戀，肆意翱翔。

然後她發現，無論怎麼飛，她都仍在他眼裡的那片天空。

林文羽臉頰一熱，不敢直視他，只好轉開視線，「對，我很擔心你，所以你必須要好好的。」

林文羽正要收手時，黃曜曦猛然抓住了她，笑得像孩子般純真，只是襯著大大的黑眼圈，看上去有些癲狂，「我以爲妳不會再來找我了。」

怎麼可能？她苦笑，試著抽手，「你發燒了，我去買點藥給你吃。」

但黃曜曦像執拗的寵物，不願意主人隨意離開。

林文羽情急之下用的力道稍微大了些，黃曜曦忽然身形一晃，無預警地倒了下去，「曜曦！」

黃曜曦一隻手還拉著她，扯得她也跟著跌落在地，一手撐在他懷裡。原該是曖昧的氛圍，她卻只注意到他的胸口多麼滾燙。

「你先坐著不要動，我來叫救護車！」黃曜曦依然不放手，直到林文羽一把捧住他的臉，咬牙切齒道：「不要鬧脾氣了，我等下就回來。」

他緊握的手指這才緩緩鬆開，辦公室裡驟然安靜下來，林文羽顫抖的指尖滑過黃曜曦眉頭緊皺的臉龐，心口不捨的疼痛瞬間擴散，吞沒了她。

林文羽在樓下等來救護人員，一起到樓上把黃曜曦放上擔架，移下樓送醫。車上，黃曜曦徐徐清醒，望見林文羽低垂的視線，手小心翼翼朝她伸出。

林文羽一把握住他，「我在，你安分點。」

他筋疲力竭地望著她，似乎只是想確定她還在，沒一會就又閉上眼睛。

到醫院排急診、安頓好病房後已經是接近半夜，診斷結果是感冒拖延太久導致的肺炎，需要住院觀察。

安靜的病房裡只有隔壁床輕微的咳嗽聲，黃曜曦從短暫的睡眠裡醒來，呼吸急促，卻還是努力平穩聲音道：「妳先回去吧，我一個人沒問題。」

林文羽語氣有些生硬，「等你媽帶住院的物品來，我就走。」

聽出她隱隱的不悅，黃曜曦抬起還吊著點滴的手。

林文羽盯了幾秒，嘆了口氣，自己就是拿他沒輒，喜怒無常的、逞強的，以及此刻難得示弱的樣子，在她眼裡都珍貴而美麗。她伸出手，避開黃曜曦試探的抓握，把他滾燙的手小心翼翼按在被子上放好，「怎麼把自己弄成這個樣子？如果我沒去找你，你一個人昏倒在公司怎麼辦？」

「警衛巡邏時會發現我。」

「黃曜曦！」

見她微微惱怒，黃曜曦才收起哄她的微笑，「我只是這幾天新品牌的工作比較忙，沒有注意到休息，不需要擔心我。」

「不要逃避話題，你怎麼會突然被調去新品牌籌備呢？」

「我爺爺和我說有一個新品牌的測試機會，是和國內藝術家合作的實驗餐廳概念，如果我想鑽研雕刻，就得證明，我能同時做好家裡的工作。」

「醫生說你有輕微脫水，你多久沒有好好吃東西了？即使是工作，把自己弄成這個樣子，值得嗎？」

黃曜曦望著她複雜的表情，轉回視線，望著天花板，「這是我唯一能努力的。我只是想證明，我也能夠做到黃曜初的樣子。」

「黃曜初的樣子是你爺爺、你媽媽想要的樣子，還是你自己想要的樣子？」

「是我如果想要妳回來，就需要變成的樣子。」

林文羽一時語塞，半晌才回道：「你不需要證明什麼。你如果原本是一頭豹，難道爲了證明自己就要變成一隻鳥嗎？黃曜曦，你想變成什麼樣子，唯一能決定的就只有你自己。」

黃曜曦終於轉頭看她，「如果，你們就是喜歡我是鳥的樣子呢？」

林文羽趴在床沿好讓兩人視線平齊，一字一句用力說道：「你爲什麼要管別人喜歡你是什麼模樣呢？」

「因爲妳不喜歡我原本的樣子。」他斷然道，幾乎藏不住聲音裡的痛楚，「妳明明說過會留在我身邊，因爲不夠喜歡我，所以妳食言了。」

林文羽用力搖頭，「我說過我決定不再喜歡你，黃曜曦。曾經，我想和你一起逃走，但我現在才了解，或許我才是讓你不能飛走的重量，我不該變成困住你的引力。」

「從前我總是想要逃沒錯，是因爲妳，我才第一次想要留下。」

林文羽愣在原地，黃曜曦此刻側躺著，碎髮橫過俊美卻微凹的側臉，被瀏海半遮的眼神像示弱，卻又像剖心相對的賭注。

看見林文羽不解的神情，黃曜曦低聲繼續說：「在海邊的時候，我說妳喜歡我比不喜歡我更痛苦，我錯了。對不起，我不想要妳走，我不想要妳不喜歡我。」

林文羽沉默良久，終究在這個眼神底下丟盔棄甲，「我離開是因爲想保護你，不是想看你強迫自己，也不是因爲我不喜歡你。」

「什麼意思？」

「我不能再留在你身邊。黃曜曦，我有需要保護你的理由，所以我不會、也不能和你在一起。」

黃曜曦定定凝視她，忽然勾起一抹笑，「所以妳承認了，妳還喜歡我嗎？」

林文羽頓了一秒，很想直接扭頭就走，但黃曜曦此刻又笑著抓住她的手，力道很大，手背上的點滴針一下子歪掉，管壁裡血絲散逸。

他卻像沒有痛覺般，又像祈求又像需索，執著地重複第二遍，「妳還喜歡我嗎？」

林文羽受不了那樣的眼神，俯身道：「眞正的喜歡，是會接受你原本的模樣。我是用這樣的心情喜歡你的，也希望你可以這樣喜歡自己。」

黃曜曦笑得更開，像久盲的人驟見陽光，分明被這份熱切灼痛，可又不願移開目光，只是執著地注視著林文羽。他正要開口時，病房外驟起的腳步聲打斷沉靜氛圍。

林文羽掙開他的手，兩人同時回過頭，李婉雲匆匆小跑進病房，先是又驚又怒地張開嘴準備習慣性責罵，半晌想到了什麼，又緩緩地閉上。

林文羽讓開床沿的位置，卻看見黃曜初緊跟在李婉雲後方走進病房，先是仔細打量黃曜曦幾眼，隨後一把拽起她手腕，聲音平淡地說：「跟我走吧。」

當著黃曜曦的面，林文羽不想表露異樣，只是和李婉雲點頭致意，就匆匆跟著對方的腳步出去。

他抓住她手腕的力道前所未有地強硬，直到走進電梯按下樓層鍵，她才問出口：「你怎麼知道我在哪裡？你跟蹤我？」

「我只是想確認妳有安全回到宿舍，才會注意到妳在我送妳回去後，還去了別的地方。這是第一次嗎？還是妳一直都這樣偷偷溜出去？」

他粗暴的語氣讓林文羽皺眉，「我要去哪裡是我的自由。與其在這邊質問我，你現在應該在乎的是黃曜曦，他是你堂弟，現在還在生病住院。」

黃曜初總是微笑的神情消失殆盡，壓抑已久的怒意傾巢而出，「妳是我女朋友，我更在乎妳為什麼會晚上跑回去找他！」

「他這禮拜老是加班，我只是回去公司確定他沒事。」

「還有呢？」

「我發現他暈倒後就馬上送他來醫院了，還能有什麼？」林文羽反問：「黃曜初，你如果什麼都不信任我，幹麼要和我在一起？」

電梯門滑開，沉默的瞬間，兩人怒目相視。僵持幾秒後，黃曜初深深呼吸，拉著她出電梯，一直到走入戶外的夜色後，才轉過身，「我喜歡妳，是想要妳永遠看著我的那種喜歡。」

劍拔弩張的氣氛下，他這句告白說得格外突兀，但林文羽聽懂了，因爲喜歡，所以想要獨占；因爲喜歡，所以不能忍受她的視線總望著別人。

可是她只能回答：「我知道。」

「我不喜歡妳在工作以外的時間私下找他。」

林文羽咬著牙，壓下情緒回應：「放心，我答應你，不會再有下次。」

夜色迷離，他的眼神也晦暗不明，「他是因爲加班累垮的對嗎？明天開始我來幫忙他的專案，讓他不需要加班到這麼晚，這樣妳會比較放心嗎？」

「我自己就可以幫他，不需要你。」

「我不想看你們再有這麼多接觸，還是妳這麼不相信我？」

林文羽讀出黃曜初隱隱受傷的表情，語氣終於軟下來，有些無奈道：「我只是不希望你勉強自己。」

「放心，我是爲了妳，不是爲了他。」黃曜初放開她手腕，改牽起她的手，「現在很晚了，我們先回去了，好嗎？」

林文羽知道這已經是黃曜初的讓步，百般不情願地跟上他腳步，任由他帶著她往宿舍的方向前進。

林文羽沒有再聯繫黃曜曦，只知道他請了一週病假，再一次見到他時，已是一個禮拜後的跨部門週會。臺上的他神色淡漠，鎮定自如報告實驗品牌的進度，除了臉色有些蒼白以外，看上去已經完全康復。

短短五分鐘的簡報，林文羽知道他需要花上幾倍的時間準備。

簡報途中，黃曜曦的視線自然地掃過臺下，兩人對上目光時，林文羽下意識心跳漏了一拍，連忙轉開視線看向手裡的報告。

新品牌主打每一道菜都是由當地藝術作品衍生而來，店內擺滿作品本體，食客可以一邊享用美食一邊鑑賞。

黃曜曦已經接洽好有意願合作的藝術家，挑好了他們的代表作，林文羽瀏覽著清單，忽然看見了熟悉的名字——是那位隱居山上的木雕師傅。

報告有條不紊結束後，執行長率先開口：「嗯，菜品和藝術品名單結合的設計不錯，曜曦這次做得還行。」

林文羽看見與會的黃伯倫不著痕跡輕輕皺了下眉，和黃曜初交換了一個眼色。

「媒體會對結合在地藝術品的報導切角有興趣嗎，祕書室？」

祕書室同時負責公司的對外公關，被點到名的林文羽連忙收回心神，下意識覷著艾琳的神色回道：「我們會先打給熟悉的美食線媒體看看他們的反應，等菜單訂下來，再由我們邀請幾位記者和熟客貴賓來試吃。」

艾琳同意地點頭，執行長沒有其他意見，抬手示意會議結束。

「妳答得很順暢啊，以後不用看我的眼色，自己回答就好。」等人們魚貫走出後，艾琳拍拍林文羽肩膀道。林文羽欣喜地笑開，艾琳又轉頭對正在收拾資料的黃曜曦說：「你也是，進步很多呢。」

黃曜曦只是一笑而過，轉向還沒離開的黃曜初，靜靜開口：「我沒有挑選食材供應商的經驗，你之前待過採購部門，我能請教你嗎？」

黃曜初一手自然地搭上林文羽肩膀，親密地摟了一下，笑著回道：「當然，我答應了文羽，要好好幫你才行。」

艾琳訝異地望向兩人，見黃曜初沒有絲毫要把手挪開的意思，低聲驚呼：「你們在一起了？」

黃曜曦臉上禮貌的微笑無聲滑落，林文羽嗔怪地看黃曜初一眼，不想在黃曜曦面前和他太親密，匆匆起身離開。

她走得太急，沒有看見黃曜初在她身後，一閃而過的苦澀神情。

到了下班時間，黃曜初照例和林文羽一起走出辦公室，進電梯時難得遇到了黃伯倫。

林文羽心一緊，黃伯倫打量她一眼，轉頭逕自和黃曜初說話，彷彿她不在場似的，「你和黃曜曦的助理在一起了？」

黃曜初微微擰眉，制止地喊了聲：「爸。」

黃伯倫淺笑道：「我只是關心一下，她當初死心塌地護著黃曜曦，怎麼會突然想和你在一起。」

林文羽握緊拳頭，正想張口，黃曜初已經正色說：「爸，請不要再這樣開玩笑。」難堪的沉默蔓延好幾秒，電梯來到一樓，黃伯倫壓住開門鍵，隨意道：「曜初，我有話要跟你說，今天我載你回家。」

林文羽樂得可以脫離黃曜初，馬上和他揮手道別，又客套地和黃伯倫點頭致意後，大步走出電梯。

電梯繼續下降到地下停車場，黃伯倫玩笑似的繼續問道：「你和她在一起，該不會是爲了氣黃曜曦吧？」

「當然不是，我和她交往是因爲我喜歡她。」

「好啦，我只是開玩笑而已，不需要這麼嚴肅。」黃伯倫大笑，打開車門，「不過我還是很好奇，她怎麼會願意和你在一起？你可別說，她是突然變心愛上你了。」

「我只是……找到了一個關於黃曜曦的祕密。」

「什麼祕密？」

「你在套我的話嗎，爸？我答應過林文羽不會說出去。」

車門關上後，黃伯倫清清嗓子，終於說出眞心話，「你爺爺現在對黃曜曦評價很高，如果你再掉以輕心，繼承權的考慮就會有變數。」

黃曜初嘴角微抽，「我有信心能贏過他。」

「這不是小孩子的比賽，黃曜初，有信心遠遠不夠，繼承權的背後不只是錢，是我們家族累積的所有資源和利益。我已經徹底贏過他爸，你也應該徹底贏過黃曜曦，不能給他們任何機會。」

他踩下油門，車子靜靜穿梭在黑暗的車陣中。

黃曜初望著窗外，不鹹不淡頂嘴：「贏過叔叔是什麼值得驕傲的事嗎？」

「他當年可不是這樣遊手好閒的樣子，是總贏不過我，失去希望後才自甘墮落。」

黃曜初微頓幾秒才輕哂，「曜曦不是容易放棄的人。」

「所以我才會問你，你發現了他的什麼弱點？你有好好善用他的弱點，讓他永遠不能翻身嗎？」

黃曜初不願回答。

「要毀掉一個人，最好的方法就是讓他以爲能改變什麼，最後再發現，原來他所有努力，只是爲了看清自己的無能。」

「我沒有一定要毀掉他的理由。」

窗外流光爬過黃伯倫側顏，他笑道：「林文羽就是你的理由，只要黃曜曦還在場上，你的比賽就還沒有完全勝利。」

車子駛進繁華夜色裡，黃伯倫側過頭，捕捉到兒子眼底開始動搖的猶疑，靜靜微笑起來。

第十一章　肆意逃跑

隔週是試樣菜單定版的預計時間，林文羽默默旁觀黃曜曦忙進忙出，只會在每天要下班時傳訊息，提醒他也該下班了。

黃曜曦每次都只會簡單地回一句語音：「好，妳也早點休息。」

望著沒有任何多餘對話、宛如自動回訊機器人的聊天室，林文羽嘆口氣。她收起手機，轉頭望向正在默默等待的黃曜初，不情願地張口：「走吧，我忙完了。」

黃曜初跟上來，玩鬧似的捏一捏她手指，「忘了問妳還好吧？上週我爸說話太刻薄了，妳別理他。」

林文羽不置可否。

黃曜初繼續說：「我已經整理好過去的食品供應商名單給曜曦了，放心。」

「當然，有你在，沒有什麼不能放心的。」

無視她的諷刺，黃曜初拉住她的手。

林文羽被迫停下來轉頭，「幹麼？」

「可以要一個吻當獎勵嗎。」他低下頭，把林文羽臉頰的碎髮挽到耳後，雙眼和微笑一樣閃閃發亮透著期待。

「不可以。」林文羽眨眨眼，一把把他的臉推回去，「名單多謝你，我可以也看一眼嗎？」

黃曜初正要回答，電梯門正好打開，林文羽抬起頭。

黃曜曦依然是剛買好簡單的晚餐走回來，在整棟大樓下班的人流裡，他的視線如同自動導航，穿過人群落在她臉上。

林文羽的心臟漏跳了一拍，不過她很快就低下頭，牽著黃曜初的手，和黃曜曦擦身而過。

黃曜初牽著她手的力道異常堅定，林文羽望著他，微微嘆一口氣，把心裡莫名浮出的罪惡感壓下去。

世界上沒有如果，她注定不能再喜歡黃曜曦，也太知道給予不存在的希望有多麼傷人，所以她能做的，只有繼續維持原本的冷漠。

「妳很難過嗎？」黃曜初靜靜凝視著她，從頭到尾，她的每一絲情緒都流轉在他眼裡，鮮明得殘忍。

她不答，無聲的沉默越來越濃稠。

黃曜初咬牙，嚥下嘆息，下一秒傾身在林文羽頭頂落下一吻，暗暗下定決心。

又是幾週的忙亂後，針對饕客與友好媒體舉辦的試吃會終於即將舉行。

試吃會當天，林文羽穿上特地爲了活動訂做的制服，負責站在實驗餐廳的門口招呼受邀前來的媒體。

等待貴賓到來的時間裡，林文羽隨意翻看手上的菜單小卡。她對廚藝一竅不通，但爲了好好和媒體介紹，已經把所有資訊都背得滾瓜爛熟。

山上的木雕師傅做出的藝術品，是一雙困在泥淖裡的翅膀，對應的菜品賣相十分別緻，非常吸睛。

林文羽出神地望著小卡上的成品照，想起那頭她親手修復的豹……他還留著它嗎？或是在她走向黃曜初時，就已經把它丟掉了呢？

「看什麼看得這麼認眞？」

她嚇得手一抖，一隻手即時接住滑落的小卡，塞回她手中。

身爲今天活動的負責人，黃曜曦將瀏海全部梳上去，看起來格外成熟。

林文羽微微愣住，還不及回應，艾琳的大喊迴盪在餐廳，「客人要來囉！」

黃曜曦對她短促一笑，轉身繼續投入忙碌中。

貴賓們依序被引導入座，執行長也特別前來，一桌一桌分別致意，順帶把黃曜曦介紹給客人。

第一道菜就是木雕師傅的聯合作品，菜品的設計還原藝術品外觀，服務生一邊上菜，黃曜曦一邊介紹道：「這道菜的藝術品概念是被困住的翅膀正在準備飛翔，菜品以三層展開，最下層模仿灰燼的地表，象徵困頓；中層的香料野禽胸切成翅膀的扇形形狀，象徵覺醒；最後頂層米紙做成的羽翼，象徵飛翔的意念。」

林文羽在一旁笑著和媒體細細補充：「這些食材都是在地小農生產的原料。底層材料是黑芝麻鹹餅乾，中層的鴨胸和香料糖漬半熟蛋，經過迷迭香煙燻處理，味道更飽滿。頂層的米紙翅膀，您有看見上面的羽毛紋理嗎？我們廚師畫了好幾遍都失敗，最後是曜曦本人，親手用食用金粉和竹炭粉慢慢描刷上去的。」

一位饕客微笑地用手機從各個角度拍下翅翼，「曜曦眞有美感呢。」

黃曜曦禮貌地頷首致謝，掩飾地瞄一眼林文羽，對方悄悄望回來，回以一個驕傲的微笑。

饕客開始大快朵頤，他們一桌桌介紹菜品，媒體邊吃邊拍，一切看似進行順利時，第一桌忽然傳來杯盤打破的碎裂聲。

林文羽回過頭，一位媒體貴賓臉色發白，用刀子指向鴨胸道：「這個肉有問題！」

現場氣氛一瞬間凝結，服務人員慌忙湧上前處理，黃曜曦也快步趕到桌邊，用刀尖翻開肉品，一旁的林文羽馬上跟著聞到一股詭異的腐敗味。

她渾身發冷，看著黃曜曦的臉色肉眼可見地一點點白起來。只要一道菜有問題，考量衛生安全，所有的試吃都需要先暫停。

「妳先去廚房讓廚師暫停動作，這邊我來處理。」艾琳拍拍她肩膀低聲道，同時開始和來賓們道歉解釋，暫停這次的試吃會。

林文羽望著和客人鞠躬道歉的黃曜曦，轉身奔向廚房，讓廚師停止所有食材的處理。無數猜測瘋犬般在她腦海裡橫衝直撞，咬噬著僅剩的理智。

她應該親自幫忙確定供應商名單的，那天詢問黃曜初沒有得到回應後，忙碌之下，她居然忘記了這件事。

思緒凌亂的同時，林文羽趕回餐廳外場，和艾琳一邊安撫賓客，一邊安排吃到有問題料理的客人送醫。

黃曜曦站在主位，第一時間向在場媒體與來賓致歉，並說明將暫停當日所有菜品供應，儘速進行內部稽查。

他說話時語氣平穩得近乎冷漠，但林文羽站在他背後，看見他藏在身後的指尖微微顫抖，洩漏出他心裡的波動。

來賓紛紛起身，交頭接耳地離去，留下空蕩蕩的餐廳和華麗擺飾。

林文羽沉重地在心裡嘆一口氣，這是黃曜曦熬了無數個夜晚，花了許多心力，好不容易等來的機會啊。

準備許久的試吃會慘澹落幕，所有團隊成員都神色沮喪，幸好不久後醫院傳來訊息，那位吃到腐壞肉品的媒體人暫時安然無恙。

餐廳已緊急對外關閉，執行長環視團隊人員，最後目光定在黃曜曦臉上，沉聲說：「萬幸他吃了沒有食物中毒，不然這對我們集團會是多大的傷害？我們做餐飲業，食品安全是最基本的，你居然在這方面出問題！」

「很抱歉，我會查清楚原因。」

黃伯倫慢悠悠開口：「不只要查清楚，爸，曜曦出這麼大的包，不適合再做這個新品牌的負責人了吧？雖然只是小小的實驗品牌，但連這個都做不好，更別說其他已經有大量客人的餐廳品牌了。」

執行長繃著臉，半晌才道：「你先好好把這個意外處理好，新品牌上市就先暫停吧。再做不好，就讓曜初接手。」

林文羽又驚又怒，轉頭卻瞥見黃曜初鎮定的神情，似乎對眼前的情況毫不驚訝。不願相信的直覺瞬間掠過，她突然想起黃曜初前陣子積極主動幫忙的態度，心越來越冷，越來越沉。

執行長先離去後，所有工作人員也原地解散，黃曜曦則先行趕回公司。

黃曜初走到她面前，「我要去學校討論報告，妳要一起去嗎？」

林文羽藏起猜忌的心情，「不了，我要回去和艾琳討論怎麼和媒體溝通，把事件影響降到最低。」

這個理由合情合理，黃曜初不疑有他，輕輕揉揉她的髮，「那就下週一公司見了，週末愉快。」

林文羽匆匆趕回公司，逕自來到黃曜曦所在的樓層。隔著玻璃門，她看見偌大的辦公室只剩下他單薄的背影，其他區域都已經關上燈。

林文羽撥通他的電話，他看一眼手機來電，沒有接。她氣極，鍥而不捨打到第三通，他才終於接起。

「怎麼了嗎？」

「開門，我在你的樓層。」

黃曜曦觸電般回眸，望見林文羽，深深吸一口氣，「妳來做什麼？這件事情和妳沒有關係。」

「黃曜初給你的供應商，你有查證過嗎？」

「我查過了，廠商登錄的公開資訊都沒有問題，業界評價也沒有出過狀況。」黃曜曦安撫似的一笑，眼神卻空洞得沒有焦距，「我知道妳在懷疑什麼，但黃曜初並沒有做什麼。」

「讓我再確認一次。」

「妳幫我夠多了，妳現在在曜初身邊，不該再繼續幫我。」

林文羽咬緊唇，隔著玻璃門遠遠望進黃曜曦的雙眼。

還是家教時，她撞見黃曜曦父母吵架，躲在房裡的黃曜曦從門縫裡望向她，和此刻是一模一樣的眼神，嘴上說著拒絕，眼神卻是矛盾的需索，央求她伸手——在他徹底墜落之前。

「你需要我的時候，我就會在你身邊。現在，幫我開門！」

黃曜曦愣了好幾秒，緩緩掛斷手機，打開自動門。

林文羽馬上跑到他面前，四目相對時，才意識到自己太激動了，簡直是把所有心思都坦然鋪開，赤裸裸地昭告她還是如此在意他。

她捏緊手指，半晌才放輕聲音問道：「你還好嗎？」

在她擔憂的注視下，黃曜曦緊繃的眉眼緩緩放鬆，「沒事的。」

這些日子層層疊疊的壓力掐緊他喉頭，勒得他無法喘息。每次打開電腦，少了林文羽，他只能任由那些破碎扭曲的文字和挫敗一起湮沒腦袋。

今天試吃會出事後，他一直心亂如麻，然而此時此刻，林文羽的存在就像專屬於他的引力，把他漂浮不定的心思溫柔地收攏，比起讓他無法飛翔的束縛，更像是堅定接納他的歸屬。

他的目光太過柔和，林文羽反而不敢再和他對視，催促道：「讓我看看黃曜初最後給你的供應商名單吧。」

黃曜曦依言點開文件，林文羽仔細查閱每一個名稱，逐一翻找廠商紀錄，看到一半，滑動網頁的手指忽然停下。

「有個名字很類似的廠商，過去有不良食品的紀錄，被勒令暫停營業一年後又重新接單。」

黃曜曦湊過去看，擰緊眉頭，在他眼裡，螢幕上兩個相近的名字難以分辨。

「這是不同的字，黃曜初提供的供應商名字是水字旁的光『洲』，而有不良紀錄的，是沒有水字旁的光『州』。」

黃曜曦無聲瞪大眼。林文羽回頭看黃曜初整理的文件，廠商名字沒有錯，後面附的聯繫資訊，卻屬於有不良紀錄的光州。

林文羽打開最終收到的食品收據，上面寫的，赫然就是那家不良廠商，「曜曦，你一開始是怎麼查證供應商品質，最後又是怎麼聯絡這家廠商的？」

「因爲看不了字，我是直接複製曜初給我的名字去搜尋資料，再用軟體轉成聲音聽。聯絡方式的話，也是直接用曜初附上的信箱地址。」

林文羽把信箱輸入搜尋，看到眼前的資訊後，深深吸一口氣，「這就說得通了，他給你的廠商名字是對的，附上的信箱地址是那間不良廠商的。州和州是同音的字，長得又像，你自然更難分辨。」

黃曜曦呼吸越來越沉重，喃喃道：「所以我查證時聽到的是正常廠商的資料，但後續聯繫下單的，是錯的那間？因爲字形太像，即使後續我收到報價單、有看過廠商的名字好幾次，還是沒有發現。」

他的拳頭不自覺蜷起，只是一個偏旁的差異而已……然而偏偏就是這個微小的差異，唯有無法辨別文字的他會毫不起疑。

林文羽伸手想覆上他手背，但最終還是懸在空中，悄無聲息地放下。

「沒錯，他引導你採用那間廠商，或許是賭那家廠商會再次出錯，也或許是早就和他們串通好這次的事故。」

黃曜曦皺眉遲疑道：「如果是陷阱，唯一的可能是，黃曜初知道我有閱讀障礙。」

林文羽呼吸一滯，正想開口，手機忽然震動起來，一接起就聽到艾琳驚慌的聲音，「林文羽，妳在公司嗎？」

「對，怎麼了？」林文羽馬上聯想到壞消息，「那位吃到腐肉的媒體人曝光餐廳的事情了嗎？」

「不是新聞，是公司信件，妳趕快去看。黃曜曦在妳旁邊嗎？讓他也去看。」

林文羽愣了一秒，不祥的預感洶湧地掐住呼吸。一掛電話，她馬上轉述艾琳的話，湊在黃曜曦身邊看他點開信箱。

最上面那封未讀信件，寄件人是陌生的信箱，收件者是全公司的員工。

主旨簡單明瞭，刀一樣刺進他們眼裡，讓他們頓時鮮血淋漓——*黃曜曦連字都看不懂，沒有資格待在這裡*。

有好幾秒時間，兩人什麼也沒說，只是一起盯著螢幕。

黃曜曦一動不動，林文羽率先反應過來，叫了他好幾聲，才注意到自己的聲音也正在發抖。

她鼓起勇氣，覆上他死死握住滑鼠不動的手背，代他點開信件。信裡是滿滿的錄音檔，林文羽一看就知道是怎麼回事，黃曜曦卻著魔似的一個個檔案點開來聽。

他最赤裸、最不願被發現的祕密，此刻用最醜陋的方式被公諸於世。

下個週一的上班日，以及往後在公司的每個日子，他要怎麼面對所有同事？

林文羽聽著自己朗讀文件的聲音一次次迴盪，輕輕喚他：「曜曦，夠了。」

他像沒聽見般，眼睛仍盯著畫面。

手機再次震動，林文羽看見黃曜初的名字，緩緩接起，那頭傳來他焦急的聲音，

「妳看到信了？」

明明是該氣急敗壞的時刻，林文羽卻意外平靜，「你食言了，我們分手吧。」

「不是我寄信的，我答應過妳不會說出去。」

「弄混供應商的資訊，也不是你嗎？」

黃曜初驟然安靜下來，幾秒後才張口：「妳發現了？那妳就會知道，他是因為閱讀障礙才會掉進陷阱，我這麼做，就是想證明他不適合在這個位置上。」

林文羽輕輕笑出來，「為了私欲把公司的利益拿來當賭注，我認為你沒有比他適合多少。」

「文羽，他已經輸了。我們一起當實習生的這段時間，妳比我清楚我的實力勝過他，妳該選擇的，是我才對。」

「對，你做了你的選擇，我也做了我的。」林文羽深深呼吸，「我們就此結束了，黃曜初。」

林文羽掛斷電話，回頭望向黃曜曦，半晌，輕輕探手為他關上電腦螢幕，「別怕，有閱讀障礙不是錯誤，更不會是你的錯。」

黃曜曦嘴角輕輕扯動了一下，終於轉過頭看她。

眼前像是一場發生在太空裡的爆炸，煙塵四散，他的悲傷沒有發出一點聲音。

直到林文羽摸索著握住他的手，他面具般的冷靜才一點一點無聲崩毀，直到徹底暴露出底下碎裂的自我。

黃曜曦猛然反手握住她，將她拽進懷裡。

「他們都不要我。他們都說我連字都讀不懂，憑什麼待在這裡。」黃曜曦染得亂七八糟的頭髮慢慢抵在她頸側輕蹭，冰涼的指蛇一般執拗地攀上她手腕，慢慢鎖緊，啞聲呢喃：「但妳承諾過會一直在我身邊，所以我什麼都不怕，有妳在，我就會是贏家。」

林文羽終於放任壓抑許久的喜歡將她淹沒，忘記理智，忘記責任，全世界的存在都無聲遠去，只剩下眼前這個人的體溫與呼吸。她側過頭，輕輕抵著他的鼻尖道：「你說得對，所以我們走吧。」

「去哪裡？」他低聲問：「我媽一定已經知道今天的事情了，她會很失望。我沒有想去的地方，我已經無路可退。」

「無路可退也沒關係。這個世界這麼大，我會帶你逃走。」林文羽緩緩抬手，加深了這個擁抱，「就從這裡，就是現在，就只有我和你。」

林文羽最後打給木雕師傅，他慷慨地答應兩人借宿工作室一天。

黃曜曦牽著她從辦公室跑到停車場時，她仍覺得像處在驟降的夢境裡，因爲過於幸福，反而顯得虛幻。

黃曜曦替她戴上安全帽，林文羽這次沒有保持距離的顧忌，坐上車後，側過頭放鬆地貼上他的後背。

不久後，機車疾馳進夜色裡，逃出冰冷的城市。

林文羽仰頭望向星空，隨著他們脫離市區，少了光害的天空開闊而澄透，每顆星星宛如觸手可及。

她在掠過的風裡張開雙手，無聲笑出來。

等候紅燈的時候，黃曜曦回頭：「妳剛剛在笑什麼？」緊貼的身體連呼吸與震動都是共享，他自然感覺得到她的大笑。

林文羽沒回答，只是眨著晶亮的眼看他，黃曜曦也沒催促，只是輕輕勾起嘴角，在號誌燈轉綠前，把頭又轉了回去。

抵達工作室後，他們用藏在地墊下的鑰匙進入。黃曜曦打開電燈，轉過頭，昏黃的燈光下，林文羽的雙眼依然閃閃發亮。

兩人都沒想到冬天的山上這麼冷，工作室裡有好幾個巨大的軟骨頭沙發椅，卻僅有一捲毛毯。他們兩個緊緊相依縮在毯子下，像兩隻落難的小動物，貪戀地從對方身上汲取溫度。

距離太近，黃曜曦的熱度和心跳緩緩傳來，和林文羽的共鳴著合爲一體。誰也沒有說話，就只是靜靜靠著彼此，聽窗外的風呼嘯而過。

良久，林文羽先打破沉默，「我一直想讓你看看外面的星星，我們關燈好嗎？」

黃曜曦依言關燈。安詳的黑暗裡，他摸索著捻起林文羽的髮尾，纏在指尖把玩。

窗外的星光點點逐漸浮出，映入他們仰望的視線裡。

「妳和黃曜初分手了？他是怎麼知道我有閱讀障礙的？」

林文羽猶豫著，好一會後才找到勇氣開口：「他偷看你的工作軟體，發現了我一直在錄音給你。因爲他威脅我要公布給所有人知道，我才會答應和他在一起。」

「妳瘋了嗎？」黃曜曦原本任由林文羽倚著肩膀，一聽到這段話，渾身戰慄地直起身，直視她的雙眼。

「因爲我不想讓你難過啊。」林文羽垂下眼，雙手抱膝喃喃道：「很傻對吧？可是，你把我推開、說不要我的喜歡。我和他在一起，是我最後唯一能爲你做的事情。」

黃曜曦用力搖搖頭，把林文羽低埋的臉捧起來，「我不是妳的責任，不要再把我的幸福放在妳的幸福之前了。我希望妳的喜歡不是痛苦，而是也能成爲妳的幸福。」

此刻他才想起，他已經好久、好久沒有看見她發自內心的笑容。她總是爲了他奔波疲憊，連最重要的感情也拿來作爲保護他的籌碼。

林文羽愣愣地望著他。眼睛逐漸適應黑暗後，她終於看清黃曜曦滾燙的眼神。第一次看見他時，他還是隱身在房裡的陰鬱少年，後來逐漸成長爲在她身邊西裝革履工作的模樣，以及現在，會和她一起牽著手逃離城市的黃曜曦。

她的生活裡總是有滿滿應盡的責任，學校、家人、工作職務……儘管她也喜歡忙碌的感覺，可是責任二字總像無形的枷鎖，永遠規範著她的一言一行，時刻提醒她，她有必須做的事情。

然而黃曜曦的存在，早在她爲了他反抗李婉雲的意見、幫忙準備雕塑學系申請的那一刻，就脫離了責任的範疇——那是她僅存的任性與肆意。

她指尖流連在他臉頰，輕輕撫過俊秀的眉眼，一路摸索到他微微揚起的嘴角，「因爲喜歡你，我很幸福。」

「既然如此，就不要再爲了我犧牲妳自己。妳什麼也不需要做，妳的喜歡，對我來說就已經是最珍貴的禮物。」

她望著他，慢慢揚起微笑，「謝謝你讓我知道，我的喜歡是有意義的。」

當心臟隨著林文羽展開的微笑被高高吊起時，黃曜曦又想起了一幕——遊樂園之行的回程路上，何雪岑對他說即使不懂喜歡，總有一刻，他的心會告訴他答案。

他想，他終於聽到那個答案了。

無邊黑暗裡，唯有一窗之隔的星星鋪天蓋地砸了下來，落在黃曜曦眼裡。

林文羽看見自己在他瞳底的倒影越來越近，而後倒影忽然消失，眼前換成了向下垂落的濃密睫毛……她忽然捨不得闔眼。

極近的距離下，黃曜曦吻上她的神態如此虔誠，一隻手摟在她後頸，輕得像對待一只最珍貴的木雕作品，繾綣地撫觸。

他吻她的方式也像在細細打磨作品，耐著性子一點一點輾磨加重，溫度交織融合，直到所有氧氣被掠奪殆盡，她才狼狽地退開喘息。

林文羽愣愣地望著眼前的臉，無數畫面在腦海裡似紙花紛飛，飄落璀璨。

跨越一年多、曾經以爲已經無望的喜歡，在此刻忽然成了眞實。

是做夢吧？可是夢裡不會有這麼瘋狂的黃曜曦。

他扣著她後腦再次吻上，力道不再是試探的輕柔，而是大得微微扯痛她的髮。

她抗議的話被吞入唇齒間，心神又被纏綿的吻分散，黑夜溫柔地將他們深深、深深吞入腹中。

在逃跑的盡頭，他們只有彼此。

半夜的氣溫持續降低，林文羽倚著黃曜曦一起陷進柔軟的懶骨頭沙發，陷入沉睡時，兩人雙手緊緊交握著，像是要一起相偕抵抗噩夢。

林文羽不知道自己什麼時候睡著的，等她再次睜眼，黃曜曦的手依然環繞著她，呼吸平穩均勻，陽光落在他手臂的汗毛上，閃閃發亮。

她小心翼翼探手去拿手機，發現已經早上七點了。

「醒了？」

林文羽嚇了一跳，黃曜曦輕柔地將她的頭按回去，手上亮著的手機螢幕在柔和晨光裡格外明顯，原來他早就醒了。

黃曜曦沒有改變擁著她的姿勢，隨手按滅螢幕，俯身過去，唇瓣沿著耳廓緩緩下移，輕柔地流連在她頸側。

但林文羽已經注意到他的手機，低低問：「怎麼了？」

「是我爺爺的訊息，他們說早上需要開緊急會議來討論我的情況。」

林文羽臉上的笑意慢慢凝固。昨晚窩在這小小的空間，像暫時躲進屬於他們的防空洞，然而當親吻止息，冰冷的現實又重新回到眼前。

黃曜曦收緊手臂將她嚴絲合縫包攏在臂彎裡，輕輕蹭了兩下，「沒事的，這樣更好，從今以後我就沒有要辛苦掩藏的祕密了。」

「你不害怕嗎？」

他輕笑，「我曾經很害怕，所以才會和妳一起逃到這裡。我總是想逃走，在家裡時，或者在什麼也聽不懂的學校時。」

那是林文羽曾經窺見的暗影，自卑與挫敗陰魂不散刻在他骨頭裡，最一開始桀驁不馴的少年，其實只是用盡全力在遮掩傷痕。

「如果不想回去，總會有辦法的。」

「沒關係，現在的我已經有勇氣回去了。」

他的平靜慢慢感染了林文羽，她手指流連在他眉眼間，「是因爲我嗎？」

前幾個月，盤踞在他臉上的緊繃是獵豹的鋒利，但此時此刻，他看上去又是一隻鼓著雙頰的可愛倉鼠了。

黃曜曦一字字緩緩說出：「對，妳就是我的翅膀。」

他吻在她的指尖上，抬眼看她時，林文羽在心裡默默更正，是可愛又帥的倉鼠。

晨光從窗口斜斜照進來，他握緊她的手指，語氣前所有未地放鬆與柔和，「走吧，我們一起回去面對。」

總是想逃跑也沒有關係啊，等他們養好翅膀，養好面對這個世界的勇氣，他們就可以重新飛翔了。

他們各自回家簡單梳洗過後就來到公司，林文羽先到辦公室裡印出一疊文件，並把裝著胸針的盒子留在黃曜初桌上，再前往會議室。

電梯緩緩上升，林文羽心跳倉促如鼓，凝視鏡中的自己。無論這次的會議結果如何，落棋無悔，她會盡力做好她能做的事情。

剛抵達會議室的樓層，電梯門一開，黃曜初忽然出現在她眼前。

他向來天不怕地不怕，此刻卻神色蒼白，擋在她身前急促道：「我們談談。」

「我們已經沒什麼好談的。」

「信件眞的不是我發的，還有供應商的事，也不是全都算我的責任。」

林文羽本來想繞過他，聽到最後這句話再也忍不住，停住腳步轉向他，「你承認了？你和供應商串通好，用壞的肉品毀掉他的試吃會，對吧？」

他沒有否認，只是咬牙道：「如果曜曦沒有閱讀障礙，做好他該做的查證，最後的事故根本不會發生。」

「所以你覺得曜曦活該是嗎？」林文羽不敢置信，「你之所以敢這麼做，是因爲你賭執行長會認爲曜曦有閱讀障礙，比你用陷阱陷害別人還嚴重。可是你錯了，故意的惡，絕對比一個人天生的缺陷更有罪。」

他靠近一步，壓低聲音，「妳現在插手，以後我爸不可能讓妳繼續留在公司。」

「如果執行長同意我的觀點，這種事就不會發生。」

黃曜初顫抖著唇，無聲的絕望蔓延到臉上，「如果今天妳喜歡的是我，不是黃曜曦，妳還會這麼做嗎？」

林文羽氣到笑出來，搖搖頭，再次感受到兩人間的距離如此遙遠。他們是這麼久的同學，連帶交往了好一陣子，但兩人價值觀截然不同，直到現在，還是無法理解彼此。

「你到現在都還是不了解我。如果今天有閱讀障礙、被陷害的是你，即使我喜歡的是黃曜曦，我一樣會站在你這邊。」她推開黃曜初挽留的手，繼續大步往前，推開會議室的大門。

會議室裡氣壓低得像即將來臨的暴風雨，所有公司高層全員到齊，黃伯倫也在其中，玩味地望向闖入的她。

林文羽深深呼吸，這肅殺的場景比起會議更像一個審判，決定黃曜曦之後還能不能被考慮為繼承人。

她正想走進去，長桌尾端的執行長先叫住了她，「這場會議只有管理階層和家族成員可以參加，妳先出去等。」

席上只有艾琳一臉關切，其他人的目光都是不懷好意的打量，林文羽捏緊拳頭，臉頰的熱度無聲燒起來。

忽然，身後傳來黃曜曦的聲音，「證據是她找到的，她應該要一起參加才對。」

林文羽回過頭，黃曜曦越過她走進會議室，昂首挺胸迎向所有人打量的視線。

執行長皺眉問：「什麼證據？」

黃伯倫清清喉嚨，插嘴道：「請妳馬上離開，不要擾亂我們的討論好嗎？主管們，請先繼續你們剛剛的發言。」

業務主管見執行長沒有阻攔，率先道：「我們需要有人為這次的錯誤負責。雖然艾琳和那位誤食的媒體人談好不對外公布，但內部繼承人有閱讀障礙的事，若是被大眾知道的話，股價一定會受影響。」

另一位主管補充道：「我們不是質疑曜曦的個人能力，不過這件事證明了，他就是不正常，沒辦法獨立承擔責任嘛。」

「什麼叫做正常？」林文羽聽不下去，豁出去地回道：「每個人都會有沒辦法改變的身體條件。像你現在戴著眼鏡，哪天眼鏡不見了，看不清文件，是不是也就算『不正常』了？」

行銷主管老江假惺惺地笑著接口：「可是那是黃曜曦自己的問題，應該要自己努力克服啊。」

林文羽緊張得心臟快跳出胸腔，深吸一口氣反問：「我們會叫近視的人努力恢復視力嗎？曜曦的狀況是無法改變的，他能努力的只有用各種輔助方式，好跟上大家的節奏。你們在信件裡聽到的錄音檔案，就是他努力的證明。」

現場鴉雀無聲，唯有黃伯倫氣定神閒，「我們沒人否認他的努力啊，問題是現在已經不是努力就能說服市場和股東的時代了。連字都讀不懂，怎麼可能繼承家裡的工作？

好好上班都是問題了。」

執行長驟然抬手止住他的話，「曜曦，你是眞的有閱讀障礙嗎？」

林文羽捏緊拳頭，轉過頭。

所有人的目光匯集之處，黃曜曦終於開口，字字清晰，「是，我有閱讀障礙。從小到大，我都在想盡辦法，讓自己看起來和別人一樣。我要花好幾倍的力氣才能追上別人的腳步，你們看一份文件只要兩分鐘的話，我可能要花二十分鐘才能理解。」

從同齡者開始識字後，黃曜曦曾經度過無數難眠的夜晚，只爲了稍稍追上一般人輕鬆企及的腳步。他的父母不理解，老師也不理解，而如今他站在這裡，整間會議室更是沒有人能理解。

然而，他已經不會再害怕了，唯一理解他的人，已經堅定地站在他身邊。

「我不會因爲讀不懂字就逃避我是家族一分子的責任。這次的事故的確是因爲我有閱讀障礙才會發生，不過，設下陷阱、把私欲放得比家族利益還重要的人，也應該受到處罰。」

執行長沉吟片刻，轉向林文羽問道：「妳剛剛說的證據是什麼？」

林文羽將剛準備好的文件發給與會者，上面詳細標出兩間供應商的相異處，以及被錯置的聯絡資訊，「資訊是曜初提供的，白紙黑字沒有疑義，我想，曜初應該也沒什麼想反駁的吧？」

她轉身看了一眼，黃曜初站在她身後，面色慘白，不發一語。

黃伯倫輕蔑地拋開紙張，臉上勾起冰冷的笑容，毒蛇般盯視著林文羽，「曜初只是不小心誤植一個小錯誤，說到底也是因爲黃曜曦看不懂字，才會誤用到不良食材啊。」

執行長直視著黃曜初，「你有做嗎？」

嗜人的寂靜中，黃曜初的目光滑過父親，落在林文羽臉上。他深吸一口氣，這一刻，才終於知道自己錯得多離譜。

還不等他開口，艾琳已揚聲道：「執行長。」

所有人將目光投向她，艾琳舉起手機，「我昨天一直在聯繫光州究責腐壞食品的事，對方窗口原本堅決不願負責。我用我們和媒體的關係威脅他們，他剛剛才終於回覆我，說黃伯倫和他們聯繫故意要過期食品，還給了他們一筆錢預付衛生局的罰款。」

眾人倒抽一口氣，面面相覷，林文羽轉身直面黃伯倫，向來溫和的聲音此時鏗鏘有力，「眞正讓公司受損的，是有能力、權力，卻只想要獨占利益的人。如果是眞的爲公司好，發現曜曦的閱讀障礙後，大可以私下找執行長討論，而不是拿公司好不容易做出的新品牌當作兒戲。」

黃曜曦又接著說：「我請艾琳姐幫忙調閱公司的通訊軟體使用紀錄，黃曜初趁我不在時把文羽傳給我的檔案傳給他自己，這些檔案和信裡的一模一樣。」

黃曜初往前踏了一步辯道：「我沒有寄那封信！」

「是啊，你沒有。」黃曜曦望向笑容已完全消失的黃伯倫，「曜初，你爸爸也偷了你的帳號，從你那邊傳檔案給自己備份。這封給全體員工的信是你寄的對吧，伯父？」

黃伯倫扭曲著臉，咬牙道：「別扯這些有的沒的了，你有閱讀障礙，無論怎麼辯解，你都不具備加入公司的能力。」

「我確實有閱讀障礙，這點我從沒否認，但這不是我的全部，更不會是我的藉口。」黃曜曦直視執行長銳利的眼神，「我設計出了整個品牌概念，我能把我熱愛的藝術結合進餐廳，我的能力可以貢獻給我們的公司。爺爺，如果這樣的我還是沒有資格留下來，就請您直接告訴我。」

會議室前方，年邁的執行長沈默了許久，才緩緩開口：「整件事情，讓我看清楚一個事實，黃曜曦不是我們最大的風險。」

他語調低緩，卻帶著壓不住的失望，望向黃伯倫。

「眞正該爲公司風險負責的，是爲了搶奪資源、不擇手段犧牲公司利益的人，也就是你和你兒子。」黃伯倫鐵青著臉，張嘴想要抗議，執行長舉起手示意他噤聲，「爲了保全家族聲譽，我不會將你逐出管理層，不過你從今天起休假半年，暫停參與任何內部決策。你可以選擇反省，也可以選擇離開——我不會再給第二次機會。」

黃伯倫一句話也說不出口，執行長再度看向黃曜曦，眼中雖仍存有嚴厲的審視，「你離合格的繼承人還差遠了。」

林文羽看見黃曜曦的背影似乎顫了下，下一秒，執行長眼神慢慢軟化，滲進一層從未出現過的理解與認可。

「但你至少在事情發生後，願意站在這裡，面對所有人承認錯誤。你既然說你願意負責，就留下來繼續好好做吧。別忘了，是你說閱讀障礙不會成爲你的藉口，希望你能證明給我看。」

黃曜曦毫不猶豫道：「我會的，我會用我自己的方式，證明給您看。」

林文羽在一旁看著曜曦的背影，忽然想起以前他說過，他一直以爲自己只能用力活成別人想要的樣子，想要變得「正常」，把眞正的自己藏起來，小心翼翼保守不可言說的祕密。

除了她，沒有人看過那個舉著雕刻雙眼發光的黃曜曦。

不過，現在他終於能用自己原本的樣子，坦然站在所有人面前了。

隔週週一，集團內部公告正式聲明，證實黃曜曦確實有閱讀障礙，但不影響工作潛力，順帶公布新的人事異動。

不明所以的員工們都大爲震驚地看見，黃伯倫和黃曜初被公告將停職半年。

爲了保留他們最後的面子，執行長沒有向所有人公布停職原因。

反而是黃曜曦不再參與品牌日常營運，改爲專責藝術合作專案，避開容易惹人碎語的位置，不過仍能發揮專長。

曾經快要毀掉黃曜曦的災禍，就這樣消失於無形。

一早剛進辦公室的林文羽望著公告的電子郵件，又轉頭望向旁邊的空位，那個位子曾經屬於黃曜初，已經在週末裡被收拾得異常乾淨，沒有留下任何痕跡，裝著胸針的盒子，也已消失不見。

「早安。」

她轉過頭，黃曜曦在她身邊落坐，轉頭一笑，「我爺爺要我繼續把新餐廳品牌的專案完成下去，之後再請多多指教了。」

林文羽一動不動，直到黃曜曦伸手，輕輕撫了下她的臉頰。

「我回來了。」

她終於反應過來，笑容倒映在黃曜曦眼中，燦爛如陽，「嗯，歡迎回來。」

兜兜轉轉繞了一圈，他們又再回到並肩努力的位置。

一個月後的寒假，曾經開業失敗的實驗藝術餐廳準備重新開幕，開幕前一天，林文羽和黃曜曦一起到店裡做最後的巡視。

林文羽一踏進店裡就感覺有些不對勁，定睛一看，角落放著一個體積巨大的物品，上面覆著防塵布，馬上揚聲呼喚黃曜曦：「這是什麼食材沒有收起來嗎？放在這邊會擋到動線。」

她順手掀開蓋布，看清底下是什麼時，愣在原地——布底下的並非餐廳原料，而是一隻振翅欲飛的豹，背上延伸出翅膀，像是那只「肆意逃跑」的木雕放大版本。

「小驚喜，還喜歡嗎？」

「你怎麼會做出這個？」林文羽興奮地回頭問。

黃曜曦走到她身邊，「妳再仔細看看，還有一個小彩蛋。」

她低頭細細欣賞，才發現豹的翅膀上竟是由無數木刻文字構成，遠看像羽翼的紋路，近看卻能在翅膀上看到連綿不絕的兩個字——「文羽」二字被他一筆一畫雕上去，成為一雙支撐整座雕塑飛翔的骨架。

她先是驚嘆這樣精細的雕刻需要花多少時間，而後又想到了把名字雕在翅膀的意義，眼眶有點熱……真的是她想的這樣嗎？

「『肆意逃跑』的創作理念是，總有一天，我會找到一個深愛的人，她會成為我的翅膀，帶我逃離悲傷。」黃曜曦從背後一點一點擁她入懷，臂彎像張開的雙翼，蠻橫又溫柔地將她包裹入內，一字字鄭重道：「林文羽，妳是我最深愛的翅膀，謝謝妳帶著我飛出了黑夜。」

林文羽抬起頭，用力眨眼忍住淚意，假裝嫌棄地皺起鼻子，「哪有人告白拖這麼久啊，我等到都快放棄了。」

黃曜曦低頭，輕輕吻掉她眼角的淚。

他們的願望都實現了。她成為他最深愛的翅膀，他也回贈以自由遼闊的天空，讓她從此往後的飛翔都有了歸處。

最大的幸福是，她盛大的喜歡，也終能被盛大以待。

生活中總會有想要逃離現實的時刻，沒有關係，就一起肆意逃跑吧。
不要害怕冒險，也不要害怕迷失，因爲有你在的地方，就會是我逃跑的終點。

正文完

番外 像火山一樣

黃曜曦踏進校園，雖然看不懂路邊的標示，但憑著熟悉的記憶，很快就找到目的地的那幢磚紅建築。他沿著一樓的走廊前進，目光滑過重重窗口，終於找到林文羽打瞌睡的側顏，胸口像每一次見到她時重重震顫起來。

本來想等到下課，可是想要馬上和她說話的心情越來越躁動，他還是決定走向前。

林文羽說過喜歡坐靠窗的位置，實際也眞的是如此，正好方便他偷偷帶人走。

黃曜曦半蹲下身，只有頭微微露出在窗沿之上，低喚道：「羽。」

睡著的女孩猛然驚醒，轉過頭，無比錯愕地看見絕對不該出現在這邊的人，正靠著窗沿，對她挑起單邊的眉毛。

林文羽先確認老師正背對著學生寫黑板，回頭壓低聲音問：「你怎麼會在這裡？」

「來找姐姐玩啊。」

黃曜曦平常只有在最親暱的時刻會這樣叫她，林文羽臉一紅，低聲道：「我還在上課！」

黃曜曦根本沒在聽，從窗口伸手進去幫她把文具和書塞進包包，最後一把抽走。

「黃曜曦！」

他揚唇，眉眼都是飛揚的神采，一副知道她拿他沒轍的樣子，抽身就走。

林文羽沒辦法，只得悄悄低下身，從教室後門溜出去。

走廊盡頭，黃曜曦靠在階梯邊等她，一見她出來就立刻放下包包，環住她的腰把人抱起來。

林文羽雙腳離地，撐著他的肩頭，大笑著被舉向流金般的冬陽。

他們有半個月多沒見了。

為了累積更多經驗，林文羽前陣子向艾琳提了離職，到另間公司實習。兩人平日忙於各自課業和工作，相處的時間一下子所剩無幾。

黃曜曦感覺自己像是突然被強制戒癮，所以再次擁抱到她時，才會如此激動。

在林文羽的抗議聲中，黃曜曦終於輕輕把人放回地面，胸口鼓漲的脈動像流動的岩漿。即使在一起的時間也跨越了兩週年，他卻總還是覺得，不確定怎麼樣和她相處。

他的情感是永不休眠的火山，怎麼樣才能好好傳達愛意，又不會凶猛得灼傷她？

林文羽歪頭看他，澄澈的眼總令他想起無害的草食動物，「在想什麼？」

「很久沒有見妳了。」

「也才半個月，沒有這麼誇張吧？你突然跑來，我等下還有要討論報告的約，沒辦法一直陪你。」

黃曜曦原本想說些什麼，最後還是把話嚥了下去。

他將吻落在她眼角，卻又敏感地察覺到，這突如其來的抽離和沉默，落在林文羽眼裡，又會在她柔軟的心口留下一道小小劃痕。

果然，她緊接著開口：「我和同學把約延後，先陪你散散步吧？」

「不用了。」黃曜曦深吸一口氣，手指輕柔地撥弄她的髮，「我就想再見妳一下，然後也得去忙了。」

「眞的？說好不鬧脾氣的喔。」

「嗯，眞的。」黃曜曦口是心非地埋在她肩窩，唇瓣抵著頸側，感受到林文羽比平常更激烈的心跳。

若他是荒蕪又危險的火山，林文羽就是包容所有的天空，從他們初見時，就一直倒映著他的一切。因爲她的柔軟，所以她是他唯一能夠安心靠近的棲所，然而也因爲柔軟，他很害怕自己會變成她的牢籠。

他第一次戳破她的喜歡時，腦中想的確實是無論如何，只要林文羽留在他身邊，不要走，不管是什麼理由、什麼身分都好。

閱讀障礙的祕密讓他在公司寸步難行，林文羽一路陪著他擺脫了堂哥的箝制，能夠毫無隱藏地繼續爲家族盡一份力。

黃曜曦原本以爲，這就是他所能夢想到的，最快樂的結局。但他沒想過，他就像一個窮困潦倒的人忽然得到稀世珍寶，反而每天擔心珍寶會不會離自己而去。

下課鐘響，打斷他陰暗的思緒，林文羽墊起腳尖，在他唇上很輕地吮吻一下，「我也很想你，你是知道的，對吧？」

黃曜曦忽然眼角一熱，情緒來得太莫名。他用力壓抑下去，「嗯。」

他說不出其他更多的話，因爲林文羽明顯惦記著等等的約，飛快看一眼手機時間，揮手和他道別。

黃曜曦站在原地目送她，學生們從教室裡魚貫而出，把林文羽的身影湮沒在人群中。他到最後還是沒有告訴林文羽，他會突然沒有約好就跑來，是因爲今天是在一起的兩週年。

喜歡不該是砝碼，儘管不是存心比較，他仍會有一剎那不理智的思緒閃過，是不是因爲他此刻喜歡林文羽多過她喜歡他，才會感到如此孤寂？

當天黃曜曦做什麼都心不在焉，到半夜前他都還抱著希望，想著林文羽會不會其實早就準備好了驚喜。

直到午夜十二點來了又走，黃曜曦才不得不相信，林文羽是眞的忘記了。

他獨自坐在房間裡，摩挲著原本要給林文羽的週年禮物，想起高中畢業典禮那天，林文羽跑去他學校，爲了送他禮物不屈不撓的倔強。

林文羽追著他跑了這麼久，甚至他們能順利在一起也都是她的努力，現在，他也該付出同等的努力才行。

黃曜曦振作精神，傳了則語音訊息重新和林文羽約時間，然而她或許還在忙碌，久久沒有上線。他盯著未讀的訊息，直到不安地沉入夢鄉，都還握著手機。

他夢到了初識林文羽時的場景。

對當時的他來說，書房就像墳墓，他在裡面日復一日地死去，數不清多少個家教對他露出失望的神色，更數不清母親爲此崩潰了多少次。

然後，林文羽出現了，黑暗碎開一小道縫隙，他在裡面窺見陌生的希望。她像頭天眞溫和的小鹿，會主動和他聊最愛的雕刻，偶爾也會有小脾氣。在他沒有完成她指定的作業時，氣到把他的雕刻刀也一起帶走。

他本來以爲她不會再回來，沒想到她不但回來了，還獻上親手做的刀袋，莽莽撞撞承諾會一直留在他身邊，而他的回報卻是把刀袋扔進垃圾桶。雖然對方離開後他將它撿回了，但林文羽並不知道，之後他也找不到提起的契機。

又是一個留在他們之間的，細小卻又眞實的劃痕。

醒來時黃曜曦滿心悵然，凌晨時分，四週一片寂靜，只有空調輕微的聲響呼吸似的一下下拂過。

他們之間的回憶想起來時酸甜兼具，想要回憶三分的甜蜜，得先熬過七分的酸澀。現在開始，他們之間可以只剩下快樂的回憶嗎？

他望向緊握的手機，點開螢幕，訊息依然沒有被已讀。他放下手機，胸口深處蠢蠢欲動的火山又在活動，叫囂著想要立刻宣洩滿溢的心情。

可是他不能傷到林文羽。

直到隔天中午，他終於接到林文羽的電話。如他所料，這陣子忙昏頭的她確實忘記了週年，愧疚地連連道歉，和他約好晚上來找他。

黃曜曦小心翼翼藏起夜裡那些晦暗的情緒，好不容易等到晚上，當林文羽出現在他面前時，他又覺得那座火山稍稍鎮靜下來了。

林文羽心疼地撫過他臉頰，「昨天怎麼沒有跟我說？你是不是自己等了很久。」

他故作委屈地抬眼，知道林文羽最受不了這種由下往上看的眼神，「如果說了妳就會陪我嗎？我不想讓妳覺得有壓力。」

林文羽捧起他的臉，鄭重地回答：「我即使有壓力也是因為很在乎你呀，不要再擅自把我推開了。」

黃曜曦不知如何回應這份鄭重，只好清清喉嚨，抬手遞上他雕了好幾個月的木頭玫瑰花束禮物。

林文羽開心地連眼睛都瞇成彎縫，「你怎麼會想到送我木頭雕的玫瑰！」

黃曜曦垂下眼，想起林文羽曾經刻出一支樸素歪扭的木玫瑰，被他扔進黑夜，又被撿了回來。

「妳說過，禮物要是我自己想送的，才會有不同的意義。這束花就是我想要送妳的，以後我的所有玫瑰，都只會屬於妳一個人。」

林文羽放下花束，伸長手，是一個討要擁抱的姿勢，而黃曜曦的吻比手更快落在她身上。

心底未癒合的傷口還沒有機會亮相，已被灼熱的吻淹沒，黃曜曦忘記了一切，像一朵沉重的積雨雲，在林文羽的唇間找到落雨的安心。

她依然是他的天空，他的歸途。

這一次事件就這樣有驚無險過去，但他們之間也隱隱埋下了爭吵的種子。

吵最多架的時刻，是她已經開始工作，他卻還是大四生的時期。

他和林文羽僅僅只差一歲，然而因爲學生和上班族這兩個不同的身分，這一歲的差距前所未有地明顯起來。

林文羽工作繁重，加上是新人要力求表現，幾乎天天加班，下班後疲憊不已，也沒有約會的力氣。

在好幾次提議的約會被婉拒或延期後，黃曜曦又一次感到蝕骨的孤獨。

在三週年再度被林文羽遺忘時，黃曜曦心裡蠢蠢欲動的火山終於爆發了。

特地趕來他家道歉的林文羽搖搖他手臂，低聲道：「眞的對不起嘛，最近公司太忙，我不小心忘記了。」

黃曜曦克制不住心裡翻湧的失落感，賭氣回道：「如果見不見面都沒差的話，那我們就先不要見面，彼此冷靜一下吧。」

林文羽一愣，失落攀上她眉眼間，「什麼意思，你不想見我嗎？」

黃曜曦原本想繼續生氣，可林文羽傷心的神情映入眼中，攪得他心口陣陣酸疼，只能放緩語氣，「是因爲太想見妳。」

林文羽愣了下，黃曜曦像隻對主人不滿卻又不捨離開的大狗，毛茸茸的頭頂抵在她肩上，低聲重複一遍：「我太想見妳了，羽。妳忘記了兩週年，連三週年也忘了，又一直沒辦法見面，我會難過。」

最後一句話，他經過好幾回掙扎才說出口。

林文羽指尖插進他蓬鬆的髮裡，輕輕揉搓，「對不起，我沒有察覺到你的心情。」

黃曜曦閉上眼感受她撫觸的同時，酸澀地想著，把距離拉開，或許對他們的關係不是解藥。他搖搖欲墜的安全感，撐不過再次的分離。

過去林文羽短暫和黃曜初交往的時光再度湧上心間，那段時間裡他獨自應對陌生的工作、拚命急著想證明自己，卻只能眼睜睜看她和堂哥出雙入對，是他直到現在都無法釋懷的噩夢。

「以後我會留更多、更多的時間見你，好不好。」林文羽語氣溫軟地哄著。

黃曜曦睜眼，在她眼底看見自己的倒影。

對上視線後，林文羽很快讀懂他眼底沒來得及遮掩的占有欲，低聲問：「不夠嗎？那你說說看，你想要什麼？」

如果愛是永不饜足，還能稱作是愛嗎？可是此刻他好想把林文羽揉進骨血裡，把滾燙的情感全部袒露，讓她一直一直待在自己身邊，「羽，等我畢業之後，我們一起住好嗎？」

林文羽摩挲他頭髮的手震驚得停下。

黃曜曦抓住她的手，深深呼吸，把心底滾燙的岩漿冷卻下來，「妳不用現在決定，即使覺得不想住一起也沒關係。」他吻上她的指尖，藏好心底不安的酸楚，輕輕說完：「妳是我的翅膀，但我希望，妳也可以自由自在地飛翔。」

哪怕他為此不安，他也不該自私地要林文羽無止盡遷就。

出乎他預料，林文羽忽然低低笑出了聲。

他愣在原地，林文羽一把捧起他的臉，笑起來時格外可愛的彎眼睛裝著他，瞳底流瀉出來的光芒耀眼得他幾乎無法直視。

「當然好呀。」

簡單一句話，就把他剛剛陰鬱的情緒盡數驅散。

黃曜曦有些發愣，林文羽向前靠上他的額頭，輕輕蹭了兩下，「永遠不要擔心說出你想要什麼，黃曜曦。」

他喃喃道：「可是，如果我想要的會傷害到妳怎麼辦？」

他的指尖輕輕滑過林文羽的臉龐，在善於雕刻的他眼裡，這張臉的線條流暢柔和，他曾經試過雕刻她的臉很多次，都無法刻劃出和實物一樣的美好。

她是十七歲的自己，會想要放進玻璃罩裡與世隔絕的玫瑰，最好哪裡都別去，最好只盛放在自己眼前。

林文羽捏捏他臉頰，把他從著魔般的陰影裡拉回，「你愛我就不會真的傷害我，我也沒有這麼容易被傷害，你要相信你自己，更要相信我。」要相信他們之間的愛，不是易碎品。

門外傳來開鎖的聲音，黃曜曦低聲道：「我媽回來了。」

林文羽立刻起身拉開距離，「我得走了。」

當年的食安風波，李婉雲知道是林文羽協助查出眞相後，一直對他們的交往抱著不反對但也不贊成的姿態。林文羽知道如果可以，李婉雲當然寧可黃曜曦是和門當戶對的千金小姐交往。

「我送妳下去。」

黃曜曦牽起她，走出房門時正好遇到李婉雲。

她下意識想抽手，黃曜曦卻硬是鎖緊了手指。

李婉雲視線從他們的手上滑過，投降似的嘆口氣：「要不要留下來吃晚餐？」

林文羽喜出望外，馬上點點頭，和黃曜曦悄悄相視而笑。

承認思念後，黃曜曦不被任何人理解的孤獨終於稍稍緩解。

沒有課的時候，黃曜曦會去接林文羽下班，哪怕有時林文羽需要臨時加班，讓他在樓下等候也無所謂。

看到林文羽從辦公大樓奔出、一路跑進他懷抱裡的雀躍姿態，他就感到心滿意足。只要他的存在，還讓林文羽快樂就好。

火山底下仍有隱隱約約的躁動，他不願直視，任憑那灼燙滾動在深深地表之下，不見天日。

終於撐到他畢業時，兩人一起去挑了想要租下的小套房。小屋兩面環窗，採光充沛，還有一個可以一邊納涼一邊遠眺山景的小陽臺。

入住那天，兩人打開各自的行李時，都發現了一些小驚喜。

「原來你沒有丟掉？」林文羽坐在地上一一打開箱子，拾起親手做的皮質刀袋，在裡頭找到那把曾被她意外帶走的雕刻刀後，翻來覆去檢視，笑靨逐開。

他有些不自在地撇過頭，「妳一走我就撿回來了。」

「都沒跟我說，害我白白傷心了。」

他轉回來，愧疚地揉揉林文羽後腦。

「你看看，我帶了什麼來？」林文羽臉上掛著燦爛的微笑。

看清林文羽身前滿滿一箱的內容物時，黃曜曦忘了呼吸，心口最柔軟的深處像是突然被重重戳了一下。

是當年他沒有成功錄取、厭棄地想丟掉作品集時，她及時救下的雕塑們。

這麼多年他從不問起，彷彿問了，就承認他其實很在意，意狼狽的自己，在意不完美的過往，在意林文羽曾經自以爲善意的背叛。

他藏不住表情，心裡奔騰的岩漿流洩而出，聲音緊繃地問：「妳為什麼帶來？」

林文羽原本充滿期待的表情慢慢轉為錯愕和憂心，語氣有些不安，「我只是想把你的作品還給你。」

黃曜曦死死咬住唇，他自知情緒來襲得沒有道理，然而內心外溢的岩漿還是燙得他措手不及。

食安事件後為了履行和爺爺的承諾，他依然繼續念完商學院，雕刻僅僅是閒暇興趣，也早已沒有人禁止他做。

陰影早該已經褪去，但此刻他才驚覺自己仍對當年的錯過耿耿於懷，無論是對不被理解的痛苦，還是對林文羽不得不的謊言。

總是壓抑著的情緒翻湧到眼前，他反手握住林文羽的手，像要從她身上汲取冷靜的力氣，半晌才緩聲道：「其實，我一直都更喜歡甜的布朗尼。」

「布朗尼？」

看著林文羽毫無保留的困惑神情，黃曜曦忍不住笑出來，扣緊她的十指，「妳忘了吧？以前妳還是我的家教時，有一次買了布朗尼想哄我，但我跟妳說我不喜歡甜食。」

林文羽手腳並用爬到他身邊，把重量壓在他身上，「喔，我想起來了，那時候我氣你氣得半死，想說怎麼會有這麼頑劣的學生。」

黃曜曦敞開手，任由她沒有骨頭般棲息進他臂彎裡。從前在辦公室裡，工作狂林文羽總是一本正經的時候居多，交往後才知道她有多麼愛撒嬌。就像現在，她一手揪著他的褲腿，像條雪貂般軟綿綿躺在他懷裡，扭來扭去鬧他。

「既然喜歡甜的，爲什麼不說？剛剛又在生什麼氣？」

他沉默片刻，俯下身擁緊林文羽，這個姿勢他看不清她的表情，這才有勇氣張口：「很多過去的事，我還是沒有走出來。」

出乎他意料，林文羽平穩地回道：「嗯，我知道。」

「還想著那些回憶的我，就像火山一樣，總有一天會傷到妳。比起等妳發現我的眞面目後才離開，有時候，我寧可妳永遠不要接近。」

艱難地把晦澀思緒顚三倒四說出口後，黃曜曦屏氣凝神，害怕林文羽會馬上推開他，甚至已經做好了心理準備。

懷裡的她仰起頭，倒過來的臉蛋上盡是笑意，「你以爲我不知道你是什麼樣的人嗎？我早就知道了。沒關係，我喜歡你的耀眼，也不害怕你的陰影。」

黃曜曦心口的岩漿忽然安靜下來，溫順得像潺潺小溪。

「所以不要害怕，想要獨占我也好，覺得受傷了所以想要和我吵架也好，都可以、都沒有關係。」

林文羽掙開他，轉過身與他面對面，抬手撫過他側臉時，神情依然是他永遠不能習慣的柔和與依戀，「我不要小心翼翼的愛情，黃曜曦，用你喜歡的方式，用力愛我吧。」

她向前傾身，唇瓣相觸時，正好從窗外刺進的西斜陽光猶帶餘溫，燒得黃曜曦從心到身都滾燙炙熱，整個人似乎都要隨著情感熔化。

那晚他們第一次一起從租屋處騎車出去買晚餐，正值夕落時刻，他們的車像要衝進遠方絢爛的晚霞裡，彷彿再一陣風吹來，他們就能揚翅起飛。

等紅燈時，黃曜曦側頭問她：「我們這樣像不像古代未婚私奔的人？」

「私奔？」被這個古老的詞彙逗樂，林文羽埋在他肩上笑。

黃曜曦脫下全罩式安全帽，低聲道：「我們一起逃走吧，林文羽。」

她拖長了聲音，尾音輕飄飄揚起散進風中，「這一次，你要帶我逃去哪裡呀？」

黃曜曦看一眼紅燈的秒數，忽然探手掀開她的安全帽，側頭吻上時，聲音親暱地含糊在唇齒之間：「到世界的盡頭。」

盡頭只有我和你，和我們如熔岩般，滾燙恆久的愛情。

番外
堂兄弟

身為大家庭裡年齡相似的堂兄弟，被大人比較似乎是理所當然的命運。

黃曜初從來不怕，他是無所畏懼的天之驕子，人生中要什麼都能手到擒來。

和堂弟無論是比才藝、比功課……他都能在無形的戰役裡占盡上風，從來不屑害怕失敗。

直到林文羽出現，直到他一時昏頭不擇手段陷害黃曜曦，他才發覺自己錯得多離譜。

因為和廠商串通造成食安事件、被冷凍不能進公司的半年裡，黃曜初第一次明白，那些自以為是的驕傲，只不過是看的世界不夠大而已。

但他小小的世界裡，曾經有滿滿的黃曜曦。

兩人都還是幼稚園的年紀時，儘管家人的關係不太和睦，只要是逢年過節在爺爺家裡相遇，他們一定會自成一團玩在一起，和樂融融、從不吵架。

家族裡其他堂兄弟姊妹年紀都有些差距，唯獨他們兩人只差一歲，又都是獨生子，黃曜初一有機會就喜歡找這個軟綿綿的漂亮弟弟玩耍，黃曜曦也特別愛黏著他。

直到上小學後，兩人的關係才漸漸變化。

「不要欺負我弟！」

新學期開始，黃曜初興奮地跑去今年剛來到同一間小學的黃曜曦班上，卻撞見一群孩子圍著他嘲笑。

他在孩子們的嘲弄裡聽出，黃曜曦在眾多名牌裡，認不出自己的名字。

黃曜初氣憤地過去打跑所有孩子，轉頭望去，坐在牆角的黃曜曦神色淡漠，像是剛剛被圍住的不是自己，冷靜得過分。

「為什麼不跑或叫老師來呢？」黃曜初不解地問。

黃曜曦卻只是低著頭，沒有回應。

「至少，被欺負的時候也該來找我吧？」

小小的男孩抬起臉，終於有一絲笑意，「我為什麼要找你？」

「因為我是你哥哥啊。」

黃曜初說得理所當然，輕輕敲了下黃曜曦的拳頭，像小時候每一次玩鬧一樣。

黃曜曦點點頭，然而後來他還是一次都沒有找過他。

「曜曦」兩個字對小學生來說本就艱難，當時誰也沒有真正察覺到不對，直到他們逐漸升上高年級，黃曜初在所有校內比賽都拿下好成績，而黃曜曦卻總是收到最後一名的成績單時，李婉雲才開始著急。

兩人成績巨大的對比成爲親友茶餘飯後的話題，人人誇讚的黃曜初和什麼都做不好的黃曜曦，差距實在太過分明。

升上國中後，剛步入青春期的兄弟幾乎已經沒有玩在一起的理由了。

在家宴上再次見到彼此時，都已是半大的少年模樣。大人們依然當著他們的面對兩人品頭論足，黃曜初十分尷尬，悄悄望一眼黃曜曦，卻見他只是面無表情地出神。

父母終於放他們自由活動後，黃曜初跑了幾步追上黃曜曦，「你還好吧？不用管他們說什麼，我們功課好不好關他們什麼事。」

黃曜曦回頭看他，微微扯動嘴角，什麼也沒說就離開了。

那一刻，黃曜初這才遲鈍地發現，他們兩人已經很久、很久沒有說話。更糟的是，總是被拿來嘲弄的黃曜曦，大概永遠不會想再和他說話了。

時間讓曾是最佳玩伴的兄弟漸行漸遠，很快他們就升上競爭更激烈的高中，黃曜初不斷從各種流言蜚語裡聽到黃曜曦功課不好的消息，主動提出要不要他來教他，不過被李婉雲婉拒了。

黃伯倫笑他自以爲好心。他懶得解釋，也不喜歡聽父母一遍遍重複，讓他一定得努力贏過黃曜曦。

他當然知道大人們在顧慮什麼，腦中卻總出現小小的黃曜曦坐困牆角，倔強地什麼也不說的樣子。

後來，黃曜初考上最好的大學，遇到了同系負責又認眞的林文羽。

知道林文羽有打工的需求時，黃曜初腦中第一個浮現的就是他久別的堂弟，張口就問她要不要接這份工作。

從此，命運的齒輪開始轉動。

當他喜歡上林文羽、當他發現林文羽喜歡上黃曜曦時，不只一次詢問自己，他後不後悔。

後來，黃曜初發現自己後悔的事遠比這些更多，比如，親手把堂兄弟的情誼推到無法挽回的地步，利用了黃曜曦的閱讀障礙，才是他最無法原諒自己的地方。

重新回到公司實習後，黃曜初一直專心準備申請資料，如預期般在大學畢業時拿到美國研究所的入學通知。若一切都能照他的規畫，未來他應該會定居在那裡不再回來。

黃曜初久違地發了訊息給黃曜曦，二人上一則對話，竟還停留在十幾年前的時候。有一次家宴上有他愛吃的甜點，黃曜曦匆匆傳語音訊息告訴還沒抵達的他，他幫他留了。

他看著螢幕，很輕地笑了下，什麼時候，他們之間再也沒有話可以聊了呢？

出國那天，黃曜初的家人好友全部都在機場到齊，但他一直有點心不在焉，直到在人群之外看見了黃曜曦。

黃曜曦戴著鴨舌帽，只是遠遠凝望，到最後一刻都還是彆扭得沒有直接上前找他。

黃曜初想著自己要做個坦蕩的哥哥，招手讓他過來。

黃曜曦搖了搖頭，伸手指向他身邊簇擁的一大群人，顯然不願意混在這麼多人裡和他告別。

黃曜初拿他沒輒，藉口要登機了，揮別眾人後，黃曜曦才緩步走來。

黃曜曦揚一揚手機，開門見山問：「你居然會傳訊息和我道歉，該不會是因爲我才離開的？」

黃曜初微微一笑，「別把自己看得這麼重要了，當然不是因爲你。」

他仔細打量眼前的黃曜曦，身爲堂兄弟，兩人的五官其實有幾分相似，只是他生來陽光燦爛，黃曜曦的氣質卻更像陰鬱的月光。

「你還會回來嗎？」

「逢年過節時，偶爾吧。」言下之意就是不會常回來了，不想讓氣氛太感傷，黃曜初故作凶狠地說下去，「不過，如果你敢對她不好，我會回來把她搶走的。」

「不用你擔心，這件事不會發生。」

兩人面面相覷，實在沒什麼話能多聊，轉眼登機時間要到了，黃曜初率先起身，「保重吧，有緣再見。」

他往後回臺灣的次數肯定少，沒事更不會約黃曜曦出來，要再如同小時候那樣時常見面，確實得靠緣分了。

黃曜初拎起隨身行李，頭也不回走進海關。上了飛機後，他拉開包包，拿出裡面精緻的小禮盒，打開後，是那枚被林文羽還回來的玫瑰胸針。

他帶著它離開，算是對這段感情最後的紀念。

反覆摩挲片刻，他微嘆一口氣，把胸針收好，準備放回包包時，突然發現包裡多了另一個莫名其妙的盒子……該不會是什麼危險物品吧？

黃曜初小心翼翼打開，裡面躺著一朵陶製的花，靠近花蕊中心的部分一片雪白，花瓣則渲染著浪漫的天藍，栩栩如生。

這樣巧的手藝肯定出自黃曜曦，大概是趁他去洗手間時偷偷塞進去的。他送他花做什麼？他困惑地連上飛機網路，把花拍下來搜尋，找到了花的名字——粉蝶花。

他心一動，改爲搜尋粉蝶花的花語。

看到答案時，黃曜初又想到小時候那個總睜著大眼睛叫自己哥哥的孩子……這個傻子。偏偏這個傻子，是他在世上，唯一的、最珍貴的弟弟。

黃曜初緩緩掩住了眼。

粉蝶花的花語是，我原諒你了。

後記
這裡永遠有你的歸途

雖然在社群上重複無數遍了，我還是想跟你說，書寶寶可以送到陌生的你手裡是件好神奇的事情，先謝謝看到這裡的你！無論你是隨手在書店翻到、跟別人借來看，還是已經把這本書寶寶買回家了，都謝謝你打開它。

書寶寶的誕生要感謝出版社給予珍貴的機會、專業細心的編輯辛苦協助、永遠可以爲書寶寶增添魅力的封面設計師，還有陪伴著我的文友和最親愛的讀者們，以及我親愛的家人。因爲你們溫暖的支持與幫助，我才有機會夢想成眞，在書寶寶裡與大家見面，眞的非常非常幸福。

愛你們也謝謝你們！（跳起來比心）

這本是寫在《和月光最近的距離》之後的第一本長篇作品，寫的時候有非常多擔心，想著如果寫不出來新故事怎麼辦？大家會喜歡這個和上一本很不一樣的故事嗎？在眾多糾結裡，幸好有編輯和讀者的各種花式鼓勵，還是一點一滴把這個故事完成了。

這本書有個元素是講隱性障礙，也就是肉眼難以第一時間辨識出來的障礙情況，例如聽語障、部分心智障礙或者像曜曦的閱讀障礙等等。曾經看過一個當事人的說法，因爲這些狀況不會外顯在身體上，很多時候最難的不只是障礙本身造成的不便，而是要向別人解釋自己情況的過程。

如果可以一起藉由這本書多了解這些族群，或許是不錯的契機。當我們在與人互動時發現對方有特殊的狀況時，也可以多一點點溫柔的理解。

要喜歡上自己並不是容易的事，要喜歡上自己與眾不同的特質更是挑戰，曜曦從依賴文羽成爲他的翅膀，到最後慢慢長出面對的勇氣，也是我很喜歡的地方。

我們要毫無保留、無悔地去愛人，但別忘了用一樣溫柔的心情，用力愛自己唷。

最後，這本書的靈感是偶爾很想從現實中逃走的心情。所以我會繼續努力寫下去，和大家一起逃進各式各樣的故事，做各式各樣的夢。我們可以盡情逃跑，同時，文字的世界裡永遠有你安全的歸途。

現在看著這本書的你，謝謝你和我一起完成了一次逃跑的旅程。跟你偷偷約定，如果你來ＩＧ私訊我通關密語「翅膀」，我會再另外送你一個和故事相關的插畫電子檔留念喔，等你來找我玩！

最後的最後，照例留給我閃閃發亮的偶像SHINee。

追星對我來說也是一場盛大的逃跑，幸福的餘韻至今仍然陪伴著我。希望你此刻無論旅行到何方，也都能感到幸福喔。

漠星

國家圖書館出版品預行編目資料

肆意逃跑／漠星著. -- 初版. -- 臺北市：POPO原創出版，城邦原創股份有限公司出版：英屬蓋曼群島商家庭傳媒股份有限公司城邦分公司發行, 2025.09
面； 公分. --
ISBN 978-626-7710-48-7（平裝）

863.57 114010848

肆意逃跑

作　　者／漠星
責任編輯／林辰柔　行銷業務／林政杰　版　　權／李婷雯
內容運營組長／李曉芳
副總經理／陳靜芬
總 經 理／黃淑貞
發 行 人／何飛鵬
法律顧問／元禾法律事務所　王子文律師
出　　版／POPO原創出版
城邦原創股份有限公司
台北市南港區昆陽街 16 號 4 樓
電話：(02) 2509-5506　傳真：(02) 2500-1933
email：service@popo.tw
發　　行／英屬蓋曼群島商家庭傳媒股份有限公司城邦分公司
聯絡地址：台北市南港區昆陽街 16 號 8 樓
書虫客服服務專線：(02) 25007718・(02) 25007719
24小時傳真服務：(02) 25001990・(02) 25001991
服務時間：週一至週五09:30-12:00・13:30-17:00
郵撥帳號：19863813　戶名：書虫股份有限公司
讀者服務信箱 email：service@readingclub.com.tw
城邦讀書花園網址：www.cite.com.tw
香港發行所／城邦（香港）出版集團有限公司
地址：香港九龍土瓜灣土瓜灣道86號順聯工業大廈6樓A室
email：hkcite@biznetvigator.com
電話：(852) 25086231　傳真：(852) 25789337
馬新發行所／城邦（馬新）出版集團 Cité(M)Sdn. Bhd.
41, Jalan Radin Anum, Bandar Baru Sri Petaling,
57000 Kuala Lumpur, Malaysia.
電話：(603) 90563833　傳真：(603) 90576622
email：services@cite.my
封面設計／也津
電腦排版／游淑萍
印　　刷／漾格科技股份有限公司
經 銷 商／聯合發行股份有限公司
電話：(02)2917-8022　傳真：(02)2911-0053
■ 2025 年9月初版
Printed in Taiwan

定價 / 360元

ISBN 978-626-7710-48-7

POPO原創出版 www.popo.tw　城邦讀書花園 www.cite.com.tw

本書如有缺頁、倒裝，請來信至service@popo.tw，會有專人協助換書事宜，謝謝！